古歌

湘西苗族
民间传统文化丛书
【第二辑】

石寿贵◎编

中南大学出版社
www.csupress.com.cn

出版说明

罗康隆

少数民族文化是中华民族宝贵的文化遗产，是中华文化的重要组成部分，是各民族在几千年历史发展进程中创造的重要文明成果，具有丰富的内涵。搜集、整理、出版少数民族文化丛书，不仅可以为学术研究提供真实可靠的文献资料，同时对继承和发扬各民族的优秀传统文化，振奋民族精神，增强民族团结，促进各民族的发展繁荣，意义深远。随着全球化趋势的加强和现代化进程的加快，我国的文化生态发生了巨大变化，非物质文化遗产受到越来越大的冲击。一些文化遗产正在不断消失，许多传统技艺濒临消亡，大量有历史、文化价值的珍贵实物与资料遭到毁弃或流失境外。加强我国非物质文化遗产的保护已经刻不容缓。

苗族是中华民族大家庭中较古老的民族之一，是一个历史悠久且文化内涵独特的民族，也是一个久经磨难的民族。纵观其发展历史，是一个不断迁徙与适应新环境的历史发展过程，也是一个不断改变旧生活环境、适应新生活环境的发展历程。迁徙与适应是苗族命运的历史发展主线，也是造就苗族独特传统文化与坚韧民族精神的起源。由于苗族没有自己独立的文字，其千百年来的历史和精神都是通过苗族文化得以代代相传的。苗族传统文化在发展的过程中经历的巨大的历史社会变迁，在一定程度上影响了苗族传统文化原生态保存，这也就使对苗族传统文化的抢救成了一个迫切问题。在实际情况中，其文化特色也是十分丰富生动的。一方面，苗族人民的口头文学是极其发达的，比如内容繁多的传说与民族古歌，是苗族人民世世代代的生存、奋斗、探索的总结，更是苗族人民生活的百科全书。苗族的大量民间传说也是苗族民间文学的重要组成部分，它所蕴含的理论价值体系是深深植入苗族社会的生产、生活中的。另一方面，苗族文化中的象形符号文化也是极其发达的，这些符号成功地传递了苗族文化的信息，从而形成了苗族文化体系的又一特点。苗族人民的生活实践也是苗族传统文化产生的又一来源，形成了一整套的文化生成与执行系统，使苗族人民的文化认同感和族群意识凸显。传统文化存在的意义是一种文化多元性与文化生态多样性的有机结合，对苗族文化的保护，首先就要涉及对苗族民间传统文化的保护。

《湘西苗族民间传统文化丛书》立足苗族东部方言区，从该方言区苗族民间传统文化的原生性出发，聚焦该方言区苗族的独特文化符号，忠实地记录了该方言区苗族的文化事实，着力呈现该方言区苗族的生态、生计与生命形态，揭示出该方言区苗族的生态空间、生产空间、生活空间与苗族文化的相互作用关系。

本套丛书的出版将会对湘西苗族民间传统文化艺术的抢救和保护工作提供指导，也会为民间传统文化艺术的学术理论研究提供有益的帮助，促进民间艺术传习进入学术体系，朝着高等研究体系群整合研究方向发展；其出版将会成为铸牢中华民族共同体意识的文化互鉴素材，成为我国乡村振兴在湘西地区落实的文化素材，成为人类学、民族学、社会学、民俗学等学科在湘西地区的研究素材，成为我国非物质文化遗产——苗族巴代文化遗产保护的宝库。

（作者系吉首大学历史与文化学院院长、湖南省苗学学会第四届会长）

《湘西苗族民间传统文化丛书》
编 委 会

主 任　刘昌刚

副主任　卢向荣　龙文玉　伍新福　吴湘华

成 员　（按姓氏笔画排序）

石开林	石茂明	石国鑫	石金津
石家齐	石维刚	龙　杰	龙宁英
龙春燕	田特平	伍秉纯	向民航
向海军	刘世树	刘自齐	李　炎
李敬民	杨选民	吴钦敏	吴晓东
吴新源	张子伟	张应和	陈启贵
罗　虹	罗康隆	胡玉玺	侯自佳
唐志明	麻荣富	麻美垠	彭景泉

总　序

刘昌刚

　　苗族是一个古老的民族，也是一个世界性的民族。据 2010 年第六次全国人口普查统计，我国苗族有 940 余万人，主要分布在贵州、湖南、云南、四川、广西、湖北、重庆、海南等省区市；国外苗族约有 300 万人，主要分布于越南、老挝、泰国、缅甸、美国、法国、澳大利亚等国家。

一

　　《苗族通史》导论记载：苗族，自古以来，无论是在文臣武将、史官学子的奏章、军录和史、志、考中，还是在游侠商贾、墨客骚人的纪行、见闻和辞、赋、诗里，都被当成一个神秘的"族群"，或贬或褒。在中国历史的悠悠长河中，苗族似一江春水时涨时落，如梦幻仙境时隐时现，整个苗疆，就像一本无字文书，天机不泄。在苗族人生活的大花园中，有着宛如仙境的武陵山、缙云山、梵净山、织金洞、九龙洞以及花果山水帘洞似的黄果树大瀑布等天工杰作；在苗族的民间故事里，有着极古老的蝴蝶妈妈、枫树娘娘、竹简兄弟、花莲姐妹等类似阿凡提的美丽传说；在苗族的族群里，嫡传着槃瓠（即盘瓠）后世、三苗五族、夜郎子民、楚国臣工；在苗族的习尚中，保留着八卦占卜、易经卜算、古傩祭祀、老君法令和至今仍盛行着的苗父医方、道陵巫术、三峰苗拳……在这个盛产文化精英的民族中，走出了蓝玉、沐英、王宪章等声震全国的名将，还诞生了熊希龄、滕代远、沈从文等政治家、文学家、教育家。闻一多在《伏羲考》一文中认为延维或委蛇指伏羲，是南方苗之神。远古时期居住在东南方的人统称为夷，伏羲是古代夷部落的大首领。苗族人民中确实流传着伏羲和女娲的传说,清初陆次云的《峒溪纤志》载:"苗人腊祭曰报草。祭用巫,设女娲、伏羲位。"历史学家芮逸夫在《人类学集刊》上发表的《苗族洪水故事与伏羲、女娲的传说》中说:"现代的人类学者经过实地考察,才得到这是苗族传说。据此,苗族全出于伏羲、女娲。他们本为兄妹,遭遇洪水,人烟断绝,仅此二人存。他们在盘古的撮合下,结为夫妇,绵延人类。"闻一多还写过《东皇太一考》,经他考证,苗族里的伏羲就是《九歌》里的东皇太一。

《中国通史》(范文澜著,人民出版社 1981 年版第 1 册第 19 页)载:"黄帝族与炎帝族,又与夷族、黎族、苗族的一部分逐渐融合,形成春秋时期称为华族、汉以后称为汉族的初步基础。"远古时代就居住在中国南方的苗、黎、瑶等族,都有传说和神话,可是很少见于记载。一般说来,南方各族中的神话人物是"槃瓠"。三国时徐整作《三五历纪》吸收"槃瓠"入汉族神话,"槃瓠"衍变成开天辟地的盘古氏。

在历史上,苗族为了实现民族平等,屡战屡败,但又屡败屡战,从不屈服。苗族有着悠久、灿烂的文化,为中华文化的形成和发展做出了巨大贡献,在不同的历史阶段,涌现出了许多可歌可泣的英雄人物。

苗族不愧为中华民族中的一个伟大民族,苗族文化是苗族几千年的历史积淀,其丰厚的文化底蕴成就了今天这部灿烂辉煌的历史巨著。苗族确实是一个灾难深重的民族,却又是一个勤劳、善良、富有开拓性与创造性的伟大民族。苗族还是一个世界性的民族,不断开拓和创造着新的历史文化。

历史上公认的是,九黎之苗时期的五大发明是苗族对中国文化的原创性贡献。盛襄子在其《湖南苗史述略·三苗考》中论述道:"此族(苗族)为中国之古土著民族,曾建国曰三苗。对于中国文化之贡献约有五端:发明农业,奠定中国基础,一也;神道设教,维系中国人心,二也;观察星象,开辟文化园地,三也;制作兵器,汉人用以征伐,四也;订定刑罚,以辅先王礼制,五也。"

苗族历史可以分为五个时期:先民聚落期(原始社会时期)、拓土立国期(九黎时期至公元前 223 年楚国灭亡)、苗疆分理期(公元前 223 年楚国灭亡至 1873 年咸同起义失败)、民主革命期(1873 年咸同起义失败到 1949 年中华人民共和国成立)、民族区域自治期(1949 年中华人民共和国成立至今)。相应地,苗族历史文化大致也可以分为五个时期,且各个时期具有不尽相同的文化特征:第一期以先民聚落期为界,巫山人进化成为现代智人,形成的是原始文化,即高庙文明初期;第二期以九黎、三苗、楚国为标志,属于苗族拓土立国期，形成的是以高庙文明为代表的灿烂辉煌的苗族原典文化；第三期是以苗文化为母本，充分吸收了诸夏文化，特别是儒学思想形成高庙苗族文化；第四期是苗族历史上的民主革命期(1872年咸同起义失败到1949年中华人民共和国成立)，形成了以苗族文化为母本，吸收了电学、光学、化学、哲学等基本内容的东土苗汉文化与西洋文化于一体的近现代苗族文化；第五期是苗族进入民族区域自治期(1949年中华人民共和国成立至今)，此期形成的是以苗族文化为母本，进一步融合传统文化、西方文化、当代中国先进文化的当代苗族文化。

二

苗族是我国一个古老的人口众多的民族，又是一个世界性的民族。她以其悠久的历史和深厚的文化而著称于世，传承着历史文化、民族精神。由田兵主编的《苗族古歌》，马学良、今旦译注的《苗族史诗》，龙炳文整理译注的《苗族古老话》，是苗族古代的编年史和苗族百科全书，也是苗族最主要的哲学文献。

距今7800—5300年的高庙文明所包含的不仅是一个高庙文化遗址，其同类文化遍布亚洲大陆，其中期虽在建筑、文学和科技等方面不及苏美尔文明辉煌，却比苏美尔文明早2300年，初期文明程度更高，后期又不像苏美尔文明那样中断，是世界上唯一一直绵延不断、发展至今，并最终创造出辉煌华夏文明的人类文明。在高庙文化区域的常德安乡县汤家岗遗址出土有蚩尤出生档案记录盘。

苗族人民口耳相传的"苗族古歌"记载了祖先"蝴蝶妈妈"及蚩尤的出生：蝴蝶妈妈是从枫木心中变出来的。蝴蝶妈妈一生下来就要吃鱼，鱼在哪里？鱼在继尾池。继尾古塘里，鱼儿多着呢！草帽般大的瓢虫，仓柱般粗的泥鳅，穿枋般大的鲤鱼。这里的鱼给她吃，她好喜欢。一次和水上的泡沫"游方"(恋爱)怀孕后生下了12个蛋。后经鹤宇鸟(有的也写成鸡宇鸟)悉心孵养，12年后，生出了雷公、龙、虎、蛇、牛和苗族的祖先姜央(一说是龙、虎、水牛、蛇、蜈蚣、雷和姜央)等12个兄弟。

《山海经·卷十五·大荒南经》中也记载了蚩尤与枫树以及蝴蝶妈妈的不解之缘："有宋山者，有赤蛇，名曰育蛇。有木生山上，名曰枫木。枫木，蚩尤所弃其桎梏，是为枫木。有人方齿虎尾，名曰祖状之尸。"姜央是苗族祖先，蝴蝶自然是苗族始祖了。

澳大利亚人类学家格迪斯说过:"世界上有两个苦难深重而又顽强不屈的民族,他们就是中国的苗族和分散在世界各地的犹太民族。"诚如所言,苗族是一个灾难深重而又自强不息的民族。唯其灾难深重,才能在磨砺中锤炼筋骨,迸发出民族自强不屈的魂灵,撰写出民族文化的鸿篇巨制。近年来,随着国家民族政策的逐步完善,对寄寓在民族学大范畴下的民族历史文化研究逐步深入,苗族作为我国少数民族百花园中的重要一支,其悠远、丰厚的历史足迹与文化遗址逐渐为世人所知。

苗族口耳相传的古歌记载,苗族祖先曾经以树叶为衣、以岩洞或树巢为家、以女性为首领。从当前一些苗族地区的亲属称谓制度中,也可以看出苗族从母权制到父权制、从血缘婚到对偶婚的演变痕迹。诸如此类的种种佐证材料,无不证明着苗族的悠远历史。苗族祖先凭借优越的地理条件,辛勤开拓,先后发明了冶金术和刑罚,他们团结征伐,雄踞东方,强大的部落联盟在史书上被冠以"九黎"之称。苗族历史上闪耀夺目的九黎部落首领是战神蚩尤,他依靠坚兵利甲,纵横南北,威震天下。但是,蚩尤与同时代的炎黄部落逐鹿中原时战败,从此开启了漫长的迁徙逆旅。

总体来看,苗族的迁徙经历了从南到北、从北到南、从东到西、从大江大河到小江小河,乃至栖居于深山老林的迁徙轨迹。五千年前,战败的蚩尤部落大部分南渡黄河,聚集江淮,留下先祖渡"浑水河"的传说。这一支经过休养生息的苗族先人汇聚江淮,披荆斩棘,很快就一扫先祖战败的屈辱和阴霾,组建了强大的三苗集团。然而,历史的车轮总是周而复始的,他们最终还是不敌中原部落的左右夹攻,他们中的一部分到达西北并随即南下,进入川、滇、黔边区。三苗主干则被流放崇山,进入鄱阳湖、洞庭湖腹地,秦汉以来不属王化的南蛮主支蔚然成势。夏商春秋战国乃至秦汉以降的历代正史典籍,充斥着云、贵、湘地南蛮不服王化的"斑斑劣迹"。这群发端于蚩尤的苗族后裔,作为中国少数民族的重要代表,深入武陵山脉心脏,抱团行进,男耕女织,互为凭借,势力强大,他们被封建统治阶级称为武陵蛮。据史料记载,东汉以来对武陵蛮的刀兵相加不可胜数,双方各有死伤。自晋至明,苗族在湖北、河南、陕西、云南、江西、湖南、广西、贵州等地辗转往复,与封建统治者进行了长期艰苦卓绝的不屈斗争。清朝及民国,苗族驻扎在云南的一支因战火而大量迁徙至滇西边境和东南亚诸国,进而散发至欧洲、北美、澳大利亚。

苗族遂成为一个世界性的民族!

三

苗族同胞在与封建统治者长期的争夺征战中，不断被压缩生存空间，又不断拓展生存空间，从而形成了其民族极为独特的迁徙文化现象。苗族历史上没有文字，却保存有大量的神话传说，他们有感于迁徙繁衍途中的沧桑征程，对天地宇宙产生了原始朴素的哲理认知。每迁徙一地，他们都结合当地实际，丰富、完善本民族文化内涵，从而形成了系列以"蝴蝶""盘瓠""水牛""枫树"为表象的原始图腾文化。苗族虽然没有文字，却有丰富的口传文化，这些口传文化经后人整理，散见于贵州、湖南等地流传的《苗族古歌》《苗族古老话》《苗族史诗》等典籍，它们承载着苗族后人对祖先口耳相传的族源、英雄、历史、文化的再现使命。

苗族迁徙的历程是艰辛、苦难的，迁徙途中的光怪陆离却是迷人的。他们善于从迁徙途中寻求生命意义，又从苦难中构建人伦规范，他们赋予迁徙以非同一般的意义。他们充分利用身体、语言、穿戴、图画、建筑等媒介，表达对天地宇宙的认识、对生命意义的理解、对人伦道德的阐述、对生活艺术的想象。于是，基于迁徙现象而产生的苗族文化便变得异常丰富。苗族将天地宇宙挑绣在服饰上，得出了天圆地方的朴素见解；将历史文化唱进歌声里，延续了民族文化一以贯之的坚韧品性；将跋涉足迹画在了岩壁上，应对苦难能始终奋勇不屈。其丰富的内涵、奇特的形式、隐忍的表达，成为这个民族独特的魅力，成为这个民族极具异禀的审美旨趣。从这个层面扩而大之，苗族的历史文化，便具备了一种神秘文化的潜在魅力与内涵支撑。苗族神秘文化最为典型的表现是巴代文化现象。从隐藏的文化内涵因子分析来看，巴代文化实则是苗族生存发展、生产生活、伦理道德、物质精神等文化现象的活态传承。

苗族丰富的民族传奇经历造就了其深厚的历史文化，但其不羁的民族精神又使得这个民族成为封建统治者征伐打压的对象。甚至可以说，一部封建史，就是一部苗族的压迫屈辱史。封建统治者压迫苗族同胞惯用的手段，一是征战屠杀，二是愚昧民众，历经千年演绎，苗族同胞之于本民族历史、祖先伟大事功，慢慢忽略，甚至抹杀性遗忘。

一个伟大民族的悲哀莫过于此！

四

历经苦难，走向辉煌。中华人民共和国成立后，得益于党的民族政策，苗族与全国其他少数民族一样，依托民族区域自治法，组建了系列具有本民族特色的少数民族自治机构，千百年被压在社会底层的苗族同胞，翻身当家做主人，他们重新直面苗族的历史文化，系统挖掘、整理、提升本民族历史文化，切实找到了民族的历史价值和民族文化自信。贵州和湖南湘西武陵山区一带，自古就是封建统治阶级口中的"武陵蛮"的核心区域。这一块曾经被统治阶级视为不毛之地的蛮荒地区，如今得到了国家的高度重视，中央整合武陵山片区4省市71个县市，实施了武陵山片区扶贫攻坚战略。作为国家区域大扶贫战略中的重要组成部分，武陵山区苗族同胞的脱贫发展牵动着党中央、国务院关注的目光。武陵山区苗族同胞感恩党中央，激发内生动力，与党中央同步共振，掀起了一场轰轰烈烈的脱贫攻坚世纪大战。

苗族是湘西土家族苗族自治州两大主体民族之一，要推进湘西发展，当前基础性的工作就是要完成两大主体民族脱贫攻坚重点工作，自然，苗族承担的历史使命责无旁贷。在这样的语境下，推进湘西发展、推进苗族聚集区同胞脱贫致富，就是要充分用好、用活苗族深厚的历史文化资源，以挖掘、提升民族文化资源品质，提升民族文化自信心；要全面整合苗族民族文化资源精华，去芜存菁，把文化资源转化为现实生产力，服务于我州经济社会的发展。

正是贯彻这样的理念，湘西土家族苗族自治州立足少数民族自治地区的民族资源特色禀赋，提出了生态立州、文化强州的发展理念，围绕生态牌、文化牌打出了"全域旅游示范区建设""国内外知名生态文化公园"系列组合拳，民族文化旅游业蓬勃发展，民族地区脱贫攻坚工作突飞猛进。在具体操作层面，州委、州政府提出了以"土家探源""神秘苗乡"为载体、深入推进我州文化旅游产业发展的口号，重点挖掘和研究红色文化、巫傩文化、苗疆文化、土司文化。基于此，州政协按照服务州委、州政府中心工作和民生热点难点的履职要求，组织相关专家学者，联合相关出版机构，在申报重点课题的基础上，深度挖掘苗族历史文化，按课题整理、出版苗族历史文化丛书。

人类具有社会属性，所以才会对神话故事、掌故、文物和文献进行著录和收传。以民族出版社出版、吴荣臻主编的五卷本《苗族通史》和贵州民族出版社出版的《苗族古歌》系列著作为标志，苗学研究进入了一个新的历史时期。

湘西土家族苗族自治州政协组织牵头的《湘西苗族民间传统文化丛书》记载了苗疆文化的主要内容，是苗族文化研究的重要成果。它不但整理译注了浩如烟海的有关苗疆的历史文献，出版了史料文献丛书，还记录整理了苗族人民口传心录的苗族古歌系列、巴代文化系列等珍贵资料，并展示了当代文化研究成果。

　　党的十八大以来，以习近平同志为核心的党中央，以"一带一路"倡议为抓手，不断推进人类命运共同体建设，以实现中华民族伟大复兴的中国梦为目标，不断推进理论自信、道路自信、制度自信和文化自信。没有包括苗族文化在内的各个少数民族文化的复兴，也不会有完全的中华民族伟大复兴。

　　因此，从苗族历史文化中探寻苗族原典文化，发现新智慧、拓展新路径，从而提升民族文化自信力，服务湘西生态文化公园建设，推进精准扶贫、精准脱贫，实现乡村振兴，进而实现湘西现代化建设目标，善莫大焉！

　　此为序！

2018 年 9 月 5 日

专家序一

掀起湘西苗族巴代文化的神秘面纱

汤建军

2017年9月7日，根据中共湖南省委安排，我在中共湘西州委做了题为"砥砺奋进的五年"的形势报告。会后，在湘西州社科联谭必四主席的陪同下，考察了一直想去的花垣县双龙镇十八洞村。出于对民族文化的好奇，考察完十八洞村后，我根据中共湖南省委网信办在花垣县挂职锻炼的范东华同志的热诚推荐，专程拜访了苗族巴代文化奇人石寿贵老先生，参观其私家苗族巴代文化陈列基地。石寿贵先生何许人也？花垣县双龙镇洞冲村人。他是本家祖传苗师"巴代雄"第32代掌坛师、客师"巴代扎"第11代掌坛师、民间正一道第18代掌坛师。石老先生还是湘西州第一批命名的"非物质文化遗产(以下简称'非遗')保护"名录"苗老司"代表性传承人、湖南省第四批"非遗"名录"苗族巴代"代表性传承人、吉首大学客座教授、中国民俗学会蚩尤文化研究基地蚩尤文化研究会副会长、巴代文化学会会长。他长期从事巴代文化、道坛丧葬文化、民间习俗礼仪文化等苗族文化的挖掘搜集、整编译注及研究传承工作。一直以来，他和家人，动用全家之财力、物力和人力，经过近50年的全身心投入，在本家积累32代祖传资料的基础上，又走访了贵州、四川、湖北、湖南、重庆等周边20多个县市有名望的巴代坛班，通过本家厚实的资料库加上广泛搜集得来的资料，目前已整编译注出7大类76本

2500 多万字及 4000 余幅仪式彩图的《巴代文化系列丛书》，且准备编入《湘西苗族民间传统文化丛书》进行出版。这 7 大类 76 本具体包括：第一类，基础篇 10 本；第二类，苗师科仪 20 本；第三类，客师科仪 10 本；第四类，道师科仪 5 本；第五类，侧记篇 4 本；第六类，苗族古歌 14 本；第七类，历代手抄本扫描 13 本。除了书稿资料以外，石寿贵先生还建立起了 8000 多分钟的仪式影像、238 件套的巴代实物、1000 多分钟的仪式音乐、此前他人出版的有关苗族巴代民俗的藏书 200 余册以及包括一整套待出版的《湘西苗族民间传统文化丛书》在内的资料档案。此前，他还主笔出版了《苗族道场科仪汇编》《苗师通书诠释》《湘西苗族古老歌话》《湘西苗族巴代古歌》四本著作。其巴代文化研究基地已建立起巴代文化的三大仪式、两大体系、八大板块、三十七种类苗族文化数据库，成为全国乃至海内外苗族巴代文化资料最齐全系统、最翔实厚重、最丰富权威的亮点单位。"苗族巴代"在 2016 年 6 月入选第四批湖南省"非遗"保护名录。2018 年 6 月，石寿贵老先生获批为湖南省第四批非物质文化遗产保护项目"苗族巴代"代表性传承人。

　　走进石寿贵先生的巴代文化挖掘搜集、整编译注、研究及陈列基地，这是一栋两层楼的陈列馆，没有住人，全部都是用来作为巴代文化资料整编译注和陈列的。一楼有整编译注工作室和仪式影像投影室等，中堂为有关图片及字画陈列，文化气息扑面而来。二楼分别为巴代实物资料、文字资料陈列室和仪式腔调录音室及仪式影像资料制作室等，其中 32 个书柜全都装满了巴代书稿和实物，真可谓书山文海、千册万卷、博大精深、琳琅满目。

　　石老先生所收藏和陈列的巴代文化各种资料、物件和他本人的研究成果极大地震撼了我们一行人。我初步翻阅了石老先生提供的《湘西苗族巴代揭秘》一书初稿，感觉这些著述在中外学术界实属前所未闻、史无前例、绝无仅有。作者运用独特的理论体系资料、文字体系资料以及仪式符号体系资料等，全面揭露了湘西苗族巴代的奥秘，此书必将为研究苗族文化、苗族巴代文化学和中国民族学、民俗学、民族宗教学以及苗族地区摄影专家、民族文化爱好者提供线索、搭建平台与铺设道路。我当即与湘西州社科联谭必四主席商量，建议他协助和支持石老先生将《湘西苗族巴代揭秘》一书申报湖南省社科普及著作出版资助。经过专家的严格评选，该书终于获得了出版资助，在湖南教育出版社得到出版。因为这是一本在总体上全面客观、科学翔实、通俗形象地介绍苗族巴代及其文化的书，我相信此书一定会成为广大读者喜闻喜阅、喜欣喜爱的书，一定能给苗族历代祖先以慰藉，一定能更好地传播苗民族文化精华，一定能深入弘扬中华民族优秀传统文化。

2017 年 12 月 6 日，我应邀在中南大学出版社宣讲党的十九大精神时，结合如何策划选题，重点推介了石寿贵先生的苗族巴代文化系列研究成果，希望中南大学出版社在前期积累的基础上，放大市场眼光，挖掘具有民族特色的文化遗产，积极扶持石老先生巴代文化成果的出版。这个建议得到了吴湘华社长及其专业策划团队的高度重视。2018 年 1 月 30 日，国家出版基金资助项目公示，由中南大学出版社挖掘和策划的石寿贵编著的《巴代文化系列丛书》中的 10 本作为第一批《湘西苗族民间传统文化丛书》入选。该丛书以苗族巴代原生态的仪式脚本(包括仪式结构、仪式程序、仪式形态、仪式内容、仪式音乐、仪式气氛、仪式因果等)记录为主要内容，原原本本地记录了苗师科仪、客师科仪、道师绕棺戏科仪以及苗族古歌、巴代历代手抄本扫描等脚本资料，建立起了科仪的文字记录、图片静态记录、影像动态记录、历代手抄本文献记录、道具法器实物记录等资料数据库，是目前湘西苗族地区种类较为齐全、内容翔实、实物彩图丰富生动的原生态民间传统资料，充分体现了苗族博大精深、源远流长的文化内涵和艺术价值，对今后全方位、多视角、深层次研究苗族历史文化有着极其重要的价值和深远的意义。

从《湘西苗族民间传统文化丛书》中所介绍的内容来看，可以说，到目前为止，这套丛书是有关领域中内容最系统翔实、最丰富完整、最难能可贵的资料了。此套书籍如此广泛深入、全面系统、尽数囊括、笼统纳入，实为古今中外之罕见，堪称绝无仅有、弥足珍贵，也是有史以来对苗族巴代文化的全面归纳和科学总结。我想，这既是石老先生和他的祖上及其家眷以及政界、学界、社会各界对苗族文化的热爱、执着、拼搏、奋斗、支持、帮助的结果，也体现出了石寿贵老先生对苗族文化所做出的巨大贡献。这套丛书将成为苗族传统文化保护传承、研究弘扬的新起点和里程碑。用学术化的语言来说，这 300 余种巴代科仪就是巴代历代以来所主持苗族的祭祀仪式、习俗仪式以及各种社会活动仪式的具体内容。但仪式所表露出来的仅仅只是表面形式而已，更重要的是包含在仪式里面的文化因子与精神特质。关于这一点，石寿贵老先生在丛书中也剖析得相当清晰，他认为巴代文化的形成是苗族文化因子的作用所致。他认为：世界上所有的民族和教派都有不同于其他民族的文化因子，比如佛家的因果轮回、慈善涅槃、佛国净土，道家的五行生克、长生久视、清静无为，儒家的忠孝仁义、三纲五常、齐家治国，以及纳西族的"东巴"、羌族的"释比"、东北民族的"萨满"、土家族的"梯玛"等，无不都是严格区别于其他民族或教派的独特文化因子。由某个民族文化因子所产生出来的文化信念，在内形成了该民族的观念、性格、素质、气节和精神，在外则形成了该民族的风格、习俗、形象、身份和标志。通过内外因素的共同作用，形成支撑该民族生生不息、发展壮大、繁荣富强的不竭动力。苗族巴代文化的核心理念是人类的"自我不灭"真性，在这一文化因子的影响下，形成了"自我崇拜"或"崇拜自我、维护自我、服务自我"的人类生存哲学体系。这种理论和实践体现在苗师"巴代雄"祭祀仪式的方方面面，比如上供时所说的"我吃你吃，我喝你喝"。说过之后，还得将供品一滴不漏地吃进口中，意思为我吃就是我的祖先吃，我喝就是我的祖先喝，我就是我的祖先，我的祖先就是我，祖先虽亡，但他的血液在我的身上流淌，他的基因附在我的身上，祖先的化身就是当下的我，并且一直延续到永远，这种自我真性没有被泯灭掉。同时，苗师"巴代雄"所祭祀的对象既不是木偶，也不是神像，更不是牌位，而是活人，是舅爷或德高望重的活人。这种祭祀不同于汉文化中的灵魂崇拜、鬼神崇拜或自然崇拜，而是实实在在的、活生生的自我崇拜。这就是巴代传承古代苗族主流文化（因子）的内在实质和具体内容。无怪乎如来佛祖降生时一手指天，一手指地，所说的第一句话就是："天上地下，唯我独尊。"佛祖所说的这个"我"，指的绝非本人，而是宇宙间、世界上的真性自我。

石老先生认为，从生物学的角度来说，世界上一切有生命的动植物的活动都是维护自我生存的活动，维护自我毋庸置疑。从人类学的角度来说，人类的真性自我不生不灭，世间人类自身的一切活动都是围绕有利于自我生存和发展这个主旨来开展的，背离了这个主旨的一切活动都是没有任何价值和意义的活动。从社会科学的角度来说，人类社会所有的科普项目、科学文化，都是从有利于人类自我生存和发展这个主题来展开的，如果离开了这条主线，科普也就没有了任何价值和意义。从人类生存哲学的角度来说，其主要的逻辑范畴，也是紧紧地把握人类这个大的自我群体的生存和发展目标去立论拓展的，自我生存成为最大的逻辑范畴；从民族学的角度来说，每个要维护自己生生不息、发展壮大的民族，都要有自己强势优越、高超独特、先进优秀的文化来作支撑，而要得到这种文化支撑的主体便是这个民族大的自我。

石老先生还说，从维护小的生命、个体的小自我到维护大的人类、群体的大自我，是生物世界始终都绕不开的总话题。因而，自我不灭、自我崇拜或崇拜自我、服务自我、维护自我，在历史上早就成为巴代文化的核心理念。正是苗师"巴代雄"所奉行的这个"自我不灭论"宗旨教义，所行持的"自我崇拜"的教条教法，涵盖了极具广泛意义的人类学、民族学以及哲学文化领域中的人类求生存发展、求幸福美好的理想追求。也正是这种自我真性崇拜的文化因子，才形成了我们的民族文化自信，锻造了民族的灵魂素质，成就了民族的精神气节，才能坚定民族自生自存、自立自强的信念意识，产生出民族生生不息、发展壮大的永生力量。这就充分说明，苗族的巴代文化，既不是信鬼信神的巫鬼文化，也不是重巫尚鬼的巫傩文化，而是从基因实质的文化信念到灵魂素质、意识气魄的锻造殿堂，是彻头彻尾的精神文化，这就是巴代文化和巫鬼文化、巫傩文化的本质区别所在。

乡土的草根文化是民族传统文化体系的基因库，只要正向、确切、适宜地打开这个基因库，我们就能找到民族的根和魂，感触到民族文化的神和命。巴代作为古代苗族主流文化的传承者，作为一个族群社会民众的集体意识，作为支撑古代苗族生存发展、生生不息的强大的精神支柱和崇高的文化图腾，作为苗族发展史、文明史曾经的符号，作为中华民族文化大一统中的亮丽一簇，很少被较为全面系统、正向正位地披露过。

巴代是古代苗族祭祀仪式、习俗仪式、各种社会活动仪式这三大仪式的主持者，更是苗族主流文化的传承者。因为苗族在历史上频繁迁徙、没有文字、不属王化、封闭保守等因素，再加上历史条件的限制与束缚，为了民族的生存和发展，苗族先人机灵地以巴代所主持的三大仪式为本民族的显性文化表象，来传承苗族文化的原生基因、本根元素、全准信息等这些只可意会、不可言传的隐性文化实质。又因这三大仪式的主持者叫巴代，故其所传承、主导、影响的苗族主流文化又被称为巴代文化，巴代也就自然而然地成为聚集古代苗族的哲学家、法学家、思想家、社会活动家、心理学家、医学家、史学家、语言学家、文学家、理论家、艺术家、易学家、曲艺家、音乐家、舞蹈家、农业学家等诸大家之精华于一身的上层文化人，自古以来就一直受到苗族人民的信任、崇敬和尊重。

巴代文化简单说来就是三大仪式、两大体系、八大板块和三十七种文化。其包括了苗族生存发展、生产生活、伦理道德、物质精神等从里到表、方方面面、各个领域的文化。巴代文化必定成为有效地记录与传承苗族文化的大乘载体、百科全书以及活态化石，必定成为带领苗族人民从远古一直走到近代的精神支柱和家园，必定成为苗族文化的根、魂、神、质、形、命的基因实质，必定成为具有苗族代表性的文化符号与文化品牌，必定成为苗族优秀的传统文化、神秘湘西的基本要素。

石老先生委托我为他的丛书写篇序言，因为我的专业不是民族学研究，不能从专业角度给予中肯评价，为读者做好向导，所以我很为难，但又不好拒绝石老先生。工作之余，我花了很多时间认真学习他的相关著述，总感觉高手在民间，这些文字是历代苗族文化精华之沉淀，文字之中透着苗族人的独特智慧，浸润着石老先生及历代巴代们的心血智慧，更体现出了石老先生及其家人一生为传承苗族文化所承载的常人难以想象的、难以忍受的艰辛、曲折、困苦、执着和担当。

这次参观虽然不到两个小时，却发现了苗族巴代文化的正宗传人。遇见石老先生，我感觉自己十分幸运，亦深感自己有责任、有义务为湘西苗族巴代文化及其传人积极推荐，努力让深藏民间的优秀民族文化遗产能够公开出版。石老先生的心愿已了，感恩与我们一样有这种情结的评审专家和出版单位对《湘西苗族民间传统文化丛书》的厚爱和支持。我相信，大家努力促成这些书籍公开出版，必将揭开湘西苗族巴代文化的神秘面纱，必将开启苗族巴代文化保护传承、研究弘扬、推介宣传的热潮，也必将引发湘西苗族巴代文化旅游的高潮。

略表数言，抛砖引玉，是为序。

（作者系湖南省社会科学院党组成员、副院长，湖南省省情研究会会长、研究员）

专家序二

罗康隆

　　我来湘西 20 年,不论是在学校,还是在村落,听到当地苗语最多的就是
"巴代"(分"巴代雄"与"巴代扎")。起初,我也不懂巴代的系统内涵,只知
道巴代是湘西苗族的"祭师",但经过 20 年来循序渐进的认识与理解,我深
知,湘西苗族的"巴代",并非用"祭师"一词就可以简单替代。

　　说实在的,我是通过《湘西苗族调查报告》和《湘西苗族实地调查报告》
这两本书来了解湘西的巴代文化的。1933 年 5 月,国立中央研究院的凌纯
声、芮逸夫来湘西苗区调查,三个月后凌纯声、芮逸夫离开湘西,形成了《湘
西苗族调查报告》(2003 年 12 月由民族出版社出版)。该书聚焦于对湘西苗
族文化的展示,通过实地摄影、图画素描、民间文物搜集,甚至影片拍摄,加
上文字资料的说明等,再现了当时湘西苗族社会文化的真实图景,其中包含
了不少关于湘西苗族巴代的资料。

　　当时,湘西乾州人石启贵担任该调查组的顾问,协助凌纯声、芮逸夫在
苗区展开调查。凌纯声、芮逸夫离开湘西时邀请石启贵代为继续调查,并请
国立中央研究院聘石启贵为湘西苗族补充调查员,从此,石启贵正式走上了
苗族研究工作的道路。经过多年的走访调查,石启贵于 1940 年完成了《湘西
苗族实地调查报告》(2008 年由湖南人民出版社出版)。在该书第十章"宗教
信仰"中,他用了 11 节篇幅来介绍湘西苗族的民间信仰。2009 年由中央民
族大学"985 工程"中国少数民族非物质文化研究与保护中心与台湾"中央研
究院"历史语言研究所联合整理,在民族出版社出版了《民国时期湘南苗族调
查实录(1~8 卷)(套装全 10 册)》,包括民国习俗卷、椎猪卷、文学卷、接龙
卷、祭日月神卷、祭祀神辞汉译卷、还傩愿卷、椎牛卷(上)、椎牛卷(中)、

椎牛卷(下)。由是,人们对湘西苗族"巴代"有了更加系统的了解。

我作为苗族的一员,虽然不说苗语了,但对苗族文化仍然充满着热情与期待。在我主持学校民族学学科建设之初,就将苗族文化列为重点调查与研究领域,利用课余时间行走在湘西的腊尔山区苗族地区,对苗族文化展开调查,主编了《五溪文化研究》丛书和《文化与田野》人类学图文系列丛书。在此期间结识了不少巴代,其中就有花垣县董马库的石寿贵。此后,我几次到石寿贵家中拜访,得知他不仅从事巴代活动,而且还长期整理湘西苗族的巴代资料,对湘西苗族巴代有着系统的了解和较深的理解。

我被石寿贵收集巴代资料的精神所感动,决定在民族学学科建设中与他建立学术合作关系,首先给他配备了一台台式电脑和一台摄像机,可以用来改变以往纯手写的不便,更可以将巴代的活动以图片与影视的方式记录下来。此后,我也多次邀请他到吉首大学进行学术交流。在台湾"中央研究院"康豹教授主持的"深耕计划"中,石寿贵更是积极主动,多次对他所理解的"巴代"进行阐释。他认为湘西苗族的巴代是一种文化,巴代是古代苗族祭祀仪式、习俗仪式、各种社会活动仪式这三大仪式的主持者,是苗族文化的传承载体之一,是湘西苗族"百科全书"的构造者。

巴代文化成为苗族文化的根、魂、神、质、形、命的基因实质。这部《湘西苗族民间传统文化丛书》含 7 大类 76 本 2500 多万字及 4000 余幅仪式彩图,还有 8000 多分钟仪式影像、238 件套巴代实物、1000 多分钟仪式音乐等,形成了巴代文化资料数据库。这些资料弥足珍贵,以苗族巴代仪式结构、仪式程序、仪式形态、仪式内容、仪式音乐、仪式气氛、仪式因果为主要内容进行记录。这是作者在本家 32 代祖传所积累丰厚资料的基础上,通过近 50 年对贵州、四川、湖南、湖北、重庆等省市周边有名望的巴代坛班走访交流,行程达 10 万多公里,耗资 40 余万元,竭尽全家之精力、人力、财力、物力,对巴代文化资料进行挖掘、搜集与整理所形成的资料汇编。

这些资料的样本存于吉首大学历史与文化学院民间文献室,我安排人员对这批资料进行了扫描,准备在 2015 年整理出版,并召开过几次有关出版事宜的会议,但由于种种原因未能出版。今天,它将由中南大学出版社申请到的国家出版基金资助出版,也算是了结了我多年来的一个心愿,这是苗族文化史上的一件大好事。这将促进苗族传统文化的保护,极大地促进民族精神的传承和发扬,有助于加强、保护与弘扬传统文化,对落实党和国家加强文化大发展战略有着特殊的使命与价值。

(作者系吉首大学历史与文化学院院长、湖南省苗学学会第四届会长)

概　述

　　《湘西苗族民间传统文化丛书》以苗族巴代原生态的仪式脚本(包括仪式结构、仪式程序、仪式形态、仪式内容、仪式音乐、仪式气氛、仪式因果等)记录为主要内容,原原本本地记录了苗师科仪、客师科仪、道师绕棺戏科仪以及苗族古歌、巴代历代手抄本扫描等脚本资料,建立起了科仪文字记录、图片静态记录、影像动态记录、历代手抄本文献记录、道具法器实物记录等资料数据库,为抢救、保护、传承、研究这些濒临灭绝的苗族传统文化打牢了基础,搭建了平台,提供了必需的条件。

　　巴代是古代苗族祭祀仪式、习俗仪式、各种社会活动仪式这三大仪式的主持者,也是苗族主流文化的传承载体之一。古代苗族在涿鹿之战后因为频繁迁徙、分散各地、没有文字、不属王化、封闭保守等因素,形成了具有显性文化表象和隐性文化实质这二元文化的特殊架构。基于历史条件的限制与束缚,为了民族的生存和发展,苗族先人机灵地以巴代所主持的三大仪式为本民族的显性文化表象,来传承苗族文化的原生基因、本根元素、全准信息等这些只可意会、不可言传的隐性文化实质。因为三大仪式的主持者叫巴代,故其所传承、主导、影响的苗族主流文化又被称为巴代文化,巴代也就自然而然地成为聚集古代苗族的哲学家、史学家、宗教家等诸大家之精华于一身的上层文化人,自古以来就一直受到苗族人民的信任、崇敬和尊重。

　　巴代文化简单说来就是三大仪式、两大体系、八大板块和三十七种文化。其包括了苗族生存发展、生产生活、伦理道德、物质精神等从里到表、方方面面各个领域的文化。巴代文化必定成为有效地记录与传承苗族文化的大乘载体、百科全书以及活态化石，必定成为带领苗族人民从远古一直走到近代的精神支柱和家园，必定成为苗族文化的根、魂、神、质、形、命的基因实质，必定成为具有苗族代表性的文化符号与文化品牌，必定成为苗族优秀的传统文化之一、神秘湘西的基本要素。

苗族的巴代文化与纳西族的东巴文化、羌族的释比文化、东北民族的萨满文化、汉族的儒家文化、藏族的甘朱尔等一样，是中华文明五千年的文化成分和民族文化大花园中的亮丽一簇，是苗族文化的本源井和柱标石。巴代文化的定位是苗族文化的全面归纳、科学总结与文明升华。

近代以来，由于种种原因，巴代文化濒临灭绝。为了抢救这种苗族传统文化，笔者在本家32代祖传所积累丰厚资料的基础上，又通过近50年以来对贵州、四川、湖南、湖北、重庆等省市周边有名望的巴代坛班走访交流，行程10多万公里，耗资40余万元，竭尽全家之精力、人力、财力、物力，全身心投入巴代文化资料的挖掘、搜集、整编译注、保护传承工作中，到目前已形成了7大类76本2500多万字及4000余幅仪式彩图的《湘西苗族民间传统文化丛书》(以下简称《丛书》)有待出版，建立起了《丛书》以及8000多分钟的仪式影像、238件套的巴代实物、1000多分钟的仪式音乐等巴代文化资料数据库。该《丛书》已成为当今海内外唯一的苗族巴代文化资源库。

7大类76本2500多万字及4000余幅仪式彩图的《丛书》在学术界也称得上是鸿篇巨制了。为了使读者能够在大体上了解这套《丛书》的基本内容，在此以概述的形式来逐集进行简介是很有必要的。

这套洋洋大观的《丛书》，是一个严谨而完整的不可分割的体系，按内容属性可分为7大类型。因整套《丛书》的出版分批进行，在出版过程中根据实际情况对《丛书》结构做了适当调整，调整后的内容具体如下：

第一类：基础篇。分别是：《许愿标志》《手诀》《巴代法水》《巴代道具法器》《文疏表章》《纸扎纸剪》《巴代音乐》《巴代仪式图片汇编》《湘西苗族民间传统文化丛书通读本》等。

第二类：苗师科仪。分别是：《接龙》(第一、二册)，《汉译苗师通鉴》(第一、二、三册)，《苗师通鉴》(第一、二、三、四、五、六、七、八册)，《苗师"不青"敬日月车祖神科仪》(第一、二、三册)，《敬家祖》，《敬雷神》，《吃猪》，《土昂找新亡》。

第三类：客师科仪。分别是：《客师科仪》(第一、二、三、四、五、六、七、八、九、十册)。

第四类：道师科仪。分别是：《道师科仪》(第一、二、三、四、五册)。

第五类：侧记篇之守护者。

第六类：苗族古歌。分别是：《古杂歌》，《古礼歌》，《古阴歌》，《古灰歌》，《古仪歌》，《古玩歌》，《古堂歌》，《古红歌》，《古蓝歌》，《古白歌》，《古人歌》，《汉译苗族古歌》(第一、二册)。

第七类：历代手抄本扫描。

本套《丛书》的出版将为抢救、保护、传承、研究这些濒临灭绝的苗族传统文化打牢基础、搭建平台和提供必需的条件；为研究苗族文化，特别是研究苗族巴代文化学、民族学、民俗学、民族宗教学等，以及这些学科的完善和建设做出贡献；为研究、关注苗族文化的专家学者以及来苗族地区的摄影者提供线索与方便。《丛书》的出版，将有力地填补苗族巴代文化学领域里的空缺和促进苗族传统文明、文化体系的完整，使苗族巴代文化成为中华民族文化大花园中的亮丽一簇。

石寿贵
2020 年秋于中国苗族巴代文化研究中心

前 言

　　苗族前人留传下来的原生态苗歌，简称"苗族古歌"。它以诗歌传唱的形式真实地记录、传承了苗族的族群史、发展史和文明史，是苗族历史与文化传承的载体、百科全书以及活化石。它原汁原味地展示了苗族人民口口相传的天地形成、人类产生、族群出现、部落纷争、历次迁徙、安家定居、生产生活等从内到外、从表到里的方方面面的历史与文化，是一个体系庞大、种类繁多、内容丰富、意境高远、腔调悠长、千姿百态的文化艺术形式，也是一种苗族人民历来乐于传唱、普及程度很高的文化娱乐方式。

　　2011 年 5 月 23 日，"苗族古歌"名列国务院公布的第三批国家级非物质文化遗产扩展项目名录；2014 年 6 月，笔者主持的"花垣县苗族巴代文化保护基地"（笔者自家）被湘西土家族苗族自治州政府授牌为"苗族古歌传习所"，2014 年 8 月，被花垣县人民政府授牌为"花垣县董马库乡大洞冲村苗族古歌传习所"。政府的权威认定集中体现了国家对苗族古歌的充分肯定和高度重视。

　　笔者生活在一个世代传承苗歌之家，八九代人一直都在演唱、创作、传承苗歌。太高祖石共米、石共甲，高祖石仕贵、石仕官，曾祖石明章、石明玉，祖公石永贤、石光，父亲石长先，母亲龙拔孝，大姐石赐兴，大哥石寿山等，都是当时享有名望的大歌师，祖祖辈辈奉行的是"唱歌生、唱歌长、唱歌大、唱歌老、唱歌死、唱歌葬、唱歌祭"的宗旨，对苗歌天生有一种离不开、放不下、丢不得、忘不掉的特殊情感，因而本家祖传的苗歌资料特别丰富。笔者在本家苗歌资料的基础上，又在苗族地区广泛挖掘搜集，进而进行整编译注工作。

　　我们初步将采集到的苗族古歌编辑成了 635 卷线装本，再按其内容与特色分类编辑成《古灰歌》《古红歌》《古蓝歌》《古白歌》《古人歌》《古杂歌》《古礼歌》《古堂歌》《古玩歌》《古仪歌》《古阴歌》，共 11 本，400 余万字，已被纳入国家出版基金项目，由中南大学出版社出版。这批苗族古歌的问世，将成为海内外学术界研究苗族乃至世界哲学、历史学、文学、语言学、人类学、民族学、民俗学、宗教学等学科不可或缺的基本资料，它们生动地体现了古代苗族独创、独特且博大的历史文化和千姿百态、璀璨缤纷的艺术魅力。

截至目前，我们已经出版了《湘西苗族巴代古歌》《湘西苗族古老歌话》等 4 本苗歌图书。《古灰歌》《古红歌》《古蓝歌》《古白歌》《古人歌》《古杂歌》《古礼歌》《古堂歌》《古玩歌》《古仪歌》《古阴歌》11 本被编入了《湘西苗族民间传统文化丛书》第二辑，本册《古灰歌》是这 11 本中的第 1 本。

本册《古灰歌》的内容包括天地自然形成的传说、创造万物的传说、人类祖先的传说、苗族先人的传说、部落纷争的传说、打食人魔的传说、迁徙经历的传说、迁徙简唱等从远古到近古的一些歌曲，对于研究苗族的迁徙、发展史以及苗族人思想中的天地万物观念具有重要作用和深远意义。

有几点需要提醒读者朋友们注意。苗族古歌基本上都属于诗歌体裁，但在苗区里基本上是五里不同腔、八里不同韵。本册《古灰歌》保存的资料采集于花垣县双龙镇洞冲村一带，此地属于东部方言第二方言区的语音地，书中的苗语发音虽然采用了类似现代汉语拼音的标注方式，但其实与普通话的发音相去甚远。而且，苗族古歌在口口相传的过程中一直没有定本，一直处在流动不居的演变过程之中。这也是本套丛书的价值所在。因此，在整理编写的过程中，笔者也最大程度地保留了采集到的资料的原貌。因苗区各地的音腔不同，所以苗族古歌的唱腔也有不同，共几十种。我们搜集到一些唱腔，但只知道极少数歌者的名字，而大多数歌者无法列出，为保持统一，在本部分所示的二维码中，我们没有列出歌者的名字，诚望读者谅解。

目 录

一、天地自然的传说

1.

他陇，他陇打便，他陇打便汝格汝那，

Tab nongb, tab nongb dax biax, tab nongb dax biax rux geit rux lat,

他陇，他陇打豆，他陇打豆汝内汝虐。

Tab nongb, tab nongb dax doux, tab nongb dax doux rux neix rux lut.

他陇，他陇几最，他陇几最便告囊秋，

Tab nongb, tab nongd jis zuix, tab nongb jib zuix biad gaox nangx quid,

他陇，他陇吉吾，他陇吉吾照告囊兰。

Tab nongb, tab nongb jid wut, tab nongb jid wub zhaox gaox nangt lant.

他陇，他陇最汝，他陇最汝窝内窝总，

Tab nongb, tab nongb zuib rux, tab nongb zuib rud aod nieb aos zongb,

他陇，他陇最汝，他陇最汝窝总窝忙。

Tab nongb, tab nongb zuid rub, tab nongb zuib rub aod zongx aod mangb.

他陇，他陇最约，他陇最约汝拔汝浓，

Tab nongb, tab nongb zuib yaox, tab nongb zuid yaox rus pax rux nongs,

他陇，他陇最约，他陇最约麻让麻共。

Tab nongb, tab nongb zuib yaox, tab nongb zuid yaox mab rangx mad gongx.

打大，打大内蒙，打大内蒙莎腊拢单，

Dad dab, dad dab ninx mongx, dad dab ninx mongb shax langb longx daib,

舅娘，舅娘阿舅，舅娘阿舅莎腊拢送。

Jiux niangb, jiux niangb aes jiub, jius niangb aes jiub shas langb longb soub.

姑娘，姑娘姑爷，姑娘姑爷莎单窝途，

Gux niangb, gux niangb gux yex, gux niangb gux yex shab daix aot tut,

苟梅，苟梅得拔，苟梅得拔莎单窝洋。

Goub meix, goub meib deb pat, gous meib des pat shax daib aos yangt.

再斗，再斗剖囊，再斗剖囊总那总苟，

Zaib doub, zaib doub bout rangx, zaib doub boub rangb zongx nad zoub goud,

吉高，吉高剖囊，吉高剖囊总玛总得。

Jis gaox, jis gaob boux rangb, jis gaob boub rangs zongx mat zongb des.

得雄，得雄最约，得雄最约炯谷阿那，

Des xiongb, des xiongb zuib yob, des xiongb zuis yob jiongb guob as nax,

得容，得容最约，得容最约乙谷欧苟。

Des rongb, des rongb zuix yot, des rongb zuib yob yib guob ous goux.

最约，最约阿谷，最约阿谷欧乔欧舍，

Zuis yob, zuis yos as guox, zuib yos as guox out piaox ous shout,

单约，单约阿吧，单约阿吧比谷乙玛。

Dais yox, dais yos as bat, dais yob as bat bix guob yut max.

便巴，便巴麻林，便巴麻林得雄得容，

Biax biat, biax biat mab liongt, biax bat mab liongt des xiongx des rongt,

炯玛，炯玛麻汝，炯玛麻汝得那得苟。

Jiongx mab, jiongb mad max rub, jiongx mab max rub deb nax des gous.

大戏，大戏几叟，大戏几叟拢单堂内，

Dab xib, dab xib jis sout, dab xib jis soux longb daix tangx niet,

钱见，钱见吉年，钱见吉年拢单堂总。

Qiangx jiant, qiangx jiant jid niangx, qiangx jiant jis niangt longx dais tangx zongt.

久久，久久莎腊，久久莎腊几叟酷目，

Jiut jiut, jiut jiut shab lasx, jiut jiut shab lasx jis soub kux mud,

奶奶，奶奶莎腊，奶奶莎腊吉年酷梅。

Niex niex, niex niex shab lax, niex niex shab lab jid nianx kub meix.

尼内，尼内莎腊，尼内莎腊几叟大起，

Nix nieb, nix nieb shas lax, nis nieb shax lax jis shoux dat qux,

尼总，尼总莎腊，尼总莎腊吉年达写。

Nix nieb, nix nieb shas lax, nis nieb shax lax jis nianx dat xiet.

尼内，尼内莎腊，尼内莎腊几叟吉年，

Nix nieb, nix nieb shas lax, nis nieb shax lax jis soub jis niangt,

尼总，尼总莎腊，尼总莎腊周朋周热。

Nix nieb, nix nieb shas lax, nis nieb shax lax zhoub pongx zhoud rout.

几叟，几叟拢单，几叟拢单号拢几图，

Jis soub, jis soub longx danb, jis soub longb danx hoax longx jib tux,

吉年，吉年拢送，吉年拢送号炯吉囊。

Jis niangt, jis niangt longx songx, jis niangx longb songx haot jiongx jit nangt.

尼拔，尼拔莎腊，尼拔莎腊将写将善，

Nix pat, nix pat shab lax, nix pas shab las jiangx xiet jiangb sanb,

尼浓，尼浓莎腊，尼浓莎腊宽松到踏。

Nib nongb, nib nongb shas lax, nib nongb shax lax kuab songt daox tat.

今日，今日上苍，今日上苍紫微高照，

今天，今天世间，今天世间日吉时良。

今日，今日聚了，今日聚了五方的亲，

今天，今天齐了，今天齐了六处的眷。

今日，今日齐了，今日齐了人多人众，

今天，今天聚了，今天聚了人众人群。

今日，今日齐了，今日齐了男男女女，
今天，今天聚了，今天聚了三班老少。

外公，外公外婆，外公外婆也都到了，
舅娘，舅娘舅爷，舅娘舅爷也都齐了。

姑娘，姑娘姑爷，姑娘姑爷也都到了，
姊妹，姊妹女儿，姊妹女儿也都齐了。

还有，还有我们，还有我们房族人等，
以及，以及我们，以及我们兄弟叔伯。

苗胞，苗胞齐了，苗胞齐了七十一兄，
苗族，苗族到了，苗族到了八十二弟。

齐了，齐了一十，齐了一十二支二系，
到了，到了一百，到了一百四十八姓。

五姓，五姓大族，五姓大族苗名苗姓，
七姓，七姓苗胞，七姓苗胞好父好子。

大家，大家欢喜，大家欢喜来到堂中，
也都，也都欢笑，也都欢笑来临堂内。

人人，人人也都，人人也都欢天喜地，
个个，个个都是，个个都是喜笑颜开。

是人，是人也都，是人也都喜在心里，
大家，大家都是，大家都是笑在脸面。

是人，是人都是，是人都是喜中爱中，
大家，大家都是，大家都是心满意足。

欢喜，欢喜来到，欢喜来到此堂此间，
喜悦，喜悦来临，喜悦来临此地此处。

女人，女人也都，女人也都无忧无虑，
男人，男人也都，男人也都放心落肠。

2.

他拢汝内亚汝虐，
Tab longx rub nieb yab rub niux,
汝内汝虐几良养。
Rus nieb rub niux jis liangx yangs.
列岔西昂囊度汝，
Lieb chas xib ghas aos dub rux,
列岔虐满度西昂。
Lieb chas niut manx dub xib ghas.

今天是个好日子，好个日子好吉缘。
要讲古老的根由，要说远古的根源。

3.

阿就难伞到阿那，
As jiub nanx shuanb daot as nat,
阿那难伞到阿内。
As nax nanb shuanx daos as niet.
他拢汝内叉到他，
Tas longx rub niet chas daob tat,
出发出求叉单得。
Chus fab chus qiub chas danb des.

一年难选的月份，一月难选的日子。
今天日子好得很，荣华富贵有望头。

4.

他陇最内最纵，

Teat nend zeix niex zeix zos,

他陇最纵最忙。

Teat nend zeix zos zeix mangs.

他陇最拔最浓，

Teat nend zeix npad zeix nint,

他陇最让最共。

Teat nend zeix rangt zeix ghot.

他陇最那最勾，

Teat nend zeix nangb zeix goud,

他陇最骂最得。

Teat nend zeix mangt zeix deb.

最哟吧告郎秋，

Zeix jul blab ghaot nangd qub,

最哟照告郎兰。

Zeix jul zhaot ghaot nangd lanl.

最哟打大奶蒙，

Zeix jul dab dad nel mongs,

最哟勾梅得拔。

Zeix jul goud mel deb npad.

最哟夫记比洽，

Zeix jul gid nangb bleib nqad,

最哟兰汝照告。

Zeix jul lanl rut zhaot ghaot.

达戏几最陇单告图，

Dab xib jid zeix lol dand geal nend,

达戏吉吾陇送告洋。

Dab xib jid wus lol sot ghob yangs.

几叟哭目，

Jib seub khud mongx,

吉研哭梅。

Jid nkiand khud mes.

江你达写，
Jangx nib dab xed,
愿照达起。
Yanb zhaos ghob qib.
几叟吉研，
Jid seub jid nkiand,
几苦吉汝。
Jid khub jid rut.
几沙吉包，
Jid sheab jid baod,
吉汝吉陇。
Jid rut jid nhangs.

今天众人都到，今日大家都齐。
今天男女都到，今日老少都临。
今天哥兄都来，今日父子都到。
来了五路好亲，到了六路好客。
舅爷岳母都来，姑娘姊妹都到。
朋友三四都来，亲戚六眷都临。
大家都聚到了这里，大众都齐来到此间。
喜在脸目，笑在脸面。
喜在心中，悦在肚内。
欢天喜地，喜笑颜开。
取长补短，和睦和谐。

5.
内拿排到汝奶，
Niex nax banx daot rut hnieb,
剖莎寿到汝牛。
Boub sat sheut daot rut nius.
排到锰竹，
Nbanx daot lioul lianl,
寿到蒙虫。

Sheut daot mengb chongs.

卡数寿到汝格，

Kad shub sheut daot teb ngand.

卡他叟到汝那。

Kad ndad sheut daot rut hlat.

阿就尼汝他陇阿那，

Ad jut nis rut teat nend ad hlat,

阿那尼汝他陇阿奶。

Ad hlat nis rut teat nend ad hnieb.

足佩几良，

Nis peib jid lieax,

足汝几斗。

Nis rut jid doul.

人们选得黄道，主家择得吉日。

选得定日，择得成日。

算得紫微高照，择得吉星光临。

一年最好就是今月，一月最好就是今天。

最好的吉星，最吉的良辰。

6.

最秋最兰最林纵，

Zuis quit zuib lans zuis liongb zhongs,

最汝阿标汝兰乖。

Zuis rub as boub rub lans gueib.

列扑西昂囊度共，

Lieb pub xib ghas nangx dub gongx,

列岔虐满囊窝内。

Lieb chas niux mans nangb aos niet.

亲戚六眷都拢来，朋友三四都来齐。

要讲古老话根源，要唱古代的根基。

7.

最久阿高窝内然，

Zuis jiub as gaob aos nieb rax，

最汝阿高内没才。

Zuis rub as gaob niex meid caib.

大戏几朴度吉岔，

Das xib jis pub dut jis chat，

列岔虐满囊公元。

Lieb chab nub mans nangx gongs yuant.

齐了很多的高贤，到了很多的高才。

大家来把古根探，要理古代的根源。

8.

他陇吧洽郎秋陇单告图，

Teat nend blab npand nangd qub lol dand geal nend，

他陇照告郎兰陇送告洋。

Teat nend zhaot ghaot nangd lanl lol sot ghob yangs.

你出阿标谷无周柳，

Nib chud ad bloud jid xanb zhoud lioud，

炯出阿纵谷无况桥。

Jiongt chud ad zongx gul wus kuangs jot.

拔陇拔汝先头，

Npad lol npad rut cand doud，

浓达浓到木汝。

Nint lol nint daot mangs rut.

埋陇全全莎尼内查，

Mex lol janl janl sat nis lanl zhal，

埋达件件莎汝内然。

Mex deab yad yad sat nis lanl ras.

安奶安怪，

Nianl jul nianl blans，

安久安汝。

Nianl lix nianl ndeud.

打吧埋安莎齐，

Dab blab mex sat nianl nqib,

打豆埋安莎板。

Dab doub mex nianl sat bans.

今天主家的亲眷来到这里，今日主人的贵客来临此间。

坐在一起围成圆圈，聚在一处喜气盈门。

女宾美丽漂亮，男宾帅气非凡。

大家都是聪明才子，大众皆是伶俐佳人。

通今博古，知书达礼。

天文你们知晓，地理你们知全。

9.

他陇列够剖娘浪莎，

Teat nend lies gheub poub niangx nangd sead,

他陇到岔奶骂浪度。

Tent nend lies chat nied mangt nangd dut.

列朴西昂浪公，

Lies pud xib ngangx nangd gut,

列岔牛满浪几。

Lies chat nius manl nangd gid.

埋拿莎尼猛蒙内几补，

Mex nax sat nis mil niex jib bul,

埋汉莎尼猛卡几冬。

Mex hant sat nis mil kheat jib deib.

打绒郎得，

Dab rongx nangd deb,

达潮郎楼。

Dab nceut nangd nous.

得浓埋到剖娘浪鲁度鲁树，

Deb nint mex daot poub niangx nangd nhub dut nhub shut,

得拔莎到奶骂浪鲁崩鲁弄。

Dab npad sat daot nied mangt nangd nhub beix nhub xit.

埋拿没汉鸟查，

Mex nax mex hant niaox zheax,

埋莎汝汉弄然。

Mex sat rut hant lot ras.

汝莎列充埋够，

Rut sead lies ceit mex ngheub,

汝度列就埋岔。

Rut dut lies njoul mex chat.

充埋吉上列陇崩声，

Ceit mex jid shangt lies lol blongl shob,

然埋吉上列陇起度。

Rangs mex jid shangt lies lol kit dut.

尼奶莎拿当格，

Nis niex sat nax dangln khed,

尼纵莎拿当洞。

Nis zos sat nax dangl dongt.

今天要唱祖宗的歌，今日要讲祖先的话。

要理古代的根，要讲古老的话。

大家都是通今达古，大众皆是知礼高才。

龙生龙子，虎生虎儿。

男人学得祖宗留下的古根古话，女人学会祖先教会的花卉刺绣。

大家都是能说会讲之辈，大众都是嘴舌灵便之人。

古歌要请你们来唱，古话要请你们来说。

有请你们快点来唱，有迎你们快些来说。

大家洗耳恭听，大众注目恭闻。

10.

达香，达香窝汝，达香窝汝意记笃斗，

Dab xiangb, dab xiangb aos rub, dab xiang aob rub yib jib zongx dous,

达穷，达穷窝汝，达穷窝汝依达穷炯。

Dab qiongx, dab qiongx aos rub, dab qiongb aos rub yis dab qiongb jiux.

再斗，再斗吉高，再斗吉高见乖头奶，

Zaib dous, zaib dous jib gaox, zaib dous jit gaob jianx guab toub naix，

再斗，再斗吉龙，再斗吉龙牙洋头浪。

Zaib dous, zaib dous jib gaox, zaib dous jit longb yab yangx toub langx.

窝扛，窝扛剖囊，窝扛剖囊向剖向乜，

Aob gangx, aos gangx biet nangb, aos gangx biet nangb xiangb poux xiangb niangx，

窝扛，窝扛剖囊，窝扛剖囊向内向玛。

Aob gangx, aos gangx biet nangb, aos gangx biet nangb xiangb nieb xiangb mas.

踏拢，踏拢列够，踏拢列够剖乜囊萨，

Tab longx, tab longt liet goub, tas longb liex gous bies poub nangx ses，

踏拢，踏拢列岔，踏拢列岔内玛囊度。

Tab longx, tab longt liet chab, tab longb lieb chab nieb mab nangb dux.

剖乜，剖乜囊萨，剖乜囊萨纠谷纠龙，

Boub pous, boub pous nangs sae, boub poub nangb sae jiub guos jiub longx，

内玛，内玛囊度，内玛囊度纠谷纠缪。

Nieb mab, nieb mab nangb dut, nieb mab nangb dub jiub gub jiub miaot.

纠谷，纠谷纠龙，纠谷纠龙喂卜阿龙，

Jiub gub, jiub gub jiub longs, jiub gub jiub longt weib pux as longt，

纠谷，纠谷纠缪，纠谷纠缪剖岔阿缪。

Jiub gub, jiub gub jiub miaox, jiub gub jiub miaox boux chab as miaox.

剖乜，剖乜莎腊，剖乜莎腊挂见楼豆，

Boux pout, boub pous shax lax, boub pous shab lax guab jianx lout dout，

内玛，内玛莎腊，内玛莎腊挂猛楼月。

Nieb mas, nieb mab shab lax, nieb mab shab lax guab mongx lout yes.

得浓，得浓剖然，得浓剖然鲁度鲁树，

Deb nongx, des nongb bous rat, des nongx boux rab rub dux lub shub，

得拔，得拔久到，得拔久到鲁崩鲁弄。

Des pab, des pab jiub daox, deb pax jiub daot lub bengx lub nongs.

西昂，西昂内卜，西昂内卜他拢腊卜，
Xis ghnx, xib ghnx nieb pux, xis ghnx nieb pux tab longb lax pub,
虐满，虐满内岔，虐满内岔他拢腊岔。
Niug manx, Niug manx nieb chax, Ning mant nieb chab tab langb las chab.

内沙，内沙几单，内沙几单腊卜几单，
Nieb shax, nieb shab jis danx, nies shab jis danx lab pub jis dais,
内包，内包几酷，内包几酷腊卜几酷。
Nieb baos, nieb baos jis kux, nies baos jis kub lab pux jis kub.

达见，达见腊见，达见腊见埋列嘎抬，
Dab jianx, dab jianx lab jianx, das jianx lax jianx manb liet gas tait,
大照，大照腊照，大照腊照几照腊差。
Dab zhaox, dab zhaob lad zhaob, dab zhaox lab zhaox jis zhaob lab chas.

几见，几见嘎你，几见嘎你补起补写，
Jis jianx, jis jianx gax nib, jis jianx gas nix pun qux pub xieb,
几照，几照嘎见，几照嘎见补善补缪。
Jis zhaob, jis zhaob gax jianx, jis zhaob gas jianx pun shanb pub miaox.

几见，几见几尼，几见几尼嘎忙几江，
Jis jianx, jis jianx jis nib, jis jianx jis nix gab mangx jis jiangt,
几洽，几洽几柔，几洽几柔嘎忙几空。
Jis qiab, jis qiax jis rout, jis qiab jis roub gas mangx jis kongx.

尼内，尼内莎列，尼内莎列出起几筐，
Nib niex, nib nieb shax liex, nib nieb shab liex chub qit jis kuangt,
尼总，尼总莎列，尼总莎列出写几头。
Nib zongs, nib zongb shab liex, nib zongb shat lieb chub xiet jis tout.

堂内，堂内几斩，堂内几斩窝声几吼，

Tangx nieb, tangb nieb jis zhangt, tangb nieb jis zhangt aos shongb jis hout,
堂总，堂总几斩，堂总几斩窝度吉话。
Tangb zongb, tangb zongd jis zhant, tangb zongb jis zhant aos dub jis huat.

尼内，尼内锐缪，尼内锐缪列拢洞萨，
Nib niex, nib niex riux miaot, nib niex riub miaod liet longs dongx sas,
尼总，尼总锐八，尼总锐八列拢洞度。
Nib zongb, nis zongb riub pat, nib zongb rius pab lieb longx dongb dut.

香炉，香炉焚烧，香炉焚烧蜂蜡纸团，
香碗，香碗燃烧，香碗燃烧蜂蜡糠烟。

再要，再要奉敬，再要奉敬纸钱冥币，
加上，加上还有，加上还有冥币阴钱。

敬送，敬送苗族，敬送苗族先宗先祖，
烧送，烧送苗胞，烧送苗胞先辈先人。

今日，今日要唱，今日要唱祖先的歌，
今天，今天要讲，今天要讲古老的话。

祖先，祖先的歌，祖先的歌九十九章，
古老，古老的话，古老的话九十九篇。

九十，九十九章，九十九章我唱一章，
九十，九十九篇，九十九篇我讲一篇。

先祖，先祖逝去，先祖逝去已成千古，
先人，先人走了，先人走了已过万代。

男儿，男儿我们，男儿我们忘了歌谱，
女儿，女儿我们，女儿我们丢了针线。

从前，从前人讲，从前人讲我照着讲，
古代，古代人说，古代人说我照着说。

人讲，人讲直的，人讲直的我讲直的，
人唱，人唱曲的，人唱曲的我说曲的。

若是，若是不对，若是不对敬请莫谈，
若是，若是离谱，若是离谱也请原谅。

不对，不对不要，不对不要摆在心里，
离谱，离谱不要，离谱不要放在心内。

若是，若是唱歪，若是唱歪请莫怒心，
若是，若是讲偏，若是讲偏请莫怒肠。

是人，是人都要，是人都要把心放宽，
大家，大家都要，大家都要宽宏大量。

堂中，堂中请莫，堂中请莫高声喧哗，
堂内，堂内请莫，堂内请莫大声喧闹。

大家，大家抬耳，大家抬耳要来听歌，
大众，大众关注，大众关注要来听话。

11.

达细几冲勾扛喂朴，

Dab xib jid qongb geud gangs wel pud,

他陇吉吹勾扛喂岔。

Teat nend jid cheit geud gangs wel chat.

埋郎浓纵剖斗得不，

Mex nangd nioux zeib boub doub zhaos bul,

度汝喂斗得见。

Dut rut wel doub zhaos janb.

他陇列够剖娘浪萨，

Teat nend lies ngheub poub niangx nangd sead，

他陇列岔兰骂浪度。

Teat nend lies chat nied mangt nangd dut.

列朴西昂浪公，

Lies pud xib ngangx nangd gut，

列岔牛满浪几。

Lies chat nius manl nangd gid.

内洞——

Niex daox—

众人推举让我先起，大家谦虚送我先说。

众人好情我也领了，好意我也领会。

今天要唱古代的歌，今日要讲古老的话。

要讲前人根基，要理远古源头。

话说——

12.

剖娘浪萨纠谷纠然，

Poub niangx nangd sead jox gul jox ral，

内骂浪度纠谷纠苗。

Neid mangt nangd dut jox gul jox mleus.

西昂浪公纠谷纠叉，

Xib ngangx nangd gut jox gul jox chad，

牛满浪几纠谷纠求。

Nius manl nangd gid jox gul jox njout.

剖娘浪萨纠谷纠然，

Poub niangx nangd sead jox gul jox ral，

他陇喂拿尼岔阿然。

Teat nend wel nax nis chat ad ral.

内骂浪度纠谷纠苗，

Neid mangt nangd dut jox gul jox njout，

他陇喂莎尼岔阿苗。

Teat nend wel nax nis chat ad njout.

西昂浪公纠谷纠叉，

Xib ngangx nangd gut jox gul jox chad，

他陇喂拿尼理阿叉。

Teat nend wel nax nis lit ad chad.

牛满浪几纠谷纠求，

Nius manl nangd gid jox gul jox njout，

他陇喂莎尼理阿求。

Teat nend wel sat nis lit ad njout.

喂尼内盆几补，

Wel nis niex nbed jib bul，

剖尼内加几冬。

Boub nis niex gial jib deib.

苗族古歌九十九种，苗家古话九十九类。
古代的根九十九种，远古的源九十九道。
苗族古歌九十九种，今天我是只理一种。
苗家古话九十九类，今日我是只讲一类。
从前的根九十九根，今天我是只理一根。
远古的根九十九道，今日我是只走一道。
我是愚蠢之人，吾乃无学之辈。

13.

得拔剖拿久到剖娘浪鲁崩鲁弄，

Deb npad boub nax jex daot poub niangx nangd nhub beix nhub xit，

得浓喂莎久到奶骂浪鲁度鲁树。

Deb nint wel sat jex daot nied mangt nangd nhub dut nhub shut.

内朴几单，

Niex pud jid danx，

拿朴几单。

Nax pud jid danx.

内岔几哭，

Niex chat jid nkud，

莎岔几哭。

Nax chat jid nkud.

打久打炯嘎怪喂兰加要度,

Deat hliob dab jiongb ghad gueab wel niex gial hliob dut,

打要达逃嘎怪剖内盆要树。

Deat yaot dab ndaot ghad gueab boub niex chat yaot shut.

达照拿照,

Dat zhaos nax zhaos,

几照拿差。

Jex zhaos nax cad.

几照嘎忙见照埋浪补起补写,

Jid zhaos ghad mangs janb zhaos mex nangd bul qib bul xed,

几照嘎忙见照埋浪补闪补缪。

Jex zhaos ghad mangs jant zhaos mex nangd bul shanb bul nbleut.

几件埋拿矮照绒闪,

Jid janx mex nax and zhaos reix shanb,

几尼埋拿江照夯他。

Jid nis mex nax jangt zhaos hangd deas.

女子我们没有学得祖先的花卉刺绣,
男儿我们没有学得祖宗的古歌古话。
捡前人说, 照古人讲。
前人讲直, 我照讲直。
讲多几句你们莫恼, 讲少几句大家莫怪。
讲对就对, 讲偏就偏。
若是不对大家不要多心, 若是偏了你们不要在意。
说偏之言弃在他乡, 讲错之语抛去别地。

14.

列苟西昂浪莎岔,

Lieb geud xit ngangx nangd sead chab,

牛满浪度扑阿柔。

Nius manl nangd dub pub ad roul.

列扑西昂浪内骂，

Lies pud xib ngangx nangd nied mab，

列岔牛满浪公由。

Lies chab nius manl nangd gongd youl.

要把古时的歌赞，从前的话讲一点。

要讲古时的祖先，要理古代的根源。

15.

打豆打吧布量量，

Dad doub dad blab blud hlangt hlangt，

风乖记布出阿者。

Hob ghueb gingt blud chud ad zeb.

几没兰浪几没那，

Jid mex nengb nangd jid mex hlat，

产谷吧汉拿几没。

Canb gul beat hant nax jid mex.

地下天上尽乌黑，黑风云雾一团子。

没有三光和日月，千种百样都没有。

16.

补谷炯苟麻明汝，

Bub gul jiongs goul max mlens rut，

补谷照汉麻充白。

Bub gul zhot hant max congd bel.

超见阿偶达变汝，

Chob janx ad ngul dad blanb rut，

超见阿图冬豆内。

chob janx ad ndut dongs doub nengb.

三十七种元光现，三十六样的清白。

凝成一尊好达变，固出一个元祖爷。

17.

阿柔牛西出嘎岔，

Ad roul nius xib chud gheix chat,

阿气牛西出嘎养。

Ad qit nius xib chud gheidx yangl.

几没冬豆龙冬腊，

Jid mex dongs doub nhangs dongs las,

打吧吉然出阿江。

Dab blab jid ranx chud ad giangd.

超出阿补乖量量，

Chob chud ad bud ghueb hlangt hlangt,

毕就穷斗出阿邦。

Bid nqeut jiongb doub chudad bangd.

古时原来很奇异，古代原先很稀罕。
没有天也没有地，天地混沌做一排。
混沌凝固成一气，好似云烟做一团。

18.

风捕风岭超量量，

Hongl bul hongl lix chob liangd liangd,

吉干阿图超照阿。

Jid gant ad ndol chob zhot ead.

超见打产求打吧，

Chob janx dad canb jout dab beat,

超见达变告内打。

Chob janx dab blanb ghob niex zhangl.

达变见内豆吉瓦，

Dad blanb janx niex dib jid was,

风岭叉用求打吧。

Hongd lingt chad yongb njoub dad blab.

乌云黑雾凝得快，固成一团在空间。

凝成数千数百万，固成达变这人仙。
达变成人云雾散，青气轻些飞上天。

19.

风岭嘎夏否用求，
Hongd lingx ghad xeab wul Yit njout，
风捕德闹见打豆。
Hongd pud det hlot janx dad doub.
达变达起炯吉旧，
Dad blanb cad kit jiongt jid jous，
布目查没几咱求。
Bud mongx nzhad mes jid zead njoux.
比谷纠奶劲斗莎抱够，
Bleib gul jox leb gid ndout sat beux ghoub，
炯照号阿头板楼。
Jiongt zhos hob ead toul band loux.

青气轻些飞上天，黑气沉成地壳子。
达变这才坐起来，眼看什么都没有。
四十九个跟斗打得快，待在那里成许久。

20.

西昂，西昂打豆，西昂打豆扛王打豆，
Xib ongh，xib ongb das doub，xib ongh das doun gangx wangt das dout，
虐满，虐满打便，虐满打便扛王便内。
Niut manb，niut manx das biat，niut manb das biat gangb wangx biat niet.

打豆，打豆几没，打豆几没崩豆崩柔，
Das doub，das doub jis meix，das doub jib meib bongb doux bongb rout，
打便，打便几没，打便几没崩格崩那。
Das biax，das biab jis meib，das bib jis meib bongb geit bongb nat.

冬豆，冬豆腊尼，冬豆腊尼风捕风岭，

Dongb dous, dongb dous lab nix, dongb dous lax nit fongb put fongb lingt,

冬腊，冬腊腊尼，冬腊腊尼风乖风布。

Dongx lat, dongx lat lax nit, dongb las lab nit fongb ghueb fongb but.

风捕，风捕达起，风捕达起几超见图，

Fongb put, fongs pub dat qut, fongb pub dab qut jis chaot jiant tut,

格布，格布达起，格布达起吉冲见江。

Guit pub, guit pub dab qut, guib pub das qut jis chongt jiant jiangx.

几超，几超叉见，几超叉见冬豆达毕，

Jis chaot, jis chaob chat jiant, jis chaot chat jiant dongb doux dab bit,

吉冲，吉冲叉见，吉冲叉见冬腊达变。

Jis chongb, jis chongb chab jiant, jis chongb chab jiant dongb lat das biat.

达毕，达毕否乖，达毕否乖纠产郎豆，

Das bix, das bix woux ghueb, das bix wout ghueb jiux chant langt dout,

达变，达变否木，达变否木纠湾郎就。

Das biant, das biant woux mut, das bianx wous mub jiux want langd jiut.

风乖，风乖达起，风乖达起勾否片松，

Fongb ghueb, fongb ghueb das qub, fongb ghueb das qub goub woux pianx

songt,

格布，格布达起，格布达起勾否片莎。

Gex bub, gex bux das qub, geb bub das qux gous woub pianx sea.

片松，片松否叉，片松否叉吉纠炯休，

Pianb songb, pianb songb woub chab, pianb songb woux chab jis jiut jiongx

xiout,

片莎，片莎否叉，片莎否叉吉单炯汝。

Pianb sea, pianb sea woub chab, pianb sea woun chax jis dait jiongb rub.

炯休，炯休否腊，炯休否腊补柔鸟格，

Jiongb xiub, jingb xius woub lab, jingb xiub wous lax pux rout niaot geix,

炯汝，炯汝否莎，炯汝否莎补向鸟梅。

Jiongb rux, jingb rus woub sea, jiongb rub wous sea pub xiangb niaot meix.

补柔，补柔鸟格，补柔鸟格几咱冬豆，

Bub roub, bux rous niaox geit, bux rous niaot geix jis zhab dongt dous,

补向，补向鸟梅，补向鸟梅几干冬腊，

Bus xiangt, bux xiangb jiaos meit, bux xiangt jiaos meib jis pianx dongs lan。

西昂，西昂达毕，西昂达毕纠谷纠江，

Xis ongh, xis ongh das bit, xis ongh das bix jius guox jiub jiangt,

虐满，虐满达变，虐满达变纠谷纠变。

Nihu manx, nihu mant das bianx, nihu mans das bians jiut guus jiub biat.

吉江，吉江江兵，吉江江兵纠湾丈善，

Jis jiangb, jis jiangx jiangb bingt, jis jiangb jiangb bingt jiub wanb zhangx shuant,

吉变，吉变变见，吉变变见纠湾丈头。

Jis biant, jis biant bianb jiant, jis bianx bianx jiant jiub wanx zhangt tout.

比图，比图风捕，比图风捕见约便内，

Bit tub, bit tub fongb pux, bit tux fongb pux jianx yot biax niet,

闹达，闹达风乖，闹达风乖见约冬腊。

Naos das, naob das fongx ghueb, naob das fongb ghueb jianx yot dongs lax.

风捕，风捕风岭，风捕风岭用求打便，

Fongb pub, fongb pub fongb lingx, fongb pub fongb lingx yongb qiub das biat,

风乖，风乖风布，风乖风布得闹打豆。

Fongb chengb, fongb chengb fhongb bux, fongb chengb fhongb bux des naob das dout.

达毕，达毕比图，达毕比图见约打便，

Das bib, das bib bix tut, das bib bix tub jiant yos das biad。

达变，达变闹达，达变闹达见约冬腊。

Das bianx, das bianb naot das, das bianx naot das jiax yos dongb lat.

元始，元始之期，元始之期没有大地，
始初，始初之时，始初之时没有苍天。

大地，大地没有，大地没有山川土石，
苍天，苍天没有，苍天没有日月星辰。

宇宙，宇宙都是，宇宙都是蓝雾漫漫，
世间，世间都是，世间都是黑气腾腾。

蓝雾，蓝雾经久，蓝雾经久凝成一块，
黑气，黑气经久，黑气经久聚成一团。

一块，一块固成，一块固成盘古达毕，
一团，一团固成，一团固成元古达变。

达毕，达毕他蒙，达毕他蒙九千亿年，
达变，达变他昏，达变他昏几万亿载。

冷风，冷风漫漫，冷风漫漫将他吹醒，
凉气，凉气漫漫，凉气漫漫将他化灵。

吹醒，吹醒他才，吹醒他才翻身坐起，
化灵，化灵他才，化灵他才翻身坐立。

坐起，坐起他便，坐起他便三揉双眼，
坐立，坐立他便，坐立他便三拭双目。

双眼，双眼三揉，双眼三揉不见有光，
双目，双目三拭，双目三拭不见有亮。

远古，远古达毕，远古达毕九十九滚，

元古，元古达变，元古达变九十九变。

九滚，九滚滚出，九滚滚出九千丈高，
九变，九变变出，九变变出九万丈长。

头顶，头顶蓝雾，头顶蓝雾升空为天，
脚踏，脚踏黑气，脚踏黑气下沉为地。

蓝雾，蓝雾升腾，蓝雾升腾成了太空，
黑气，黑气下沉，黑气下沉成了大地。

达毕，达毕顶起，达毕顶起开了苍天。
达变，达变踏平，达变踏平劈了大地。

21.

否浪斗抓冲没阿中到，
Wul nangd doul zheax chot mex ad zheib dot,
阿齐斗尼冲同棍。
Ad goul doul nis nchot ndongx guib.
扣猛苟达浪阿告，
Kheut mongl goul dal nangd ad ghot,
苟达阿告邦补同。
Goul dal ad ghot bangt bul ndongb.
阿中同棍扣长闹，
Ad zhengb ndongb ghuib kheut nzhangd lot,
见汉高补麻林冬。
Janx hant ghob bul max liox dongs.
亚陇苟抓扣阿到，
Yal lol goul zheax kheut ad dot,
几补见汉冬麻林。
Jib bul janx hant dongs max liox.
苟尼大为苟同告，
Goul nis dad weis geud ndongd ghot,

冬补见照号阿洞。

Dongs bul janx zhud hob ad dongx,

莎休龙弄出大逃，

Sead xongb nhongb nend chud dab ndot,

安洞同共被几同。

End dox ndongl ghongb bib jiet ndongl.

左掌化出神斧砍，右掌化出神斧板。

砍去左后边一面，后面砍出陆地来。

举斧从上砍下来，劈成凡间大世界。

砍去左边成一片，一片宽大陆地显。

右边一掌劈一现，右边世界便成块。

苗歌如此说一遍，不知合那书本全。

22.

打豆扛王豆，

Dab doub gangd wangl doub,

打吧扛王内。

Dab blab gangd wangl lanl.

打豆几没崩豆崩柔，

Dab doub jex mex box doub box roub,

打吧几没崩格崩那。

Dab blab jid mex box gheb box hlat.

夫出阿图，

Hut chud ad rux,

然出阿江。

Rant chud ad jangd.

西昂打吧拿尼风乖，

Xib ngangb dab blab nax nis hob ghueb,

牛满打豆莎尼记布。

Nius manl dab doub sat nis jid pud.

几没吉内吉忙，

Jex mex jib hnieb jib hmangt,

几没昂兄昂弄。

Jid mex ngangx xod ngangx nongt.

挂见楼豆,

Guat janx loux doub,

挂猛楼月。

Guat mongl loux yes.

风乖达起几招出图,

Hob ghueb chad kit jid giod chud ndol,

记布达起吉冲见江。

Jid pud chad kit jid chob janx jangd.

风乖几招勾见达毕冬豆,

Hob ghueb jid giod geud janx dab mlanb deib doub,

记布达起吉冲勾见达变冬奶。

Jid pud chat kit jid chob geud janx dad blanb deib niex.

大地无踪影,太空无边际。

大地无影无形,太空无日无月。

合在一起,混作一团。

无极太空只是灰云,始初大地只是黑雾。

白天黑夜不分,春夏秋冬不明。

过了很久,经历很长。

灰云终究混在一块,黑雾终于混为一团。

灰云凝成达毕始祖,黑雾固化达变元祖。

23.

达毕冬豆,

Dab mlanb deib doub,

否乖纠产纠弯浪豆。

Bouln ghueb jox canb jox wanb nangd doub.

达变冬内,

Dad blanb deib niex.

否木纠弯纠产浪就。

Boul mongx jox wanb jox canb nangd jut,

浪当风乖达起偏松，

Nangb nangd hob ghueb chad kit planb sei,

浪样记布达起偏莎。

Nangb yangs jid pud chad kit planb seat,

否尼久内比绒，

Boul nis joud niex bleid rongx.

抱哟纠谷纠奶炯斗。

Beux jul jox gul jox leb gid ndout,

否尼久内格潮，

Boul nis joud niex gieb nceut,

抢哟比谷纠到炯旋。

Qiangs yos bleid gul jox daot jiongt xuans.

叉炯休见，

Zax jiongt xeud janx,

莎休炯到。

Sat xeud jiongt daot.

补柔鸟格久咱冬豆，

Bub rab niaox gheb jid zead deib doub,

补向鸟梅久干冬腊。

Bub xangt niaox mes jex ghans deib las.

达毕始祖，昏睡九万九千年之久。

达变元祖，朦胧九万九千载之长。

灰云终于把他吹醒，黑雾终究把他吹动。

造就龙首人身，滚了九十九个跟斗。

化生麟角人体，打了九十九个翻身。

盘腿坐起，支撑坐立。

睁开双目不见光明，张开眼睛不见光亮。

24.

否叉斗抓几玩，

Boul chad doul zheax jid wax,

斗尼几五。

Doulnis jid wus.

怕猛求兰,

Peab mongl njout niex,

造猛长闹。

Caod mongl nzhangd laot.

阿斗吾猛勾达,

Ad doul wus mongl goul dal,

勾达莎见筐哈。

Goul dal sat janx kuangt had.

呕斗怕猛勾炯,

Oub doul peab mongl goul jos,

勾炯莎见帮猛。

Goul jios sat janx bangt mongs.

补斗吾猛勾抓,

Bub doul wus mongl goul zheax,

勾抓莎见筐腊。

Goul zheax sat janx kuangt las.

比斗怕猛勾尼,

Bleib doul peab mongl goul nis,

勾尼莎见帮追。

Goul nis sat janx bangt zheit.

见弄楼嘎查岁勾见补嘎比嘎,

Janx nongb nous gheab zhad seib geud janx bub gal bleib gal,

笔求楼录斗见乙排吧告。

Bid nqeut nous nus deus janx yil gal blab nqad.

麻夏用求,

Max xeab yit njout,

麻浓挂闹。

Max hend guat laot.

麻夏用求同见风捕风岭,

Max xeab yit njout ndongx janx hob pud hob liol,

麻浓挂闹勾见绒闪夯他。

Max hend guat laot geud janx reix shanb hangd deas.

他便挥动左掌，舞动右掌。

左掌砍上，右掌劈下。

一掌砍向身后，砍出北方玄武。

二掌劈向前方，劈出南方朱雀。

三掌砍向东方，砍出东方青龙。

四掌劈向西方，劈出西方白虎。

好似鸡卵砍破成了三四块，好像鸭蛋劈破裂成八九片。

灰云飞上，黑雾沉下。

灰云上升成了天上的云，黑雾下沉成了大地山川。

25.

冬豆，冬豆没斗，冬豆没斗且豆且柔，

Dongb dous, dongb dous meib dout, dongb dous meib dout qieb dous qieb roub,

冬腊，冬腊没种，冬腊没种且首且闹。

Dongs lab, dongb las meib zhongs, dongs lab meib zhongb qiet shoux qiet naox.

且豆，且豆且柔，且豆且柔且猛竹豆，

Qies doub, qies doub qies rout, qies doub qies rout qies mengb zhub doub,

且首，且首且闹，且首且闹且闹康内。

Qies soub, qies soub qies naob, qies soux qies naox qies naox kangx niet.

竹豆，竹豆挂闹，竹豆挂闹见约冬豆，

Zhub doub, zhus doub guax naox, zhus doub guab naox jiant yos dongs doub,

康内，康内瓜闹，康内瓜闹见约冬腊。

Kangx niet, kangs niet guab naox, kangx niet guas naox jiand yot dongt lax.

冬豆，冬豆毕约，冬豆毕约打毕冬豆，

Dongb dout, dongb dout bix yot, dongb dout bix yob dax bib dongs doux,

冬腊，冬腊包约，冬腊包约达便冬腊。

Dongb lax, dongb lab baox yod, dongb las baox yot dax bianx dongb lax.

打毕，打毕冬豆，打毕冬豆儿照冬豆，

Das bix, das bix dongb dout, das bib dongx doub jix zhaox dongb doux,
达便，达便冬腊，达便冬腊吉抓冬腊。
Das bianb, das bianx dongb las, dab bianx dongb lab jis zhat dongb lax.

几照，几照见约，几照见约背苟窝绒，
Jib zhaox, jis zhaox jianb yos, jis zhaob jians yob beix gous aos rongx，
吉抓，吉抓见约，吉抓见约窝夯窝共。
Jis zhab, jis zhas jianb yos, jis zhab jians yos aos hangx aos gongt.

秀先，秀先见约，秀先见约窝风窝记，
Xioux xians, xioux xians jianx yos, xioub xians jiant yos aos fongb aos jit,
嘎哈，嘎哈见约，嘎哈见约嘎绒嘎度。
Gab has, gab has jianx yos, gab has jianx yos gas rongx gas dut.

大地，大地有杆，大地有杆岩秤土秤，
世间，世间有把，世间有把铁秤钢秤。

岩秤，岩秤土秤，岩秤土称秤去天涯，
铁秤，铁秤钢秤，铁秤钢秤称去地角。

天涯，天涯下踏，天涯下踏成了岩土，
地角，地角塌陷，地角塌陷成了江河。

岩土，岩土生出，岩土生出化生乾坤，
江河，江河化现，江河化现现出世界。

岩土，岩土化生，岩土化生离震乾坤，
江河，江河化现，江河化现塌陷海湖。

乾坤，乾坤出现，乾坤出现崇山峻岭，
世界，世界形成，世界形成峡谷江河。

呼吸，呼吸成了，呼吸成了风云烟雾，

喷嚏，喷嚏成了，喷嚏成了云朵云层。

26.

扣见冬豆布量量，

Kheut janx dongs doub blud hliangt hliangt,

冬拿腊尼格格补。

Dongs las nangx nings nkeb nkeb blud.

吉相没奶吉高那，

Jid xangd mex hnieb jid god hlat,

见弄炯照麻冬苦。

Janx nhongb jiongt zhos max dob khud.

斗你冬豆炯嘎哈，

Doub nieb dongs doub jiongt gal hat,

相蒙几到弄几处。

Xangd mingb jid daot nhongb jib chud.

开成地壳黑漫漫，地上也是漫漫黑。

没有三光日月现，好似居坐深洞穴。

坐在地上把气叹，当真不知如何办。

27.

打吧浪莎够阿中，

Dab nblab nangd sead ngheub ad jiongx,

打豆浪度扑阿柔。

Da doub nangd dut pud ad roul.

出见打吧闹热奉，

Chud janx dad nblab nob rel bongx,

打豆出汝闹热偷。

Dad doub chud rut nob rel toub.

彭苟大王吉交炯，

Nbongl gout dab wangl jid jod jiongt,

抱达大王苟斗抽。

Deux das dab wangl geud deud choud.

苟斗哈出吧内明，

Geud deud hat chud nblab hnieb mlengs，

出汉吧内同碗斗。

Chud hant nblab hnieb nhongb wanl doud.

天上的歌唱一阵，地下的话讲一点。

开成天上闹热很，劈成地下闹热欢。

彭苟大王坐得稳，打死大王剥皮来。

用皮挂成天周正，做成天上如锅盘。

28.
彭苟抱达拿几白，

Nbongl gout beux das lad jid beb，

旦亿几白照阿起。

Dead yid jid beb zhos ead kit.

松闹苟踏打吧奶，

Songd hlob geud ndeat dad nblab hnieb，

勇西踏求吧内比。

Yongx xib nteat njout nblab hnieb bix.

麻明苟出那得格，

Max mlengs geud chud hlat ded gheb，

松昂出苟比出锐。

Songd ngangs chud gheul bib chud renb.

斗穷比告娄几白，

Douln qid beib ghot ngueul jid beb，

出吾吉当见格齐。

Chud ub jid dangs janx ged nqib.

几尼冬扑度谈白，

Jid nis dut pud dut ndanl bel，

西牛吉岔龙弄以。

Xib niongs jid chab nongb nengd yix.

彭苟打死割剐分，即便分割从他起。

腿骨拿来撑天擎，腿骨撑上天云里。
眼亮拿做日月星，骨做山毛发植被。
鲜血四下流走盈，流下灌成四海水。
不是乱讲话妄昏，古时就说这种理。

29.

达毕冬豆，
Dab mlanb deib doub,
达变冬奶。
Toud ted deib las.
否你冬豆莎见楼豆，
Boul nib deib doub sat janx loux doub,
否炯冬腊莎挂楼月。
Boul jiongt deib las sat guat loux hlat.
吉久白久笔果笔乖，
Jib joud bed joud bib ghueub bib ghueb,
几得白得笔滚笔穷。
Jib del bed del bib guix bib nqit.
楼豆几没咱奶，
Loux doub jid mex zead hnieb,
楼月几没咱那。
Loux yel jid mex zead hlat.
否洞冬豆拿你几见，
Boul jiongt deib doub nax nib jid janx,
否洞冬腊拿炯几道。
Boul jiongt deib las nax jiongt jid daot.
否叉告长纠谷纠弯麻闪，
Boul chad jid zhangl jox gul jox wanb max shanb,
否莎告抓纠谷纠弯麻头。
Boul sat jid zhad jox gul jox wanb max doud.

达毕元祖，达变元宗。
元祖混沌历时很久，元宗昏昧经过很长。

白毛黑毛布满躯体，黄毛红毛长遍全身。
天上没有日月星斗，从来没有见到光亮。
无法造化万类万物，不能造生胎卵孵化。
元祖身高九十九万丈高，元宗身长九十九万丈长。

30.

叉勾奶革阿齐勾猛出奶，

Chad geud leud gheb ad nqead geud mongl chud hnieb,

叉勾奶革阿齐勾猛出那。

Chad geud leud gheb ad nqead geud mongl chud hlat.

哭目得记勾猛出格，

Khud mongx deb jib geud mongl chud gheb,

哭梅得点勾猛出那。

Khud mes deb jiant geud mongl chud hlat.

浪样勾抓达起没奶，

Nangb yangs goul zheax chad kit mex hnieb,

勾尼达起没那。

Goul nis chad kit mex hlat.

勾达岔起没汉告毕得格，

Goul dal chad kit mex hant ghob canb deb gheb,

勾炯达起没汉告变得明。

Goul jos chad kit mex hant ghob wanb deb mlens.

到比告笔抓闹出汉产谷，

Gaod bleid ghob bib chad lol chud hant canb gub,

图九告比翁抓闹出见吧汉。

Khud mes bib songb chad lol chud janx beat hant.

昂穷报松，

Nieax nqid bod songd,

久得笔兵。

Joud del bib songb.

出见告锐告够，

Chud janx ghob reib ghob goub,

出尼告图告陇。

Chud nis ghob ndut ghob hlod.

冬豆没汉比高告绒，

Deib doub mex hant bid gheul ghob reix,

冬腊没汉告格告昂。

Deib las mex hant ghob gied ghob ngangs.

几板叉没打公打忙，

Jib banb chad mex dab gib dab mangl,

几冬叉没打某打昂。

Jib donb chad mex dab mioul dab nieax.

元祖左眼变成太阳之火，元宗右眼化为月亮之光。

满脸的麻点变成星斗，满面的麻斑化为星辰。

天上的太阳大放光辉，太空的月亮大放光芒。

于是天空才有星星，这样太空才有星辰。

元宗骨肉化成世间的万物。

元祖毛发变成世间的万类，

精血骨肉，躯体毛须。

变成竹木花草，变成森林植物。

大地形成高山陡岭，平原有了海河湖泊。

世间有了蚊虫百兽，天下有了千类动物。

31.

补泻瑶池汝那吉高牙，

Pud xied yol nzil rut nab jid god yas,

呕奶呕求内内周。

Oub let oub njoub leb leb zhoud.

得拔明充同干那，

Ded npad mlengs chongb tongd gheb hlat,

得那明汝几量偷。

Deb nab miengs rub jid liangb toub.

达变叉猛瑶池嘎，

Dab nblanb cad mongl yol nzoul gheat,

格干呕奶出阿苟。

Nkhed ghans oud leb chud ad goud.

耐固齐埋叫冬腊，

Niex gub jid mingx job dongs las,

呕奶几空几白斗。

Oub leb jid kit jid beb doul.

瑶池小伙与姑娘，两位两人笑呵呵。

姑娘光亮十分强，小伙光亮十分足。

达变走到瑶池望，看见两个很和睦。

便请他们把地亮，两个不肯分别出。

32.

达变纵沙扑麻汝，

Dad nblanb zongx shad pud max rut,

得鸟得弄纵几沙。

Deb niox deb lot pud jid shat.

保埋呕奶列洞度，

Bod manx oud leb lies dongt dut,

吉候冬豆列陇巴。

Jid heut dongs doub lieb nangs bad.

吉候陇巴冬豆内，

Jid heut nangs bead dongs doub niex,

几列几怕白阿旧。

Jid lies jid peab bed ad jut.

阿那扛长咱阿瓦，

Ad hlat gangs nzhangd zead ad weax,

呕奶达起江达务。

达变紧来讲好话，好言好语都讲完。

你们两人要听话，快做日月照人间。

不要分开一年久，每月会合两三天。

二人这才分开手，女做太阳男月仙。

33.

高拔出内否加乙，

Ghod npad chud hnieb wul jad yis,

冬腊尼内苟否格。

Dongs las nis niex geud wul nkhed.

斗你遥池纵吉吹，

Doub nib yol nzoul zongx jid ceid,

相蒙加乙干纵内。

Xiangb mongb jad yis ghans zos niex.

达变达起扛否比谷纠图禾久照斗尼，

Dad nbianb dal kit gangs wul beib gul jox ndut ob jub zhot doul nis,

几奶旧没蒙产格。

Jid leb jud mes mongb cand gheb.

女做太阳她害羞，凡间的人都看她。

她在瑶池不说话，确实害羞不是假。

达变送她四十九根银针拿在手，

哪个抬眼呆看就扎他眼睛花。

34.

打吧同求打豆得，

Dab nblab ndeib njout dab doub del,

呕洽呕告叉几白。

Oub nqad oub ghot cad jid beb.

达变炯照打虫客，

Dab nblanb jiongt zhos dad nzhongb nkhed,

几没咱明尼咱乖。

Jid mex zead mlengs nis zead ghueb.

否拿叉到汝内弄巴者，

Wul lal chat dot rut hnieb lol bead zhel.

冬腊长咱麻匡德。

Dongs las nzhangd zead max kuangb dex.

天浮地沉分两面，天地两边才分别。
达变中间把眼看，不见光亮只有黑。
请得日月把光现，凡间才显出旷野。

35.

汝内巴陇冬豆明，

Rut hnieb bead nangs dongs doub mlengs,

头半明汝足咱匡。

Ntoul band miengs rut zul zead kuangb.

几没比苟告绒炯，

Jit mex bid gheul ob renx jiongt,

几没豆虫告柔江。

Jid mex doub zongx ghod roub jangd.

叉没告毕拿达钟，

Cad mex ghod bix nax dad zheis,

白固冬腊照几羊。

Bed gub dongs las zhot jid yangx.

达便格咱崩抓奉，

Dad bianb nkhed zead beil zheax hent,

共到达为苟否当。

Nkhet dot dad weib geud wul ndangt.

太阳照来大地亮，明亮见到地广宽。
没有山岭和山岗，没有土地和岩石。
才有告毕瞬间现，满那大地装不完。
达变看见害怕极，举起神斧把他劈。

36.

豆达告毕抱出占，

Doux das ghob bix beut chud zhans,

豆达相蒙抱白弄。

Doux das xangd minb beut bed longd.

苟松苟表出苟太，

Ghob songd ghob biot chud gheul tet,

告比出图兵出陇。
Ghob bib chud ndut pib chud lod.
昂出帮处告豆见，
Nieax chud bangt chut ghob doub janx,
松你吉浪出柔金。
Songd nied jib nhangs chud roub gid.

打死告毕遍地满，遍地都是他尸骨。
用他骨头来做山，毛发做树髻为竹。
肉为大地的土块，骨在里面为岩坨。

37.

阿齐告斗吉就求，
Ad nqead ghob doul jid jous njout,
背术背打十足林。
Bid sut bid ndad jid gub liox.
吧得背打吉就就，
Nblab del bid ndad jid jous njout,
见汉背苟麻善绒。
Janx hant bid gheul max shanb renx.
恒山松同阿齐周，
Hengl sand xeud tongd ad nqead zhous,
华山毕求阿秋仲。
Fal sand bid qeut ad qout zhob.
太山松善扑吉油，
Teab sand sengd shanb bul jid yous,
松汝吧奶单同同。
Sengd rut nblab leb danx ndongd ndongd.

往上竖起是左手，手上五指大得很。
五根手指竖得直，成那高山和陡岭。
衡山生得如筷子，华山好像扫把形。
泰山很高生成就，生就五岳大山成。

38.

阿齐产闹格打豆，

Ad nqead cand lot ged dad doub,

比术产见吧奶干。

Bid sut cand janx nblab leb gand.

吾娄闹昂没背够，

Ub ngueul lot ngangs mex beib goul,

旦意耐反洞喂板。

Dit yib nanb fand dongt wel banx.

穷你吉浪娄起头，

Nqeid nieb jib nhangs ngueul kit ntoul,

吧奶告昂莎关满。

Nblab leb ghob ngangs sat guanb bans.

右手放下戳大地，五指戳出五个眼。

水流下海有缘意，耐心听我讲出来。

血在身里先流去，四海五湖都灌满。

39.

打豆，打豆没约，打豆没约崩豆崩柔，

Das dout, das dout meib yos, das doub meib yos bongb dous bongb rout,

打便，打便乡没，打便乡没崩内崩那。

Das biat, das biat xiangb meis, das biat xiangb meis bongb niet bongb lax.

打毕，打毕冬豆，打毕冬豆否长林林，

Das bix, das bix dongb dout, das bib dongx dout woub zhangt liongb liongb,

达便，达便冬腊，达便冬腊否长善善。

Das bianx, das bianx dongb las, dab bians dongx las woub zhangb shuanx shuanx.

闹达，闹达冬豆，闹达冬豆比图冬内，

Naos das, naos das dongb dous, naos das dongx dous bib tub dongx niet,

闹抓，闹抓冬腊，闹抓冬腊比挂嘎度。

Naox zhab, naox zhas dongb las, naob zhab dongb las bit guax gas dub.

吉见，吉见奶格，吉见奶格尼松良者，

Jis jianb, jis jianx niet geit, jis jianx niet geit nib songx liangs zheb,

吉动，吉动奶梅，吉动奶梅尼绒良囊。

Jis dongb, jib dongx nieb meix, jis dongb niex meib nix rongs niangx qioub.

巴抓，巴抓苟出，巴抓苟出打绒囊内，

Bab zhab, bas zhab gous chus, bas zhab gous chus das rongb nangx nieb,

巴尼，巴尼苟出，巴尼苟出打便囊那。

Bas nix, bas nib gous chus, bas nib gous chus das biand nangx lax.

酷格，酷格苟出，酷格苟出打便酷格，

Kub geit, kub geib gous chus, kub geis gous chus das bianb kub geit,

酷梅，酷梅苟出，酷梅苟出打绒酷那。

Kux meib, kub meix gous chus, kub meib gous chus das rongx kub lax.

打豆，打豆叉没，打豆叉没崩豆崩柔，

Das doub, das doub chab meib, das doub chas meib bongx dous bengb rous,

打便，打便叉没，打便叉没崩格崩那。

Das bianx, das bianx chas meib, das bianx chas meis bengb geid bengx lax.

地上，地上有了，地上有了大坪大地，

天上，天上还没，天上还没日月星辰。

化生，化生它才，化生它才长得大大，

化变，化变它才，化变它才长得高高。

脚踩，脚踩大地，脚踩大地头顶上苍，

足踏，足踏江山，足踏江山头过云层。

眨眼，眨眼就是，眨眼就是雷神开眼，

睁目，睁目就是，睁目就是雷打火闪。

左眼，左眼成了，左眼成了天上太阳，
右眼，右眼成了，右眼成了太空月亮。

目光，目光成了，目光成了天上星星，
余光，余光化成，余光化成三光发亮。

地上，地上有了，地上有了大坪大地，
天上，天上有了，天上有了日月星辰。

40.

打毕，打毕冬豆，打毕冬豆起起休休，
Das bix, das bib dongb dous, das bib dongx dous keib keib xious xious,
达便，达便冬腊，达便冬腊阿气昂昂。
Das bianx, das bianx dongb lax, das bianx dong lab as qix ghas ghas.

起起，起起休休，起起休休毕求鲁锐，
Keib keis, keib keib xious xious, keis keis xioub xious bix qiub lux riub,
阿气，阿气昂昂，阿气昂昂良汉鲁够。
As keib, as keib ghas ghas, as keib ghas ghas liangx haib lub gout.

鲁锐，鲁锐照风，鲁锐照风达起吉泡，
Lub riub, lub rius zhaos fongb, lub rius zhaob fongd das keib jis paot,
鲁够，鲁够照记，鲁够照记达起几斗。
Lub gous, lub gous zhaox jis, lub gous zhaob jis das keib jit doub.

吉泡，吉泡林拢，吉泡林拢拿高拿绒，
Jis paob, jis paos liongb longx, jis paos liongb longs nax gaot nax rongb,
几斗，几斗长拢，几斗长拢拿格拿昂。
Jis doub, jis doub zhangb longb, jis doub zhangb longx nas geit nab ghas.

窝毕，窝毕长拢，窝毕长拢见锐见够，
Aos bix, aos bib zhangd longb, aos bix zhangb longb jianb rius jianx gout,
窝兵，窝兵长拢，窝兵长拢见图见拢。

Aos bingx, aos bingx zhangb longx, aos bingx zhangt longx jianx tub jianb longt.

敏从，敏从才才，敏从才才莎腊白苟，
Mib chongb, mix chongb caib caib, mix chongb cais caib shab lab baix gous,
明汝，明汝让让，明汝让让莎腊白绒。
Mingx rub, mingb rux rangb rangb, mingb rub rangb rangb shab lax bais rongb.

窝锐，窝锐窝够，窝锐窝够白苟白绒，
Aob riub, aos riub aos goux, aos riub aos gous baix gout bais rongx,
窝图，窝图窝拢，窝图窝拢白夯白共。
Aos tub, aos tub aos longx, aos tub aos longx baib hangt baib gongt.

化生，化生元子，化生元子先天小小，
化变，化变元素，化变元素始初细细。

先天，先天小小，先天小小比如菜籽，
始初，始初细细，始初细细细如菜种。

菜籽，菜籽遇风，菜籽遇风渐渐膨起，
菜种，菜种遇雾，菜种遇雾慢慢膨胀。

膨起，膨起大过，膨起大过高山峻岭，
膨胀，膨胀胀如，膨胀胀如江海湖泊。

胡须，胡须长密，胡须长密成草成花，
毛发，毛发长高，毛发长高成树成林。

青青，青青绿绿，青青绿绿满山遍野，
密密，密密麻麻，密密麻麻满坡满岭。

百草，百草花木，百草花木满山满岭，
森林，森林大树，森林大树满坪满地。

41.

达毕，达毕冬豆，达毕冬豆包汉达妻，

Das bix, das bix dong doub, das bix dongx dous baos haib das qux,

达便，达便冬腊，达便冬腊包汉达呆。

Das bianb, das bianx dongb las, das bianx dongb lax baos haix das banx.

达妻，达妻包拢，达妻包拢白久白呆，

Das qub, das qub baos longx, das qub baos longx bais joux bais dait,

达呆，达呆包拢，达呆包拢白休白虫。

Das daix, das daix baos longx, das dais baos longx bais xious bais chongt.

白久，白久丛丛，白久丛丛你白吉久，

Bais jiux, bais jius chongb chongb, bais jius chongb chongb nis bais jis jiux,

白虫，白虫千千，白虫千千炯白几呆。

Baix chongb, bais chongb qianx qianx, bais chongb qianb qianb jiongb bais
jix dait.

出帮，出帮见汉，出帮见汉打公达爬，

Chus bangx, chus bangx jians haib, chus bangx jians hais das gongx das pat,

出忙，出忙见汉，出忙见汉打缪大昂。

Chus mangb, chus mangx jiant haib, chus mangb jianx haib das mioux das ghas.

打便，打便见汉，打便见汉达录打米，

Das bianb, das bianb jianb hais, das bianx jians hais das lub das mit,

打豆，打豆见汉，打豆见汉大弄大够。

Das dous, das doub jianx hais, das doub jians haix das nongx das goux.

你白，你白几吾，你白几吾窝格窝昂，

Nis baix, nis baib jis wub, nis baix jis wub aos geib aos ghas,

炯白，炯白棒处，炯白棒处窝补窝冬。

Jiongx bais, jiongb bais bangx chub, jiongb bais bangb chus aos pub aos dongb.

几吾，几吾叉没，几吾叉没打缪打者，

Jis wub, jis wub chab meix, jis wub chas meib das mioub das zhuit,
棒处，棒处叉没，棒处叉没高录把见。
Bangb chus, bangb chus chas meib, bangb chus chab meix gaob lub bas jiant.

化生，化生身躯，化生身躯生出虱子，
化变，化变身上，化变身上长满跳蚤。

虱子，虱子生出，虱子生出满身满体，
跳蚤，跳蚤长来，跳蚤长来满躯满遍。

满身，满身密密，满身密密满了身躯，
遍体，遍体麻麻，遍体麻麻满遍躯壳。

成群，成群成了，成群成了蚂蚁蟆蚁，
结队，结队成了，结队成了飞禽走兽。

天上，天上变成，天上变成百鸟飞禽，
地下，地下成了，地下成了百虫蛇蝎。

住满，住满水域，住满水域满海满湖，
坐满，坐满陆地，坐满陆地满山满地。

水中，水中才有，水中才有鱼虾水产，
陆地，陆地才有，陆地才有百虫鸟兽。

42.

几白告毕照洞腊，
Jid beb ghob bix zhos dib las,
龙样见久几冬豆。
Nongb yangl janx jud jid dib doub.
打吧没奶吉高那，
Dad nblab mex hnieb jid god hlat,
单锐单图单起头。

dand reib dand ndut dand kit ntoul.

冬豆吉香没内挂，

Dongs doub jid xangd mex niex guat,

冬腊几没内会苟。

Dongs las jid mex niex fet goud.

剐分告毕在凡间，这样才成山水有。

天上有了日月现，植物植被有开头。

凡间的人还不见，地上无人把路走。

43.

几得洞剖苟莎岔，

Jid del dongt boub geud sead chat,

洞浓那林陇出莎。

Dongt nangb nab lind lol chud sead.

禾冬牛西出嘎岔，

Ob dongd niongs xib chud gheix cab,

阿汉牛西出汉阿。

Ad hant niongs xib chud hant ead.

几没冬豆龙冬腊，

Jid mex dongs doub nhangs dongs las,

打吧吉干出阿嘎。

Dad nblab jid gant chud ad gal.

克猛苟达布良良，

Nkhed mongl goud zheax nblud liangd liangd,

苟尼阿告几没咱。

Goud nis ad ghot jid mex zead.

几没干内吉高那，

Jid mex ghans hnieb jid god hlat.

乖布暗吉交出阿。

Ghueb nblud nganb jib jod chud ead.

亿楼生冷出内那，

Ghob loul sengd lengt chud hnieb hlat,

欧谷比图巴几扎。

Oub gul beib ndut beat jid zhad.

巴容高柔受容吧，

Bead yix ghob roub shod yix beat，

强强记同吾首巴。

Njangl njangl njet tongl ub soub liad.

几没声缪你告昂，

Jid mex shongb mioul nieb ghob ngangs，

几没内炯你冬拉。

Jid mex niex jiongt nieb dongs las.

几没崩袍斗吉瓦，

Jid mex bengx npod deus jid was，

几没吧汉锐吉抓。

Jid mex beat hant renb jid zhangl.

帮孺几没打昂挂，

Bangt rud jid mex dab ngeax guat，

录用几没阿偶咱。

Lux yongb jid mex ad ngongl zead.

得术得干莎受达，

Deb sut deb ganl sat shod das，

欧奶内骂莎无发。

Oub leb nied mst sat wul fal.

叉苟奶棍帮内那，

Cad geud nied ghunb bangd hnieb hlat，

欧谷欧奶帮几抓。

Oub gul oub leb bangd jid zhad.

敬请听我把歌叙，听我歌郎把歌吟。
过去古老出怪异，过去从前做这等。
没有凡尘和天地，天地和成一团轻。
看往左边是黑气，右边一面无光明。
仡楼生冷做日汇，二十四个日月精。
晒溶岩土和百类，时常热像铁水淋。

水里没有虾和鱼，没有人坐在凡尘。
没有花草和植被，没有草木在土生。
山中没有动物类，飞禽走兽都绝影。
得术得干在深地，母父二人都忧心。
才用神弓射日去，二十二个射落坑。
只留两个照天地，古代射日的原根。

44.

列告西昂浪莎岔，

Lies geud xib ngangx nangd sead chat,

扑汉牛满浪告内。

Pud hant niongs manl nangd ghob hnieb.

打吧阿谷欧奶那，

Dad nblab ad gul oub leb hlat,

吉弄阿谷呕奶内。

Jid longl ad gul oub leb hnieb.

巴卡禾格受卡昂，

Bead khead ob ged shod khead ngangs,

禾柔莎容同吾得。

Ob roub sat yix ndongl wub ded.

告图告陇莎受达，

Ghob ndut ghob hlod sat shod das,

受固冬腊容久内。

Shod gub dongs las yix jud niex.

要按古时的歌说，讲那从前的日子。
天上一十二个月，一十二个太阳有。
晒干海河成旷野，岩板晒溶变形丑。
竹木花草晒死绝，凡间的人晒热死。

45.

受格冬豆加告术，
Shod geb dongs doub gheat ghod sut,
高干告术莎拿兄。
Ghod ganl ghod sut sat nangx xod.
高干吉豆兵达吾，
Ghob ganl gix doub nblead dad us,
告术叉照吉豆兵。
Ghod sut cad zhos gix doub nblead.
吉陡吧能久咱度，
Jid ndeut nblab hnieb njout zheud dut,
阿钱几没得丘充。
Ad jangb jid mex dex qeut chongd.

晒热地皮到深处，高干告术晒蔫了。
小人这才崩地出，小人从内忙跑出。
看天没有见云雾，巴得实在很难熬。

46.

西昂足闪尼图奈，
Xib ngangx zhul shanb nis ndut neat,
张汝加约打吧内。
Zhangl rut jas yol dad nblab hnieb.
格接克咱冬豆害，
Ghot janl nkhed zead dongs doub heab,
求照图奈猛邦奶。
Njout zhos ndut neat mongl bangd hnieb.
阿谷阿奶否邦半，
Ad gul ad leb wul bangd bans,
阿谷阿图否邦则。
Ad gul ad ndut wul bangd zex.

古时最高马杉树，长高一直登到天。
格接看见凡尘苦，上马杉树射日来。
一十一个他射落，一十一个射落完。

47.

列周阿奶巴冬腊，

Lies zhol ad leb bead dongs las，

阿内阿那吊打豆。

Ad hnieb ad hlat job dad doub.

冬豆达起出散茶，

Dongs doub cad kit chud sanb nzat，

冬腊浪内咱汝苟。

Dongs las nangd niex zead rut goud.

内你苟牛冬出便，

Niex nieb goud niongl dengd chud nblas，

冬腊浪内亚长首。

Dongs las nangd niex yab nzhangd soud.

要留一个照天地，一日一月照凡阳。
凡间这才能种地，凡间的人要日光。
是人都来为生计，凡尘的人又生养。

48.

邦约汝奶苟图老，

Bangd yod rut hnieb geud ndut lot，

少照图奈闹长吉冬豆。

Lot zhos ndut neat naos nzhangd jid dongs doub，

穷奶叉苟图奈卧，

Nqid hnieb cad geud ndut neat ob，

穷那叉卧图阿休。

Nqid hlat cad ob ndut ad xoub，

图奈告比龙几到，

Ndut neat ghob bid nongx jid dot，

牛西吉岔召阿周。

Nius xib jid chat zhos ead zhoul.

射落日月才下树，下树回转到凡间。

日血滴污马杉树，月血滴下把树染。

马杉果子有血毒，古代传说是这般。

49.

奶那香松苟图巧，

Hnieb hlat xangd seid geud ndut qot,

巧固图奈头半昂。

Qot nkud ndut neab ndoul band ngangd.

阿柔章善塔几到，

Ad roul zhangl shanb dand jid ndeat,

格接少求苟剖卡。

Ghot janl sheub njout geud woul kad.

阿谷阿奶邦久叫，

Ad gul ad leb bangd jud jos,

尼周呕图照打吧。

Nis zhoul oub ndut zhot dad nblab.

日月伤心把树压，压马杉树长得矮。

从前长高登天下，果箭上树惹的灾。

一十一个全射下，只留一个在上天。

50.

西昂格接邦内那，

Xib ngangx ghot jant bangd hnieb hlat,

牛满格接猛邦奶。

Nius manl ghot jant mongl bangd hnieb.

汝能卡否几没达，

Rut hnieb kad woul jid mex das,

那卡吉干布同写。

Hlat kad jid gand bub dongx xed.

斗你冬豆炯嘎哈,

Doub nib dongs doub jiongt gal hat,

告起吉干见达得。

Ghob qib jid gant janx dab ded.

古时格接去射月,从前格接去射日。
太阳罚他受灾恙,月掐他缩三截收。
坐在凡尘叹气说,肚肠缩小像蜂子。

51.

内吊冬豆亚长兄,

Hnieb job dongs doub yab nzhangd xod,

那巴冬腊亚长充。

Hlat bead dongs las yab nzhangd congb.

冬腊浪内亚长兵,

Dongs las nangd niex lab nzhangd nbloud,

嘎茶出苟求告绒。

Gheat nzat chud goub njout ghob renx.

几叟自尼阿瓦陇,

Jid seub zib nib ad weax nengd,

吉研到塔苟善兄。

Jid nkand dob deat geud shanb xod.

太阳晒下热凡间,月照凡间凉得很。
凡间的人又出来,耕种生产上山岭。
欢心喜笑又开颜,欢笑开颜热在心。

52.

西昂打便出格,

Xis ghas das biax chub geis,

虐满打绒出怪。

Niub mans das rongx chub guait.

没哟阿谷欧奶内滚，

Meis yob as gux oub nant nieb guex,

兵哟阿谷欧图内穷。

Bingt yos as gub ous tux nieb qiongt.

几补溶豆溶柔，

Jis pub rongb dous rongb roux,

几吾溶格溶昂。

Jis wub rongb geix rongb ghas.

吧猛达锐达够，

Bas mengx das ruib das gout,

受猛达图达陇。

Soub mongb das tub das longx.

冬豆莎你几见，

Dongb dous shax nib jias jianx,

冬腊拿炯几到。

Dongb lax nas jiongb jis daox.

吧单得术得干，

Bas daib des shub des ganb,

受报得乘得布。

Soub baos des chengb des bub.

从前天上作蛊，古代太空作怪。

有了一十二个太阳，出了一十二个日头。

陆地烤熔土岩，水域烤干海湖。

晒得百草皆死，烤得竹木枯干。

世间也坐不住，凡尘也坐不成。

晒透深层地中，烤遍所有地处。

53.

内腊奈到格接拢克，

Nieb las nanx daob geib jieb longb koux,

内叉充到格热拢孟。

Nieb chas chongb daos geit reib longb mongx.

格接求照图玩猛都,

Geib jis qiub zhaos tub wanb mongx dout,

格热求照图奈猛扣。

Geib reib qius zhaob tut nanb mongb kous.

猛都图内,

Mongb dous tub niet,

猛扣图那。

Mongb kous tub nat.

扣见楼豆,

Kous jiand loub dout,

都见楼虐。

Dous jianb loub niut.

抓穷抓坳图玩,

Zhuas qiongb zhas aos tub want,

抓古抓窝图奈。

Zhuas gub zhuas aos tub nanx.

图玩囊背叉乖,

Tub wanx nangb beib chas guanx,

图奈囊背莎穷。

Tus nanb nangb beis shad qiongt.

人们喊得格接来观,人才请得格热去看。
格接从马杉树上去,格热从马杉枝上去。
去砍日柱,去斩月柱。
砍成很久,斩成多日。
血染马杉树果,血染马杉树皮。
马杉树果变紫色,马杉树皮变红。

54.

格接格弟谷阿图内,

Geib jieb geib dis gub as tux niet,

格热扣弟谷阿图那。

Geis roub koub dis gub as tux nas.

打绒尼斗阿奶内，

Das rongb nix dous as niet niex,

打便尼斗阿奶那。

Das biax nit dous as nieb nax.

格接照中几够，

Geib jis zhaos zhongt jis goux,

格热照卡吉俗。

Geib rous zhaob kas jib shub.

图玩照腰几弯，

Tub wanx zhaos yob jis wanx,

图奈照跳几酷。

Tub nant zhaos qiaot jis kut.

格接砍了十一根日柱，格热斩了十一根月柱。
天上只有一个太阳，太空只留一个月亮。
格接被惩缩成小虫，格热被罚成了甲虫。
马杉树被压弯了，马杉枝被压曲了。

二、世间有人的传说

1.

西昂，西昂打豆，西昂打豆扛王打豆，

Xib ghab, xis ghab das dous, xib ghax das doub gangx wangb das doub,

虐满，虐满打便，虐满打便扛王便内。

Niux manx, niub mans das biant, niub manx das bians gangx wangb das niet.

打豆，打豆几没，打豆几没崩豆崩柔，

Das doub, das dous jib meix, das doub jis meix bongx dous bongb rout,

打便，打便几没，打便几没崩格崩那。

Das bianx, das bianx jis meit, das bianb jis meix bongb geit bongx lat.

打豆，打豆没偶，打豆没偶打毕冬豆，

Das doub, das doub meib ous, das doub meix ous das bix dongb dout,

打内，打内没偶，打内没偶达便冬腊。

Das niet, das niet meib ous, das niet meix ous das bianb dongb lat.

打毕，打毕达起，打毕达起毕毕泡西，

Das bib, das bib das keit, das bis das keib bix bix paos xit,

达便，达便达起，达便达起便便泡莎。

Das bianx, das bianb das keib, das bianx das keix bians bians paox shat.

泡西，泡西叉毕，泡西叉毕阿剖透胎，

Paos xib, paos xib chab bit, paos xib chab bib as pout toub tais,

泡莎，泡莎叉包，泡莎叉包阿昂透太。

Paos shax, paob shab chab baos, paox shax chaob baot as ghas toub tais.

透胎，透胎叉毕，透胎叉毕阿剖缪晚，

Toub tais, toub tais chab bix, toub tais chab bis as poub mioux want,

透太，透太叉包，透太叉包阿昂缪叫。

Toub tais, toux tais chab baot, toub taix chab baot as ghax mioux jiaot.

缪晚，缪晚叉毕，缪晚叉毕阿剖缪绒，

Mioub want, mioub wanx chab bis, mioub wanx chab bis as poub mious rongx,

缪叫，缪叫叉包，缪叫叉包阿昂缪潮。

Mious jiaox, mioub jiaox chab baos, mioub jiaos chab baos as ghas mioux chaot.

缪绒，缪绒叉毕，缪绒叉毕阿剖玛绒，

Mioub rongx, mioub rongb chas bib, mious rongx chab bis as poub mab rongb,

缪潮，缪潮叉包，缪潮叉包阿昂内潮。

Mioub chaob, mious chaob chas baox, mioux chaob chab baos as ghab niet chongb.

玛绒，玛绒叉龙，玛绒叉龙内潮几如，

Mab rongb, mab rongb chas longx, mab rongx chas longb nieb chongb jis rub,

内潮，内潮叉龙，内潮叉龙玛绒吉强。

Nieb chongb, nieb chongt chab longt, nieb chongb chas longt mab rongb jis qiangt.

几如，几如叉首，几如叉首得雄得容，

Jis rub, jis rub chas shoub, jis rub chab shoux deb xiongb des rongb,

吉强，吉强叉首，吉强叉首得抓得卡。

Jis qiangb, jis qiangb chas shoub, jis qiangb chas shoud des zhas des kax.

叉没，叉没内果，叉没内果内乖白冬，

Chas meit, chas meib niet guox, chas meib nieb guob niet guenx bais dongx,
叉到，叉到内滚，叉到内滚内敏白无。
Chab daox, chas daob niet guent, chas daob niet guenx niet mix bais wut.

内果，内果内乖，内果内乖你白冬豆，
Niet guox, niet guot nieb gueis, nieb guob nieb gueis nib bais dongb doux,
内滚，内滚内敏，内滚内敏炯白冬腊。
Nieb guent, nieb guend niex mib, nieb guenb nieb mix jiongb baix
dongb lat.

从前，从前大地，从前大地没有大地，
古代，古代太空，古代太空没有太空。

大地，大地没有，大地没有山水岩土，
太空，太空没有，太空没有星辰日月。

大地，大地有粒，大地有粒阴种阴子，
太空，太空有枚，太空有枚阳种阳素。

阴种，阴种阴子，阴种阴子隐隐化生，
阳种，阳种阳素，阳种阳素约约化现。

化生，化生化出，化生化出胎卵众类，
化现，化现化出，化现化出浮化众生。

胎卵，胎卵生出，胎卵生出阴阳胚子，
孵化，孵化化出，孵化化出两性胚芽。

胚子，胚子生出，胚子生出有形龙鲤，
胚芽，胚芽化出，胚芽化出有相麟鱼。

龙鲤，龙鲤才生，龙鲤才生后生龙父，
麟鱼，麟鱼才化，麟鱼才化后来麟母。

龙父，龙父麟母，龙父麟母相辅相爱，
麟母，麟母龙父，麟母龙父相成相亲。

相爱，相爱才生，相爱才生苗父苗子，
相亲，相亲才生，相亲才生客兄客弟。

才有，才有白人，才有白人黑人满天，
才有，才有黄人，才有黄人青人满地。

白人，白人黑人，白人黑人发满世界，
黄人，黄人青人，黄人青人住遍乾坤。

2.

见约冬腊内几没，

Jianx yos dongs las niex jid mex，

几没内炯冬豆陇。

Jid meix niex jiongt dongs doub nend.

达变首约呕奶得，

Dab nblanb soud yod oub leb deb，

阿娘透太剖偷胎。

Ad niangx toud taib poub toud tet.

呕途呕奶叉首崩。

Oub dut oub leb cad soud bongx.

冬腊达起起没内，

Dongs las tad kit kit mex niex，

吉除公油照陇龙。

Jid chud gengd yous zhos nengd lod.

开了天地没人坐，没人居住在凡间。
达变化生儿两个，女是透太男偷胎，
两个两位化生来。
凡间开始有人坐，歌唱古代的根源。

3.

列苟西昂浪莎桥，

Lies geud xib ngangx nangd sead njod,

告汉剖娘浪莎板。

Geud hant poub niangx nangd sead banx.

阿剖缪晚娘缪叫，

Ad poub mioux wanl niangx mioux jot,

呕奶呕图首头单。

Oub leb oub ndut soud ndoul dand.

冬豆叉苟鲁内到，

Dongs doub cad geud nzhub niex dot,

内炯叉白记冬半。

Niex jiongt cad bed jid dongs banx.

要把从前的歌造，照着前人的歌言。

祖公缪晚婆缪叫，两个两位生头胎。

凡间才有人种到，人坐这才满凡间。

4.

阿剖透太娘偷胎，

Ad poub toud tet niangx toud tanb,

呕奶吉汝出阿标。

Oub leb jid rut chud ad nbloud.

几苦补豆得叉干，

Jid khub bub doub deb chad ganb,

比就苟汝得休首。

Beib jut geud rut deb xub soud.

少首呕奶出阿占，

Shangt soud oub leb chud ad zhans,

缪晚缪叫首起头。

Mioux want mioux jot soud kit dous.

阿公偷胎婆透太，二人恩爱做一起。

恩爱三劫儿才见，四个劫数生儿女。
生了儿子来见面，缪晚缪叫出生齐。

5.

缪晚缪叫见标内，
Mioux wanl mioux jot janx nbloud niex，
齐埋苟汉得休首。
Jid mix geud hant deb xub soud.
阿浪首到呕奶得，
Ad nab soud dot oub leb deb，
奈出内棍龙玛苟。
Hlant chud nied ghunb nhangs mat ghuoud.
呕图首陇足久内，
Oub ndut soud longl chud nqoub niex，
得扎得雄会出苟。
Deb zhal deb xongb fet chud goud.

缪晚缪叫成家人，他们这才生儿子。
一胎两个就出生，名叫内棍和玛苟。
以后生出许多人，客子苗儿满地有。

6.

冬豆儿没没内，
Deib doub jid mex mex niex，
冬腊吉相没纵。
Deib las jid xangd mex zos.
冬豆拿尼没阿偶达变豆，
Deib doub nax nis mex ad ngongl dab mlanb doub，
冬腊拿尼没阿偶达变柔。
Deib las nax nis mex ad ngongl dab mlanb roub.
达变豆，
Dab mlanb doub，
达变柔。

Dab mlanb roub.

昂内拿兄，

Ngangx hnieb nax xod.

昂弄拿斩。

Ngangx nongt nax zanl.

巴奶拿卡，

Bead hnieb nax khead，

达弄拿抬。

Dat nongs nax ndeb，

吉兄吉弄，

Jid xod jid nongt.

几抬吉卡。

Jid ndeb jid khead，

几周吉苦，

Jid zhoux jid kud.

几章吉数。

Jid nzhangd jid shut.

几夫吉扛，

Jid hut jid gangb，

几如吉强。

Jid rux jid jangt.

否叉高笔告变，

Boul chad geud bib ghox bianb，

否叉高数告强。

Boul chad geud sut ghox jiongs.

告奶猛首阿剖偷胎，

Ghob hnieb mongl soud ab poub toud ted，

告忙猛首阿娘偷太。

Ghob hmangs mongl soud ad niangx toud teab.

告笔几奶首崩阿剖，

Ghob bleid jib hnieb soud blongl ab poub，

告变吉忙首崩阿娘。

Ghob blab jib hmangt soud blongl ab niangx.

吉忙出拔，

Jib hmangt chud npad,

几奶出浓。

Jib hnieb chud nint.

浪样冬豆达起没拔没浓，

Nangb yangs deib doub chad kit mex npad mex nint,

浪样冬腊达起没剖没娘。

Nangb nend deib las chad kit mex poub mex niangx.

大地没有人居，天下没有众生。

大地那时只有一只达变豆，天下那时只有一只达变柔。

达变豆，达变柔。

热天他热，冷天他冷。

晴天他干，雨天他湿。

受冷受热，受干受湿。

亦涨亦枯，亦冷亦热。

膨胀变化，时序暂进。

他才在化在变，他才在生在发。

阳性生发偷胎始祖，阴性化生透太元祖。

阳性化生生出始祖，阴性变生生出元母。

阴性是女，阳性是男。

这样大地开始有男有女，如此天下开始有公有婆。

7.

阿剖偷胎，

Ad poub toud ted,

阿娘偷太。

Ad niangx toud teab.

几奶出浓，

Jib hnieb chud nint,

吉忙出拔。

Jib hmangt chud npad.

否叉几不吉祥，

Boul chad jid bul jid njangt,

否又几无吉藏。

Boul chad jid wus jid nzangt.

几不叉首阿剖缪晚，

Jid bul chad soud ab poub mioux wanl,

吉藏叉首阿娘缪叫。

Jid nzangt chad soud ab niangx mioux jot.

到比嘎嘎，

Dob bleid gat gat,

奶格冬冬。

Nied gheb dongs dongs.

没比没兵，

Mex bib mex bid,

没斗没地。

Mex doul mex deid.

几奶豆风，

Jib hnieb doul hob,

吉忙豆记。

Jib hmangt doul git.

阿剖谋晚，

Ab poub mioux wanl,

阿娘谋叫。

Ab niangx mioux jot.

叉首奶慢骂乖，

Chad soud nied ghuib mangt ghuoud,

奶慢骂乖。

Nied ghuib mangt ghuoud.

奶慢达起几柔几服，

Nied ghuib chad kit jid reus jid hux,

骂乖达起几让几录。

Mangt ghuoud chad kit jid rangx jid nongs.

几柔几服叉首兰果兰乖，

Jid reus jid hux chad soud niex ghueub niex ghueb,

几让几录叉首兰归兰穷。

Jid rangx jid nongs chad soud niex guix niex nqit.

出兰麻你冬豆，

Chud niex lol nib dongs doub,

出纵麻炯冬腊。

Chud zos lol jiongt deib las.

兄陇没吧，

Xib nenl mex blab,

兄尼没豆。

Xib niex mex doub.

兄炯没奶，

Xib jod mex niex,

兄拉没纵。

Xib lad mex zos.

偷胎始祖，透太元祖。

白天为阳，黑夜为阴。

阴阳开始交错，男女开始相爱。

性别才生太祖缪晚，性爱才育太母缪叫。

额头凸凸，眼眶凹凹。

有发有毛，有尾有翅。

阳性暂盛，阴性暂旺。

谋晚太祖，谋叫太婆。

才生人形似猿，才养人形如猴。

似猿来生来养，如猴来养来育。

来生来养白人黑人，来养来育黄人红人。

大地有人来居，天下有众来住。

子时有天，丑时有地。

寅时有人，卯时有众。

三、创造万物的传说

1.

冬豆几没背斗苟底，

Dongb dous jib meix beid dous gous dit,

冬腊几没背炯苟头。

Dongb las jib meix beis jiongb gous tout.

冬豆几没背斗苟窝，

Dongb dous jib meib beis dous goub aos,

冬腊几没背炯苟号。

Dongb las jib meix beid jiongb gous haos.

昂内腊你哭弄，

Ghas nieb las nix kub nongt,

昂兄腊炯哭处。

Ghas xiongb las jiangb kux chub.

昂弄腊你哭绒，

Ghas nongb las nib kux rongb,

昂斩腊炯哭便。

Ghas zhanb las jiongt kub bias.

昂内腊站背陇，

Ghas nieb las zhanb beib liongb,

昂兄腊能背图。

Ghas xiongb las nengb beix tus.

昂弄腊能打缪，

Ghas nongx las nengt das mioux,

昂斩腊能打昂。

Ghas zaib las nengb das ghas.

世间没有火烧，人间没有火烤。
世间没有火种，人间没有火煮。
热天居在林荫，冷天住在丛林。
热天居在山洞，冷天住在岩洞。
热天吃那野果，冷天吃那树果。
冬天吃那河鱼，冷天吃那猎肉。

2.

列告西昂浪度扑，

Lies geud xib ngangx nangd dut pud,

列捕阿柔度西昂。

Lies pud ad roul dut xib ngangx.

到昂嘎处龙麻扭，

Dot ngeax ghad chut nongx max niul,

龙背龙够汝高场。

Nongx bid nongx gout rux bot nzhangl.

冬腊几没背斗图，

Dongs las jid mex bid deud ndout,

几没斗号浪告昂。

Jid mex deud hot nangd ghob ngangx.

要讲从前的古根，要唱古代的根源。
猎得野肉吃生吞，吃果吃菜度日年。
凡间没有烟火生，没有火煮的时代。

3.

龙锐龙够炯哭吧，

Nongx renb nongx goub jiongt hkud nbleat,

到昂嘎处麻扭龙。

Dot ngeax ghad chut max niongl nongx,

到固达昂抱吉达，

Dot gud dab ngeax beux jid das，

固茶少干阿鸟穷。

Gud ncad sat ghans ad niox nqid.

牛满浪昂弄阿挂，

Niongs manl nangd ngangx nongb ead guat，

昂弄几没背斗兄。

Ngangx nongt jid mex bid deul xod.

吃草树皮居洞穴，打得猎物就生吞。

猎得野兽就生吃，吃完一口的血腥。

古代生活留传记，四季没有烟火生。

4.

打耸拔图良比斗，

Dad sob peab ndut lial bid deul，

少良达吾你阿冬。

Sob lial dad wus nib ead ndongb.

朋汝斗抓吉共苟，

Bongd rongs deus zheax jid nghuat gheul

尼纵格咱莎王昏。

Nis zos nkhed zead sat wangl feil.

耸挂叉扎图浪久，

Sob guat cad zax ndut nangd joud，

扎图叉到比斗林。

Zax nut cad dot bid deud liongx.

雷公劈树闪火星，闪光闪亮有火焚。

响声抖动大山震，是人看见都忘昏。

过后钻木取火星，钻木得火到凡尘。

5.

扎图麻林到背斗，

Zax ndut max liox dot bid deud，

叉到背斗图麻抓。

Chat dot bid deud ndut max zheax.

抱到达昂召比苟，

Beux dot dab ngeax zhos bid gheul，

共到长陇苟昂嘎。

Nghet dot nzhangd lol geud ngeax geab.

搂到几吾浪打缪，

Noul dot jid ub nangd dab mioul，

窝照背斗汝龙昂。

Ob dot bid deud rut nongx ngeax.

钻那大木得火种，取得火种烧起来。

打得猎物在山中，抬回有那火烤煎。

捉得鱼虾在竹笼，烧在火中味香甜。

6.

窝拔闹吾高谬，

Aos pax naob wub gaos mioux，

窝浓求补让昂。

Aos nongx quit bus rangb ghas.

到虐龙虐，

Das niub longb niux，

到枯能枯。

Daos kux nengb kus.

昂内抓内抓囊，

Ghas nieb zhas nieb zhat nangb，

昂弄抓干抓白。

Ghas nongb zhas gaib bais.

几最图卡苟龙几够，

Jis zuib tub kas gous longb jis goux，

告抓图打苟拢吉畜。

Gaob zhas tub das goub longb jid chub.

几够叉兵背斗，

Jis goub chas bingx beib dout，

吉畜叉兵背炯。

Jis chub chas bingb beis jiongx.

洞豆叉到背斗苟堆，

Dongb dous chas daox beit dous goub diub，

洞内叉到背炯苟头。

Dongb nieb chas daod beid jiongb gous toub.

洞豆叉到背斗苟窝，

Dongb dous chab daox beib dous gous aot，

洞内叉到背炯苟号。

Dongb neib chab daos beib jiongx gous haod。

女人下河捞鱼，男人上山撵肉。

吃生吃冷，吃毛吃血。

热天天炎水热，冷天地冻天寒。

用那干木拿来搓眼，用那硬木拿来钻孔。

搓眼出了火籽，钻孔出了火烟。

世间才得火籽来烧，人间才得火种来烤。

世间才有火籽来煮，人间才有火种来熬。

7.

冬豆没约背斗明，

Dongs doub mex yod bid deul mlengs，

冬腊到汝背斗窝。

Dongs las dot rut bid deud ob.

窝见麻先汝龙凤，

Ob janx max xand rut nongx hent，

汝巴吉久通窝闹。

Rut bead jid joud tongd ob lob.

头斗阿休兄绒绒，

Ndout deul ad xoub xod rongd rongd，

昂弄几斗窝得抄。

Ngangx nongt jid doul ob dex cob.

凡间有了火种子，凡尘得到火种燃。
烧烤熟食好味口，烤暖身子到脚板。
烤火一身热悠悠，冬季不再愁冷挨。

8.

洞豆没约背斗，

Dongb dous meib yob bei doub,

洞腊到约背炯。

Dongb lax daos yis beid jiongt.

苟推相蒙嘎兄，

Goub tuix xiangb mengb gas xiongb,

苟头相蒙嘎汝。

Gous toub xiangb meob gas rut.

麻虐苟窝达起汝服，

Mas niux gous aos dax qib rub fub,

麻枯苟号达起汝能。

mas kub gous haob dab qib rub nengs.

叉到兄纠兄得，

Chas daox xiongb jius xiongb des,

叉到汝服汝能。

Chas daob rux fus rub nengx.

兄猛产豆，

Xiongb mengb cais doub,

汝猛吧就。

Rub mengb bas jiux.

世间有了火烤，人间有了火烧。
烤了人身温暖，烧了才有温热。
生的食物烧了好喝，冷的食物烤了好吃。
身子才得暖和，口中才得好吃。
烧到现在，烤到当今。

9.

莎忙呕求龙陇舍，

Sead mad ngheub njout nhongb nengd sed，

扑汉阿柔浪公元。

Pud hand ad roul nangd gongd yanl.

阿柔浪内同达乖，

Ad roul nangd niex ndongl dad ghueb，

兵拢必求阿偶棉。

Nblongl lol bid nqeut ad ngongl mlanb.

告叫几没欧恰得，

Ghob giot jid mex eud qad del，

高得告叫比单善。

Ghob del ghob giot bib dand shanb.

必求阿偶娘欧奶，

Bid qius ad ngongl niangx oud led，

汝蒙汝梅吉关天。

Rut mongx rut mes jid guant qiand.

古歌原就唱如此，讲那古代的根源。

那时的人像猴子，出来好像那猴猿。

身上没有衣遮羞，浑身上下长毛来。

好像人熊到处走，好脸好面不管天。

10.

告抽教图出堤崩，

Ghot choud jot ndut chud ndeib bongx，

沙汉得拔苟堤出。

Sheab hant deb npad geud ndeib chud.

冬豆叉到欧先拢，

Dongs doub cad dot eud xanb nongd，

恰得恰叫汝兵竹。

Qad del qad jot rut nblongl zhux.

忙叫再没包苟翁，

Hmangt jos zeab dot beub geud od,

冬豆浪纵吉研足。

Dongs doub nangd zos jid nkand jub.

剥那树皮来抽丝，教那女子织布新。

凡间才得衣遮羞，穿在身上好出门。

晚上再得被盖子，凡间人众喜盈盈。

11.

窝拔柳录苟拢洽久，

Aos pax lius lub gous longb qiax jius,

窝浓不哨苟拢洽得。

Aos nongb bus xiaos gous longt qiab des.

柳录不不久，

Lius lub bus bux jiub,

不哨不不得。

Bus xiaos bus bub deb.

苟追达起告抽教图，

Gous zuis dasb kit gas shoud jiaos tub,

浪当达起告怕教免。

Liangb dangx dab kib gaos pat jiaos xiant.

教图见兄，

Jiaos tub jianb xiongt,

教免见那。

Jiaos mianb jiansb nax.

叉起几冲教兄，

Chas kib jis chongb jiaos xiongb,

吉报教免。

Jis baob jiaos miant.

几冲教兄苟拢洽久，

Jis chongb jiaos xiongb gous longb qias jiut,

吉报教免苟拢洽得。

Jis baos jiaos mianb gous longx qias deb.

洽久腊虫，

Qias jiub las chongb,

洽得莎拿。

Qias deb shab nasx.

洽久腊兄，

Qias jiub las xiongb,

洽得腊汝。

Qias des lab rub.

女人摘那树叶遮体，男人用那棕叶盖身。

树叶遮遍体，棕叶盖满身。

后来才又剥那树皮，之后才又剥那树衣。

树皮搓绳，树衣搓索。

搓绳连成块块，搓索织成片片。

连成块块披来遮身，织成片片用来盖体。

遮身得严，盖体得实。

遮身遮满，盖体得遍。

12.

叉干帮儒没汉凸果，

Chas gaib bangx rub meib hais tub guos,

叉咱帮处没汉迷花。

Chas zhas bangb chus meib hais mib huas.

梅长苟拢几把，

Meix zhangb gous longb jis bas,

岔长苟拢吉白。

Chas zhangb gous longt jis bais.

几把苟见松明，

Jis bas gous jianx songb mingt,

吉白叉见松寿。

Jis bais chas jianxb songt sout.

几冲松明苟拢出提，

Jis chongb songb mingt gous longb chus tib，

吉报松寿苟拢出豆。

Jis baos songb soub gous longb chus dout.

出提麻匡，

Chus tis mab kuangx，

出豆麻头。

Chus dous manb tout.

出提叉到欧方，

Chus tib chas daos oub fangx，

出豆叉到欧洽。

Chus doub chas daos oub qiat.

欧方叉兄，

Ous fangx chas xiongt，

欧洽叉汝。

Oux qias chas rub.

看见山野开那棉朵，瞧见山上开那棉花。

取回拿来搓成棉棒，摘回拿来搓成棉棍。

细搓搓成棉丝，再搓搓成棉线。

棉丝织成棉帛，棉线织成棉布。

织成宽匹，织成长匹。

棉布缝成衣穿，布匹缝成衣裳。

穿衣热身，着衣热体。

13.

得牙吉岔首得公，

Deb yas jid cheat soud deb gib，

浪羊叉到陇欧咒。

Nhangb yangl cad dot hnengd eud zhoux.

告拔陇单亚再滚，

Ghod npad nengd danb yal zeab gueit，

冬腊没欧汝兄头。

Dongs las mex eud rut xengl ndoul.

嘎散嘎茶邦绒猛，

Gheat sanb gheat nzat bangt rud mongl，

尼内尼总几叟偷。

Nis niex nis zos jid seub toub.

姑娘提倡把蚕养，这样才得绸布宽。

女人穿裙有花样，凡尘有衣身上穿。

生产耕种上山梁，是人大众都喜欢。

14.

出堤尼各轩辕起，

Chud ndeib nis zhos xand yanl kit，

内你冬腊安首公。

Niex nieb dongs las nianl soud gib.

得公得牙叉出比，

Deb gib deb yas cad chud nbloud，

见比达吾苟晚容。

Janx bid dad us geud wanl yux.

兄吾达务者松比，

Xod ub dad us zheb sod bib，

到汉汝松出堤明。

Dot hant rut sod chud ndeib mings.

织布从轩辕织起，是人世上始养蚕。

蚕子蚕娘把茧刈，放入锅内煮起来。

水热马上把丝取，得那好丝织绸缎。

15.

内腊克咱得公帮孺，

Nieb las keit zhas des gongb bangs rux，

内莎克干得牙帮处。

Nieb shas keit ganx des yas bangb chus.

得公没最,

Des gongb meib zuis,

得牙没松。

Des yas meib songx.

几冲松周苟拢出提,

Jis chongb songb zhous goub longb chus tit,

吉报哨最苟拢出豆。

Jis baos xiaos zuis goud longb chus dout.

出提麻匡,

Chus tis mas kuangx,

出豆麻头,

Chus doub mas toub.

出提叉到欧方,

Chus tib chas daox ous fangt,

出豆叉到欧洽。

Chus dous chab daos out qiab.

欧方叉兄,

Oub fangx chas xiongb,

欧洽叉汝。

Ous qiab chas rub.

人们发现山中蚕虫,后来看见山林丝虫。

丝虫有茧,蚕虫有丝。

织得蚕丝成了布匹,织起丝线成了绸缎。

宽的布匹,长的绸缎。

丝绸缝成衣服,绸缎缝成衣裳。

绸衣保温,绸缎美样。

16.

陇约兄头叉安骂,

Nengd yod xingd ndoul cad nganl mat,

阿去浪昂尼安奶。

Ad qid nangd ngangx jid nganl nied.

阿柔西昂出嘎岔,

Ad roul xib ngangx chud ghot nchat,

剖内必求同免乖。

Boub niex bid nqeut ndongl mlanb gued.

忙陇叉长苟度岔,

Mat nengd chad nzhangd geud dut chat,

安洞同共比几没。

Nganl dox ndongl ghot bib jid mex.

穿了衣服才知父,过去之时不认母。

古时从前是糊涂,人性好似猴子初。

现在才把真情述,不知合不合古书。

17.

到汉兄头叉安礼,

Dot hant xingl ndoul cad nganl lit,

没奶没骂没巴秋。

Mex nied mex mad mex ghob lanl.

欧秋沙扑牙苟起,

Oud qud sad bud yas goud kit,

白话度加几奈扑。

Bel fab dut jad jet lanb pud.

姑娘自尼麻旦比,

Gud niangl zib nis max danx bib,

阿全久捕度鲁术。

Ad njed jet pud dut lud sud.

穿上衣服才知礼,知母知父知亲疏。

妯娌先讲姐妹起,脏话不能乱讲出。

姑娘子女说真的,一点不讲话糊涂。

18.

迷花内苟猛养猛照，

Mis huas nieb gous mengb yangx mengb zhaos,

得公内苟猛酷猛首。

Des gongb nieb gous mengb kus mengb sout.

洞豆叉起没最没松，

Dongb dous chas kix meib zuis meib songb,

洞腊达起没提没豆。

Dongb las dab kib meib tis meib dout.

几抓抓猛产豆，

Jis zhas zhas mengb caib dous,

几朴朴猛吧就。

Jis pub pub mengb bas jiut.

棉花拿去栽种，蚕虫拿去饲养。

人间这才有丝有线，世上这才有布有帛。

种棉种到如今，养蚕养到现在。

19.

嘎处迷花没欧样，

Ghad chut mings fab mex oub yangb,

欧样全见邦绒单。

Oub yangb janl janl bangt rud dand.

麻棍矮召你告邦，

Max ghunb ngeas zhol nieb ghob bangt,

麻内陇照苟央尖。

Max niex noul zhangt geud yangb janx.

麻汝迷花苟长江，

Mangx rut mings fab geud nzhangd jangs,

豆汉崩周果玩玩。

Deus hant bengx zhoud ghuangb wanb wanb.

苟汉崩果柳到长，

Geud hant bengx ghueub liud dot nzhangd,

尼青见松出堤先。

Nis qod janx sod ghueub wanb wanb.

野外棉花有两样，两样都在野外生。
野花舍弃在山上，棉花来种培土根。
把那花朵采来纺，纺纱成线织布新。
世上的人穿身上，是人崇拜轩辕尊。

20.

阿柔西昂尼能背图背拢，

As roub xis ghas nib nengb beid tus beib longs,

阿气虐满尼能打缪打昂。

As qub niub mans nib nengb das mioub das ghas.

窝拔闹吾高缪，

Aos pab niaos wux gaos mioub,

窝浓求补让昂。

Aos nongb qius bus tangb guangx.

高缪洞补，

Gaos mious dongb xbud,

让昂洞到。

Rangb ghas dongb daox.

能虐能枯，

Nengb nius nengs kus,

能背能够。

Nengb beib nengt gous.

能见楼豆，

Nengb jeans lous dous,

挂见楼虐。

Guas jianx lous niux.

从前时候吃那野果，古代的人吃那野食。
女人下河捕鱼，男人上山撵肉。
捕鱼也得，撵肉也获。

得生吃生，得枯吃枯。

吃了很久，经历多时。

21.

拨浪棍楼斗炯麻善苟，

Npad nangd ghunb noux doub jiongt max shanb gheus，

浓浪棍弄炯照麻善绒。

Nengt nangd ghunb nongt jiongt zhos max shanb renx.

岔背岔够急急受，

nchat bid nchat gout qid qid sheub，

冬内少岔告背龙。

Dongs niex sheub chat ghob bid nongx.

干弄松同背斗狗，

Ghans nongt songd ndongx bid deud goud，

没单达务苟几兵。

Meb dand dad ub geud jid bit.

苟弄扑包报兰欧，

Gheud los bul zhot bot lanx eud，

吉客十在嘎养棍。

Jid kangb shis zaib ghad yangs ghunx.

野谷坐在高山内，米祖坐在大山头。
找那野果忙忙去，世人找那野果食。
看见米穗似狗尾，看在眼里拿在手。
小米掰在衣襟内，看来实在黄油油。

22.

达狗求苟让昂，

Das goub qiub gous rangb ghas，

吉记寿蒙板苟板绒。

Jis jib soub mengb bans gous bans rongb.

狗昂闹处理散，

Dous ghas niaos chub lis shuanb,

吉现寿蒙板加板处。

Jis xianb soub mengb bans jias banx chub.

不到累包照汉吉久，

Bub daos lieb baos zhaob hais jib jiut,

吉干鲁楼照汉几得。

Jis ganb lux lous zhaob hais jid deb.

长拢抓照追竹，

Zhangb longb zhas zhaos zuis zub,

长送热你追吹。

Zhangb songb roub nib zuis cuis.

猎狗上山攫肉，追赶跑去满山遍野。

放狗出去理味，到处跑遍野岭荒山。

狗毛带得野生谷种，狗尾带得野生小米。

回来掉在洞外，转来落在洞前。

23.

照汉得风拢片，

Zhaos haib des fongb longb piant,

照汉汝龙拢坳。

Zhaos hais rub longb longb aos.

几袍几斗，

Jis paos jib doub,

几花吉长。

Jis huas jib changb.

那炯见汉楼补，

Nas jiongx jianb hais loub but,

那乙兵汉楼汝。

Nas yib bingx hais loub rux.

梅拢苟能江嘎，

Meib longb gous nengb jiangx gas,

能单嘎弄江记。

Nengb danb gas nongb jiangb jis.

被那山风来吹，受那细雨来淋。
膨胀发芽，生出秧苗。
七月熟了早谷，八月熟了米穗。
吃到口中很香，嚼在嘴内很甜。

24.

内叉苟拢照你帮豆，

Nieb chas gous longb zhaox nit bangb dout,

内莎苟拢秧到帮腊。

Nieb shab gous longb yangb daos bangx las.

洞豆叉没累包苟能，

Dongb dous chas meib lieb baos gous nengt,

洞腊叉到包尔苟服。

Dongb las chas daob baos erd gous fut.

洞豆没约鲁楼，

Dongb dous meib yos lub mout,

冬腊没约鲁弄。

Dongb las meib yos nub nongt.

古人拿来播在土中，先民拿去种在地内。
世上才有米饭来吃，人间才得五谷杂粮。
世上有了谷种，人间有了粮吃。

25.

阿奶起头岔走弄，

Ad hnieb kit ndoul nzhat zoux nongt,

没到阿把苟共长。

Meb dot ad bad geud nghet nzhangd.

吉畜叉苟苦拼用，

Jid xud cad geud kub piob yit,
号先阿叫滚让让。
Hot xand ad jot ghunx rangd rangd.
告龙阿吼照嘎弄,
Ghot nongx ad hongd zhot ghad hlot,
头半就蒙汝龙养。
Ndoul band doub mongl rut nongx yangl.

头天找着是小米,采得一把带回来。
搓好就把壳吹飞,煮在锅里黄灿灿。
试吃一口在嘴内,感觉味道真香甜。

26.
棍楼内内闹嘎处,
Ghunb noux hnieb hnieb lot ghad chut,
没内求送通绒苟。
Mex hnieb njout songt tongd renx goud.
告耳兵弄出阿不,
Ghob reud nblongl nengb chud ad bud,
头半旦汝告奶耳。
Ndoul band dans rut ghob leb reud.
没到阿弄苟吉畜,
Meb dot ad nengb geud jid xud,
邦猛嘎弄架几楼。
Bangd mongl ghad lot jat jid leux.

谷祖天天去山上,有时也上到山顶。
火红大穗是高粱,穗大粒粒都壮登。
摘得一穗用口尝,吃在口中香得很。

四、人类祖先的传说

1.

窝松囊萨够阿气，

Aos songs nangb sea goub as qix，

窝毕囊度朴阿柔。

Aos bib nangx dub pub as roux.

吊到西昂囊头睡，

Diaos daob xib gha nangb tous shuix，

列告虐满囊头抽。

Lieb gaob niub manx nangb tous choub.

雷神的歌唱一回，天神的话讲一番。

依照前人的书记，要照从前的书载。

2.

窝松窝他出那苟，

Aos songx aos tab chus nat gous，

欧图欧久汝夫记。

Oub tub ous jiux rub fus jix.

毕求吉炯阿家首，

Bib qius jid jiongb as jias shoux，

几苦吉汝几单几。

Jis kub jis rub jis daib jis.

窝他否猛否囊欧，

Aos tat woub mengb woub nangb ous,

几忙达吾自久记。

Jis mangx das wub zis jiub jis.

招汉得休苟扛否,

Zhaob haib des xioub gous gangd wout,

斩松八难客约亏。

Zhaib songb bab nanx ket yob kuis.

雷神天神做兄弟,他们两个好朋友。

好似同娘生一对,相亲相爱不长久。

天神妻子病床内,一病不起断气死。

留下子女小年纪,灾星缠住难出头。

3.

阿气西昂尼麻汝,

As qib xis ghas nib mas rub,

苟追达起见麻巧。

Goub zuib das kib jiant mab qiaot.

嘎服嘎能叉巴布,

Gas fub gas nengb chas bas bux,

出路出腊窝起巧。

Chus lub chus lab aos qub qiaob.

窝松用你弄召度,

Aos songb yongb nix nongb zaob dub,

列叭窝毕扛逃考。

Lieb bab aos bib gangs taox kaot.

用单洞标告达务,

Yongb danb dongb bioux gaos dab wux,

窝毕篓到出阿包。

Aos bib noux daob chus as baos.

从前之时好朋友,之后才成了冤仇。

赊吃赊喝名声丑,租田种地起巧由。

雷公飞在云上头，要劈天神送他死。
飞到屋顶滑倒后，天神捉住雷神休。

4.

篓到扣你窝热闹，
Loub daos koux nis aob roub niaos,
列闹得够猛岔求。
Lieb niaos deb gous mengb chuas qiub.
岔求苟淹否叉告，
Chab qius gous yuanb woub chas gaob,
窝松足洽几良偷。
Aos songb zhub qiad jib liangb tout.

捉住关在铁仓内，要去远方找盐腌。
找盐腌他才解气，雷公最怕的是盐。

5.

欧奶得休相安求，
Ous nieb des xious xiangb ais quit,
窝松汝度苟吉忍。
Aos songb rub dub gous jib rengx.
吉忍得得扛背斗，
Jis rengb des des gangb beib doub,
鲁刀吉良久陇从。
Lub daos jis liangb jius longb congb.
图斗叭豆窝热首，
Tub doub bab doux aos roub soub,
豆松达吾叉归猛。
Dous songb das wub chas geib mengb.
鲁刀照召你打豆，
Lub daos zhaob zhas nib dab doub,
单兄达吾见刀滚。
Danb xiongb das wub jianx daob guib.

林吾林龙白冬豆，

Liongb wub liongb longb baix dongb dous，

刀滚炯到牙苟同。

Daob gunb jiongx daos yab gout tongb.

一对儿女未懂事，雷神好话总来说。

要和小儿讨火籽，瓜种交换火才得。

得火劈破铁仓口，霹雳一声飞出也。

瓜种种在地里头，马上发芽结果也。

瓢泼大雨总不休，坐在瓜内免死客。

6.

松到背斗没窝抓，

Songb daob beis dous meib aos zhas，

忍到背斗汝苟冬。

Renb daos beis dout rub gous dongt.

良松无加豆抓喳，

Liangb songb wub jias dous zhas zhas，

怕热用求通打绒。

Pab reib yongb qius tongb das rongb.

乘豆乘内达龙爬，

Chens dous chenb niet das longb pas，

纠内谷乙达几林。

Jius niet gub yis das jis liongx.

冬豆几满见窝昂，

Dongb dous jis manb jeans aos ghas，

几斗内炯你补冬。

Jis dous nieb jiongb nis bux dongs.

雷公得火人人怕，讨得火籽显威风。

电光一闪震一下，劈破铁仓显英雄。

乌天黑地雨落大，九天十夜下得凶。

水淹人间山洪压，天下几乎绝人种。

7.

洞豆洞腊几斗总，

Dongb doub dongb las jid dous zongb,

尼元欧奶得牙苟。

Nib yuanb ous nieb des yas gous.

窝毕长单炯几纵，

Aos bib zhangb dans jiongb jis zongt,

纵列齐埋出崩欧。

Zongb lieb qib manb chub bengb ous.

莎尼虐西囊度共，

Shab nib niub xis nangb dub gongt,

几安汉拢尼窝求。

Jis aib haib longb nib aos qiub.

凡间世上人死完，只剩兄长和小妹。

天神回来不忍看，总要二人做夫妻。

都是古典话流传，不知真假如何的。

8.

列朴西昂浪古，

Lies pud xib ngangx nangd gut,

列岔牛满浪公。

Lies chat nius manl nangd gid.

西昂没偶打松，

Xib ngangx mex ad dab sob,

阿柔奶奈告松。

Ad roul niex hnant ghot sob.

牛满没奶告笔，

Nius manl mex nieb ghot bens,

阿柔奶奈告大。

Ad roul nieb chud ghod ndeat.

告松龙告笔莎尼麻汝夫记，

Ghot sob nhangs ghot bens sat nis max rut gid nangb,

告大龙告松吉用陇出那勾。
Ghod ndeat nhangs ghot sob jid reib longb chud nangb goud.

讲到从前的古，说到古代的话。
古时有个雷神，人们叫他告松。
古代有个天神，人们叫作告大。
告松和告笔是好朋友，告大和告松是好兄弟。

9.
告松尼汉内单，
Ghot sob nis hant niex danx，
否出否想单单。
Boul chud boul xangt danx danb.
告笔尼汉内哭，
Ghot bens nis hant niex nkhud，
否出否想哭哭。
Boul chud boul xangt nkhud nkhud.
齐埋呕奶几苦，
Jid mix oub leb jid khub，
呕图吉汝。
Oub ndut jid rut.
见哟楼豆，
Janx jul loux doub，
挂哟楼牛。
Guat jul loux nius.

雷神是个粗人，人粗人直做事也直。
天神是个巧人，人巧人乖做事也巧。
他们两个相交，后来成了朋友。
交了很久，过了多时。

10.

几忙单昂林豆，

Jex mangb dand ngangx lix doub,

吉笔单得林就。

Jid bix dand dex lix joub.

告笔浪呕到梦吉久，

Ghot bens nangd oud daot mongb jib joud,

告大浪拔到豆几得。

Ghod ndeat nangd npad daot mongb jib del.

你见呕兰补孟，

Mongb janx oub hnieb bub deat,

包见呕大补乙。

Beut janx oub deat bub yis.

挂猛追绒，

Guat mongl zheit reix,

弟保追孺。

Bleux baos zheit rud.

天神的妻子染了灾星，他的老婆患了灾难。

告笔的老婆得了恶病，告大的女人染了恶疾。

三天两早不见好转，三日两夜没有病好。

一命呜呼，命入黄泉。

11.

林豆几没几单，

Lix doub jid mex jid danx,

林就莎林几哭。

Lix joub sat lix jid khud.

要汉麻服勾排，

Yaot hant max hud geud nbanx,

要汉麻龙勾两。

Yaot hant max nongx gend liangl.

告笔叉闹告松猛嘎，

Ghot bens chad laot ghot sob mongl ghad，

告大叉闹夫记猛龙。

Ghod ndeat chad laot gix nangb mongl los.

龙到里包，

Los daot leb beul，

嘎到包尔。

Ghad daot beud reud.

排呕勾两，

Nbanx oud geud liangl，

排拔勾见。

Nbanx npad geud jant.

斗汝阿奶得拔，

Doul rut ad leb deb npad，

召汉阿图得浓。

Zhol rut ad ndut deb nint.

灾不乱起，祸不单行。

当时缺了伙食来盘，少了盘财来葬。

告笔才和告松去借，告大去和雷神去赊。

借得谷子，赊得粮食。

盘妻子去埋，抬夫人去葬。

留下一个小女，丢下一个幼儿。

12.

嘎哟列梯，

Ghad jul lies tid，

龙哟列笔。

Los jul lies bix.

告松勾路勾横告笔，

Ghot sob geud lut geud huib ghot bens，

否叉勾腊勾横告大。

Wud chad geud las geud huib ghod ndeat.

出散勾笔告松里包，

Chud sanb geud bix ghot sob leb beul,

出茶勾梯夫记包尔。

Chud nzat geud tid gix nangb beud reud.

有借有还，理所当然。

他去和告松租地耕，告松才把田地租给告大。

种田得谷来交租粮，种地得粮来交地租。

13.

告笔兰汉告松，

Ghot bens lios hant ghot sob,

告大否勾度起：

Ghod ndeat boul geud dut kit：

"出散蒙休比吧，

"Chud sanb moux xoud gid blab,

出茶蒙列比固？"

Chud nzat moux lies bid god?"

告松拿洞告莎，

Ghot sob nax nis ghox sead,

夫记否拿告度。

Gix nangb nax nis ghox dut.

告笔勾腊勾江夫书，

Ghot bens geud las geud jangs hud xod,

否腊勾路勾求比为。

Boul yab geud lut geud njud bid weus.

单兰麻休告松尼到告兄，

Dand ngangx max xoud ghot sob nis daot ghob xib,

单牛麻先夫记尼到告那。

Dand nius max xand gix nangb nis daot ghob hleat.

得就告笔再奈告松，

Doux jut ghot bens yeab lios ghot sob,

挂就告笔再陇沙度：

Guat jut ghot bens yeab lol sat dut.

15.

横见补豆，

Huib janx boub doub，

照见补就。

Zhaot janx boub jut.

告松尼到告浓告嘎，

Ghot sob nis daot ghob nux ghob ghead，

告笔否到告比告单。

Ghot bens boul daot ghob bid ghob dans.

告松单干列大告笔，

Ghot sob dand ghand lies dat ghot bens，

夫记单干列怕告大。

Gid nangb dand ghand lies peab ghod ndeat.

租了三年，种了三载。

雷神只得秆秆藤藤，天神他收苞谷米粮。

雷神发气要杀天神，告松发怒要劈告大。

16.

告松尼汉兰单兰打，

Ghot sob nis hant niex danx niex dead，

告笔尼汉兰哭兰奉。

Ghot bens nis hant niex nkud niex gueab.

否安告松列怕否叉，

Wud nianl ghot sob lies peab wul chad，

否安夫记列大否叉。

Boul nianl gid nangb lies dat boul chad.

告松共尖共吉，

Geud hant gaot jians gaot jid，

夫记油风油记。

Gid nangb yous hob yous git.

藏汉嘎果嘎乖，

Nzangt hant giad ghueub giad ghueb，

用汉嘎林嘎穷。

Yit hant giad liol giad nqit.

天神是那粗人强人，天神是那巧人乖人。
天神知雷神要劈他，把那滑皮盖在屋顶。
雷神拿斧拿凿，告松腾云驾雾。
驾那乌云黑云，骑那黑驴红马。

17.

告松用单告笔弄，

Ghob sob yit dand ghot bens nangd,

夫记用单告大弄动。

Gid nangb yit dand ghod ndeat nangd dongt.

吉相纵稳否自几柔，

Jid xangd jiongt went boul doub jid reut,

吉相纵汝否自吉拿。

Jid xangd jiongt rut boul doub jid las.

告笔勾汉告网勾当，

Ghot bens geud hant ghob wangs geud dangl,

告大勾汉口不勾记。

Ghod ndeat geud hant kout bol geud jex.

告松抓单自篓勾转，

Ghot sob zhad dand doub noul geud zhanx,

夫记抓纵勾那勾奈。

Gid nangb zhad zos doub ntad ghob hleat.

勾猛扣照告热首，

Geud mongl keub zhaos ghob rel soub,

勾否数照告热闹。

Geud boul sud zhaos ghob rel hlaot.

告松奈抓否拿久急，

Ghot sob hnant zheax boul nax jex gil,

夫记奈打否拿久查。

Gid nangb hnant das wud nax jex ntad.

久急斗得炯岩，

Jex gil nax doul jiongt nieab，

久抓斗得炯奈。

Jex ntad nax doul jiongt hnant.

雷公飞到天神屋顶，告松飞临告大屋上。
还未站稳他便滑倒，还没站定他就滚下。
天神用那网绳来套，告大用那网袋来装。
告松掉下就被套了，雷公落地就被抓住。
拿去关在铜仓里面，把他关在铁库之内。
雷公再狠他也无奈，告松再强他也无法。
无奈只有挨捆，无法只有被关。

18.

西昂囊萨浪内岔，

Xib ghas nangb ses langb nieb chas，

虐满囊度浪内捕。

Niub mans nangb dub liangx nieb pub.

几奶苟汉西昂甲，

Jis nieb gous hais xib ghas jias，

周萨周度你弄图。

Zhous seab zhous bub nib nongb tub.

从前的歌听人谈，古代的话听人言。
哪个赶上古时代，留歌留话在此传。

19.

窝松共约阿中到，

Aos songb gongb yos as zhongb daos，

斗抓冲到阿中尖。

Dous zhas chongb daos as zhongb jeans.

纵单碰标吉腊告，

Zongb dans pongb bous jis las gaob，

抓闹当夯照内占。

Zhas niaos dangb hangx zhaos nieb zhans.

篓否扣你窝热闹，

Lous wous koub nis aob reib aos，

再列岔求苟拢远。

Zaib lieb chab qius gous longb yuant.

窝松召蹦他几到，

Aos songb zhaob bengb tab jis daot，

囊照汉度窝松船。

Nangb zhaob hais dub aos songb chuaib.

雷公手拿一把斧，右手拿得一把凿。

飞到屋顶站不住，滚倒下去被人捉。

关在铁仓的黑屋，再要找盐把他卤。

雷公吓得打哆嗦，听到腌他魂飞出。

20.

窝毕兵竹猛岔求，

Aos bib bingx zhub mengbs chab qius，

岔求吉矮大松剖。

Chab qius jis anx das songb bout.

欧奶得让苟留标，

Oub nies des rangb gous liux bious，

埋列嘎忙扛背斗。

Manb lieb gas mangb gangx beis dous.

窝毕兵闹窝得够，

Aos bib bingb niaox aos des gous，

窝松凸达窝松受。

Aos songb tub das aos songb sout.

送龙得休忍背斗，

Songb longb des xious rengt beib dous，

巴凸背斗扛阿剖。

Bas tub beid dous gangb as pout.

窝松兵图周阿吼，

Aos songb bingx tud zhoub as hout,

豆松达喳用猛够。

Doub songb das zhab yongd mengb gous.

天神出门去找盐，找盐要来腌雷公。

两个兄妹守屋来，交代不要把火送。

天神出门路途远，雷公吓得骨软忿。

雷公讨火来点烟，柴头火棒也要送。

拿得柴棒吹火燃，炸雷一鸣上太空。

21.

豆松怕豆窝热闹，

Dous songb pas doub aos rengb niaob,

用求便内抱陇奶。

Yongb qiub biab niet baos longb neit.

林龙涨吾他几到，

Liongb longb zhangb wus tas jis daob,

冬豆冬腊当见格。

Dongb doub dongb lab dangx jis geit.

牙苟炯照阿奶刀，

Yab gous jiangb zhaob as nieb daox,

吾涨同求归鲁内。

Wub zhangb tongb qius guib lub niet.

雷公霹破铁仓库，飞上天空炸猛雷。

倾盆大雨不停住，凡尘世上如海水。

兄妹骑瓜水涨浮，这才逃脱死神追。

22.

窝毕浪度莎王分，

Aos bib liangb dub sea wangb fengt,

吉交冬会寿记记。

Jis jiaob dongb huis soux jis jis.

冬豆几没斗内炯，

Dongb dous jis meix dous nieb jiongs，

冬腊几没斗内你。

Dong las jib meix dous nieb nis.

叉列牙苟你吉龙，

Chab lieb yab gous nib jis longx，

欧图几朴洞久依。

Ous tub jis pub dongb jiux yis.

天神闻听才忘昏，赶快回家跑得急。

世上没有了人民，断绝人种不可以。

才要兄妹来成婚，兄妹商议不可为。

23.

叉求背苟草闹柔，

Chab qiub beid gous chaob niaob roub，

抓纵几夫出阿吼。

Zhab zongb jis fub chub as houb.

窝陇怕斗玩猛够，

Aos longb pab doub wanb mongb doub，

抓纵几夫阿拥头。

Zhas zongb jis fub as yongb tous.

打便列埋出凸欧，

Das biab lieb manb chus tub ous，

阿气虐满囊窝够。

As qib niub mans nangb aos oux.

才上山顶滚磨岩，滚下磨盘合成整。

劈竹两块射下山，射到山脚合一根。

天意兄妹配姻缘，从前古代的古根。

24.

牙苟欧奶出崩欧，

Yas gous oux nieb chus bengb ous，

穷没吉苟背奶格。

Qiongb meib jis goub beix nieb geis.

叉苟得得柔然首，

Chas gous deb deb roub ras soux，

共同怕豆苟几白。

Gongb tongx pas doub gous jis baix.

几洞囊内长白标，

Jis dongb nangx nieb zhangb bais boud，

洞豆洞腊长白内。

Dongb dous dongb las zhangb bais nieb.

兄妹二人做夫妻，脸红兄又鼓眼睛。

孕生肉团有根基，割成小块成百姓。

世上人民又兴起，发达发旺坐满人。

25.

列朴西昂相剖相娘，

Lies pud xib ngangx xangb poub xangb niangx，

列岔牛满相奶相骂。

Lies chat nius manl xangb nied xangb mangt.

阿娘奶录自尼告笔否浪得拔，

Ad niangx nied nongx doub nis ghot bens boul nangd deb npad，

阿剖骂录自尼告大否浪得浓。

Ad poub bad nongx doub nis ghod ndeat boul nangd deb nint.

告笔抓到告松斗你热首，

Ghot bens keub daot ghot sob doub nib rel soub，

告大扣到夫记斗炯热闹。

Ghod ndeat keub daot gid nangb doub jiongt rel hlaot.

列猛岔求勾远，

Lies mongl chat njoud geud yanb，

列勾求陇吉矮。

Lies geud njoud lol mongl jis.

否包得休留标，

Boul baod deb xub lious bloud,

否将得让留竹。

Wud jangt deb rangt lious zongx.

否朴告求埋列嘎斗，

Boul pud ghob nhangb mex lies ghad doub,

否[柔翁]告求埋莎嘎扛。

Wud sat ghob nhangb mex lies ghad gangs.

要讲从前的祖宗，要说古代的先人。

傩娘她是天神的小女，傩公他是告大的长男。

天神关得雷公在那铁仓，告大关得告松在那铁库。

要去挑盐来腌，要用盐来浸泡。

交代女儿守屋，吩咐兄长看门。

他讲什么都不要听，他讨什么都不要送。

26.

告笔崩勾会猛竹豆，

Ghot bens blongl goud huet mongl zhux doub,

告大崩竹猛闹抗内。

Ghod ndeat blongl zhux mongl laot hangt niex.

告松斗你热首纵忍，

Ghot sob doub nib rel soub deit rangs,

夫记斗炯热闹纵莎：

Gid nangb doub jiongt rel hlaot deit sat：

"得勾得勾，

"Deb goud deb goud,

扛兰比斗。"

Gangs leb did deul. "

忍见楼柔，

Rangs janx loux nius,

莎见楼牛。

Sat janx loux zeib.

得得没汉把崩儿陇，

Deb deb meb hant bid deul jid longl,

得让没汉嘎太勾扛。

Deb rangt meb hant ghad tet geud gangs,

打松到汉比斗，

Dab sob daot hant bid deul,

夫记到汝比炯。

Did nangb daot rut bid jix.

斗松达喳，

Deus sot dad zhas,

勾怕吾嘎。

Geud peab dad gat.

怕斗热首，

Peab deus rel soub,

怕查热闹。

Peab ncad rel hlaot.

用求打吧，

Yit njout dab blab,

斗求打绒。

Doub njout dad reix.

天神出门就去挑盐，告大出去出走他方。
告松在那仓里哀求，雷公在那库内乞求：
"老弟小妹，送个火籽烧烟。"
求了很久，乞了多时。
小妹取那柴火去给，小弟取那炭头去送。
告松吹燃柴头，雷公烧着火炭。
霹雳一声，天地震动。
劈开铜仓，打碎铁库。
飞上太空，跳上天云。

27.

龙风否拿久黑，

Nongb hob boul nax jid ghueb,

林陇否莎久巴。

Hliad nongs wud sat jex bas.

达见楼豆，

Dax janx loux zeib,

良见楼牛。

Hliad janx loux nius.

冬豆见格，

Dongs doub janx gied,

冬腊见昂。

Dongb las janx ngangs.

冬豆拿女几见，

Dongs doub nax nib jid janx,

冬腊莎炯几到。

Dongb las sat jiongt jid daot.

冬豆几没斗兰，

Dongs doub jid mex doul niex,

冬腊几没斗纵。

Dongb las jid mex doul zos.

乌天黑地不止，倾盆大雨不住。

下了九天之久，泼了十夜之久。

凡间水淹成湖，凡尘水涨成海。

凡间人不能居，凡尘人不能住。

人们都淹死了，人众都淹死完。

28.

呕奶得休，

Oub leb deb xub,

呕图得让。

Oub ndut deb rangt.

阿那炯得勾，

Ad nangb jiongb deb goud,

得浓炯得拔。

Deb nint jiongb deb npad.

吉标几见声，

Nieab bloud jid janx sob,

吉奈几见先。

Niand nies jid janx xand.

达起没到阿奶刀棍，

Chad kit meb daot ad leb dob guib,

达起就到阿奶刀汝。

Chad kit jud daot ad leb dob rut.

吉冲得豆炯你弄刀，

Jid chot deb doul jiongt nib lot dob,

吉勾得斗母照吉浪。

Jid gheud deb ndad mongl jiongt goud nhangs.

吾同拿同，

Wub shanb dob shanb,

吾得拿纵。

Wub del nax zos.

浪样叉归阿双得休，

Nangb nangd chad guil ad shangd deb xub,

浪样叉然呕图得让。

Nangb yangs chad ranx oub ndut deb rangt.

两个娃儿，一对兄妹。

大哥带小妹，兄长引小妹。

哭天喊地，痛哭失声。

天意结出一个南瓜，缘分寻得一个大瓜。

兄妹双双骑在瓜上，手牵着手抱在瓜中。

水涨瓜涨，水消瓜落。

这样才保一对男女，如此才留一双兄妹。

29.

冬豆几没斗兰，

Dongs doub jid mex doul niex,

冬腊几没斗纵。

Deib las jid mex doul zos.

告笔照汉竹豆长单，

Ghot bens zhaos hant zhux doub nzhangd dand,

告大照汉抗兰长送。

Ghod ndeat zhaos hant hangt niex nzhangd sot.

叉朴阿商得休，

Chad pud ad shangd deb xub,

叉抱呕图得让：

Chad ndat oub ndut deb rangt:

"埋扛比斗几没扛见，

"Mex gangs bid deul jid mex gangs janx,

埋扛嘎太几没扛尼。

Mex gangs ghad tet jid mex gangs nis,

冬豆几没鲁奶，

Dongs doub jex mex nhub niex,

列陇扛埋勾出鲁奶。

Lies lol gangs mex geud chud nhub niex.

冬腊几没鲁纵，

Deib las jex mex nhub zos,

列陇扛埋勾出鲁纵。"

Lies lol gangs mex geud chud nhub zos. "

得那叉朴，

Deb nangb chad pud,

得勾叉岔：

Deb goud chad chat:

"剖尼几兰，

"Boub nis jib niex,

莎尼牙勾。

Boub nis jib niex,

弄记出到鲁兰？

Nongb jib chud daot nhub niex?

弄记出到崩呕？”

Nongb jib chud daot bod oub?”

凡间的人死光，凡尘的人死完。

天神挑盐回到家中，告大从外回到家内。

训斥一对兄妹，责怪一双男女：

"你们不该送他火籽，你们送火他才跑脱。

如今人都死完，天意要让你们来做人种。

凡尘没了人坐，天缘要送你们繁衍人类。"

哥哥开口，妹妹开言：

"我们是人，又是兄妹。

如何做得人种？怎能做得夫妻？"

30.

告笔叉洞打豆当格，

Ghot bens pud dox dab doub dangd nkhed,

告大叉洞打吧当梦。

Ghod ndeat chad pud dab blab dangd mongs.

埋求勾抓记高猛玩嘎陇，

Mex njout goud zheax gieb gheul mongl web gal hlod,

埋求勾楼记纵猛抄柔日。

Mex njout goud neul dex ncongb mongl ceub roub rol.

告陇怕见呕嘎求单勾，

Ghob hlod peab janx oub gal njout dand geud,

抓记高玩闹否拿几夫。

Goul zheax gieb gheul laot boul nax jid hux.

柔日呕齐吉瓦求单勾，

Roub rol oub nqead jid was njout dand geud,

楼抄闹否拿吉吾。

Neul ceub laot wud nax jid wud.

浪样达起久莎麻够，

Nangb nend chad kit janx sead max ngheub,

浪样达起久度麻朴。

Nangb yangs chad kit janx dut max pud.

得让叉出比有兰,

Deb rangt chad chud bloud niex,

牙勾叉出崩呕。

Yas goud chad chud bod oub.

天神才讲这是天意,告大才说这是天数。

要去东山顶上去抛竹块,要去南山顶上去滚磨盘。

竹子两块下到山脚合成一根,磨盘两扇滚下山脚合成一副。

天意这样打消顾虑,天数如此才免除异说。

男女配成一对,兄妹配成姻缘。

31.

骂录尼那,

Bad nongx nis nangb,

奶录尼勾。

Nied nongx nis goud.

骂录安奶安乖达起穷梅,

Bad nongx nianl leb nianl sead chad kit nqit mes,

奶录想安告求否周热热。

Nied nongx jid xangd nianl leb boul zhod red res.

见哟崩呕你出阿比,

Janx jul bod oud nis chud ad bloud,

见哟比兰包出阿保。

Janx jul bloud niex beut chud ad beub.

首汉昂图,

Soud hant nieax ndol,

笔汉昂江。

Bix hant nieax jangd.

首得柔阿,

Soud deb roub ad,

首见柔日。

Soud giead roub rol.

骂录达起勾同勾拿，

Bad nongx chad kit geud ndeid geud hlad,

得崩达起勾龙勾怕。

Daot blongl chad kit geud lol geud peat.

拿见得块，

Nad janx deb gal,

怕见得熟。

Peat janx deb shub.

勾猛哈照干柔干迥，

Geud mongl hat zhaos ghanx roub ghanx gid,

勾猛哈照干图干陇。

Geud mongl hat zhaos goul ndud goul hlod.

勾猛哈照干半干腊，

Geud mongl hat zhaos ghanx banx ghanx las,

勾猛哈照图李图挂。

Geud mongl hat zhaos ndut lid ndut ghueax.

哈照干柔拿见石姓，

Hat zhaos ghanx roub nax janx shil xinb,

哈照干陇拿见竹姓。

Hat zhaos ghanx hlod nax janx zhul xinb.

哈照干腊拿见田姓，

Hat zhaos ghanx las nax janx njanl xinb,

哈照图李拿见李姓。

Hat zhaos ndut lid nax janx lit xinb.

兄长就是傩公，小妹就是傩娘。

傩公羞得涨红了脸，傩母幼稚她笑眯眯。

成了夫妻同居一块，相亲相爱睡在一床。

怀孕生出怪胎，分娩生那肉团。

怪胎像那磨岩，肉团似那磨盘。

傩公才用利刀来切，兄长才用利刃来割。

切成长块，割成长片。
拿去挂在岩板石上，拿去挂在树木竹枝。
拿去挂在田坎地头，拿去挂在桃李树丫。
挂在岩块化出石姓，挂在竹枝变成祝姓。
挂在田边化成田姓，挂在李枝变成李姓。

32.
明松没兰堆斗，

Mlengs seib mex niex did deul，

明当没纵堆炯。

Mlengs dangt mex niex did jix.

叉没兰果兰乖，

Chad mex niex ghueub niex ghueb，

叉崩兰棍兰穷。

Chad blongl niex guix niex nqit.

冬豆亚长白兰，

Dongs doub yeab nzhangd bed niex，

冬腊亚长白纵。

Deib las yeab nzhangd bed zos.

骂录否尼相剖，

Bad nongx boul nis xangb pub，

奶录否尼相娘。

Nied nongx wud nis xangb niangx.

凡间有人烧火，世上有人煮饭。
生出黑人白人，育出红人黄人。
世间从此发人，人间此后繁衍。
傩公就是老祖，傩娘是开始人。

五、苗族先人的传说

1.

洞剖出莎尼腊尼，

Dongb bous chus sea nis lab nis,

逃逃朴陇尼麻单。

Taos taos pub longx nis mat dais.

西昂囊萨出阿气，

Xis ghas nagb sea chus as qix,

列岔虐满囊公元。

Lieb chas niub manx nangb gongt yuanx.

听我唱歌言很对，句句都讲话实在。

从前的歌唱一回，要理古代的根源。

2.

堂内出萨陪内卡，

Tangb nieb chus sea peix niet kas,

列够欧逃萨忙容。

Lieb gous ous taox sea mangb rongx.

列够虐满囊内骂，

Lieb gous niub manb nieb mas,

剖娘内骂朴阿从。

Bous niangx nieb mas pub as congt.

棍竹棍吹列吉卡，

Genb zus genb cuib lieb jis kab,

你到快夫炯到稳。

Nib daos kuaib fub jiongb daos wenb.

堂中歌唱来陪亲，要唱两句苗歌言。
要唱从前的原根，过去祖宗的根源。
要来嘱咐把门神，要保吉利和平安。

3.

几内求苟理大昂，

Jis nieb qiux gous lib das ghas,

忙叫囊昂常闹标。

Mangx jiaos nangb ghad changb naot dout.

达狗朴到累包茶，

Das gout pub daos liex baos chab,

到汉鲁楼苟先首。

Daos haib lub loub gous xianb sout.

照猛囊腊汝几良，

Zhaob mongb niangb las rub jis liangx,

出散出茶尼剖口。

Chus shanb chub chas nib bous kout.

撵肉狗窜深山中，晚上它回到家里。
猎狗带得野稻种，才得谷种得粮吃。
种到地里发起丛，农耕是我们先起。

4.

他陇喂拿你单号陇记图，

Teat nend wel nax nis dand hot nend jib dex,

忙陇剖莎陇送号陇吉浪。

Hmangt nend boub sat lol sot hot nend ghob yangs.

产豆几没陇朴剖浪布剖布娘,

Canb doub jid mex lol pud boub nangd nbut poub nbut niangx.

吧就几没陇寿剖浪布兰布骂。

Beat jut jid mex lol sheut boub nangd nbut nied nbut mangt.

他陇列朴西昂浪布剖布娘,

Teat nend lies pud xib ngangx nangd nbut poub nbut niangx.

他陇列寿牛满浪布兰布骂。

Teat nend lies sheut nius manl nangd nbut nied nbut mangt,

内沙几单喂朴几单,

Niex chat jid danx wel pud jid danx,

内朴几哭喂朴几哭。

Niex pud jid nkud wel pud jid nkud.

达照拿照,

Dat zhaos nax zhaos,

几照拿差。

Jex zhaos nax cad.

打久打炯埋列筐起,

Deat yangl dab jiongb mex lies kuangb qib,

达要打逃埋列头写。

Deat yaot dab ndaot mex lies doud xed.

今天我们来到这里,今日大家来临此间。

千年不曾讲我们的古老,百岁不曾提我们的古话。

今天要讲从前的古老,今日要说古代的古话。

学得直的我讲直的,学得弯的我讲弯的。

对了就好,不对就算。

讲多讲偏你们莫恼,讲少讲错你们莫怪。

5.

朴哟几扛号记几竹,

Pud jul jex gangs geal jib jid zhux,

岔哟几扛号记吉洽。

Chat jul jex gangs geal jib jid qad.

他陇喂朴列扛弟然，

Teat nend wel pud lies gangs det ranx,

他陇剖寿列扛查他。

Teat nend wel sheut lies gangs nceab deas.

棍竹埋列嘎竹，

Ghuib zhux mex lies kat zhux,

棍吹埋列嘎吹。

Ghuib cheid mex lies kat cheid.

相剖相娘，

Xangb poud xangb niangx,

相奶相骂。

Xangb nied xangb mangt.

埋你埋列出突，

Mex nib mex lies xaot xind,

埋炯埋列出太。

Mex jiongt mex lies zub yib.

讲了哪里不准出差，说了哪堂不许出事。
今天讲了要得清场，今日说了要保无事。
门头老鬼守好大门，把门将军守好小门。
七代祖公，八代祖婆。
祖宗要帮保护，祖先要帮保佑。

6.

列朴西昂郎内，

Lies pud xib ngangx nangd ngangx,

列岔牛满浪柔。

Lies chat nius manl nangd nius.

剖埋得兄得容，

Boub mex deb xongb deb yib,

剖浪得秋得兰。

Boub nangd deb qub deb lanl.

你陇白走白绒，

Nib lol bed zeux bed reix,

炯陇白夯的共。

Jiongt lol bed hangd bed ghot.

你白乙谷呕弯浪吾,

Nib bed yil gul oub wand doub wub,

炯他炯谷阿大浪斗。

Jiongt bed jiongs gul ad wand deib doub,

讲到从前的时候,说到古代的时期。

我们苗兄苗弟,我们苗胞苗人。

坐在浑水满滩满湾,居在黄水满坪满地。

满了大河八十二湾,居住大坪七十一滩。

7.

求绒让昂莎不白久,

Njout reix rangs nieax sat bul bed joud,

闹吾高某莎不白得。

Laot wub gol mioul sat bul bed del.

几奶出勾,

Jid hnieb chud goud,

吉忙出如。

Jib hmangt chud rux.

几叟吉研,

Jid seub jid nkiand,

几苦吉汝。

Jid khub jid rut.

剖没乙谷呕奶比那,

Boub mex yil gul oub leb bleid nangb,

剖汝炯谷阿图比勾。

Boub rut jiongs gul at ndut bleid goud.

炯那油勾,

Jiongb nangb yous goud,

炯骂油得。

Jiongb mangt yous deb.

几奶吉奈崩勾，

Jib hnieb jid hnant blongl goud,

吉忙吉吾出如。

Jib hmangt jid wud chud rux.

几没麻加麻然，

Jex mex max jad max ranx,

几没麻力麻录。

Jex mex max liot max nhul.

炯谷阿奶比那，

Jiongs gul at leb bleid nangb,

否你比吾麻闪浪得。

Boul nib bleid wub max sanb nangd dex.

乙谷呕图比勾，

Yil gul oub ndut bleid goud,

否炯夯吾浪岔。

Boul jiongt hangd wub nangd chad.

每次撵肉都得很大，每次捞鱼都得很多。

白天一起，晚上一群。

皆大欢喜，和谐美满。

七十一个是我们老兄，八十二个是我们老弟。

兄弟互助，父子合作。

白天一起出门，晚上一路回家。

没有看大看小，没有富裕贫穷。

七十一个老兄，他们聚居在上游河滩。

八十二个老弟，他们驻扎在下游河坝。

8.

达勾求勾理闪，

Dab ghuoud njout goud lit sanb,

猛勾求绒理昂。

Mil ghuoud njout reix lit nieax.

寿猛板勾，

Shut mongl bans gheul，

帮猛半绒。

Bangd mongl bans reix.

吉固哭洽哭迁，

Jid gongb khud qab khud qand，

吉固哭弄哭处。

Jid nggut khud ndongb khud chut.

几迁哭图哭陇，

Jid qanb khud ndut khud hlod，

几现猛绒猛帮。

Jid xanb mil reix mil bangt.

不到奶鲁里包，

Bul daot nied nhub leb beul，

不到奶求包尔。

Bul daot nied njout beud reud.

长陇包你追豆，

Zhangd lol blob nib zheit doub，

忙叫包照追兰。

Hmangt jos blob zhaos zheit lanx.

热鲁追豆拿单里包，

Yes nhub zheit doub nax dand leb beul，

热求追兰叉单包尔。

Yes njout zheit lanx chad dand beud reud.

得兄叉到麻服，

Deb xongb chad daot max hud，

得容叉到麻龙。

Deb yib chad daot max nongx.

跑斗勾猛出散，

Peub doub geud mongl chud sanb，

油吾勾猛出查。

Youb wus goub mongb chus chas.

带着大狗上山撵肉，带那猎狗上坡打猎。

遍山追赶，遍野乱窜。

窜进荆棘丛林，穿过荒坡野岭。

跑遍峡谷大川，跑遍荒坡丛林。

狗毛带得野生稻种，浑身沾得野生小米。

回来卧在门外狗窝，转来睡在户外狗棚。

掉下稻种生出秧苗，落下玉米长出苞谷。

祖先这才得了谷种，先人这才得了粮食。

先是刀耕火种，后来引水栽谷。

9.

乙谷呕奶比那，

Yous wub geud mongl chud nzat，

达起到散勾出。

Yil gul oub leb bleid nahgb.

炯谷阿图比勾，

Chad kit aot sanb geud chud，

叉起到茶勾嘎。

Jiongs gul at ndut bleid goud.

你陇白吾白补，

Chad kit daot nzat geud gat，

炯陇白补白洞。

Nib lol bed wub bed bul.

出兰久兰麻你冬豆，

Chud land jiongt land max nib dongt doub，

出纵汝纵麻炯冬腊。

Chud niex liob niex max nib dongs doub.

炯谷呕奶猛达，

Jiongs gul aot leb mil deal，

乙谷呕图猛这。

Yil gul aot ndut mil zhet.

炯谷呕奶猛早，

Jiongs gul aot leb mil zaob，

乙谷呕图猛晚。

Yil gul oub leb mil wanl.

七十一个老兄，最先创建农耕。

八十二个老弟，最初安驻劳作。

发人满滩满湾，坐得满坪满地。

凡间这才多人居住，世上这才多众繁衍。

七十一张大桌，八十二个大棚。

七十一口大灶，八十二口大锅。

10.

西昂剖你吾邦岔，

Xib ghas boub nib woub bangb chas,

虐满剖你豆吾标。

Niub mans boud nix dous wub boux.

乙谷欧奶麻林那，

Yis gub ous nab max lingb nas,

炯谷阿图汝得苟。

Jingb gous as tub rub deb gous.

林内汝绒嘎养抓，

Lingb nis rub rongd gas yangx zhat,

藏汉大绒苟炯楼。

Zhangb hais das rongb gous jiongb lout.

住在北边浑水域，从前住在宽域中。

八十二个好兄弟，七十一个好弟兄。

个个英雄好猛力，骑虎威猛可降龙。

11.

剖立剖尤嘎养抓，

Pous lib poub yous gas yangx zhas,

抓卡汝绒嘎养冬。

Zhas kab rub rongb gas yangt dongt.

亚汝内囊亚汝卡，

Yab rub nieb nangd yas rud kat，

图久拿苟拿绒林。

Tub jiub nas gous nax rongb liongd。

卡内卡总尼否卡，

Kas nieb kas zongb nis wout kat，

昂弄卡包窝昂兄。

Ghab nongx kab baox aos ghas xiongb。

祖黎祖尤大头人，力大无穷真威武。

人才生得很英俊，魁梧雄壮底气足。

保护部落创文明，春夏秋冬保福禄。

12.

西昂虐满剖汝红，

Xis ghas niub manx boub rud hongt，

柔共囊昂剖汝养。

Roub gongd nangx ghas boub rux yangb。

亚汝补囊亚匡冬，

Yab rub boub nangb yad kuangx dongb，

亚匡哈囊亚匡夯。

Yab kuangx hat nangb yas kuangx hangt。

汝散汝茶汝麻能，

Rub shanb rub chas rub mas nengb，

到他快夫周几刚。

Daos tab kuaix fub zhout jis gangb。

从前我们创文明，古代之时很强旺。

又好地盘好环境，又平又宽好地方。

春耕夏种好收成，快乐欢笑把福享。

13.

朴单剖浪布剖布娘，

Pud dand boub nangd nbut pollb nbut niangx,

叉单剖浪布兰布骂。

Chat dand boub nangd nbut nied nbut lnangt.

告松埋列嘎忙几收，

Ghob songd mex lies ghad lnaags jid shoub,

吉白埋列嘎忙吉洽。

Jib joud lniex lies ghad mangs jid qat.

炯谷阿弯猛吾，

Jiongs gul at wand mil wub,

乙谷呕滩猛斗。

Yil gul oub tand mil doub.

尼否嘎吾嘎补，

Nis boul giat wub giat bul,

尼否嘎补嘎洞。

Nis wud giat bul giat dongs.

打豆嘎猛半豆，

Dab doub giat mongl bans deib,

打吧嘎猛半内。

Dab blab giat mongl bans niex.

古代我们的先祖，从前苗胞的祖宗。

好名传遍人人敬仰，好誉传遍人人敬佩。

七十一湾大河，八十二滩大坪。

祖黎管山管水，祖尤管坪管地。

地下管遍北边，天上管到星辰。

14.

冬豆尼没阿奶剖立，

Deib doub nis mex ad leb poub lil,

冬腊尼没阿图剖尤。

Deib las nis mex ad ndut poub youl.

剖立剖尤，

Poub lil poub youl,

剖尤剖立。

Poub youl poub lil.

图久拿勾拿绒，

Ghob joud nangs gheul nangs reix,

哭梅拿格拿那。

Khud rues nangs gheb nangs hlat.

吉久拿半拿照，

Jib Joud nangs banx nangs jld,

几得拿图拿浓。

Jib del nangs ndut nangs hlod.

闹达首力刚几，

Hlaob dal mil roub mil gid,

斗冲图奶图那。

Dlul chot ndut hnieb ndut hlat.

图几尼烂尼纵，

Ndut joud nis niex nis zos,

比图格绒格棍。

Bleid ndut gieb rongx gieb ghuib.

久不猛哨猛为，

Joud bul mil sob mil weib,

闹达格勾格绒。

Hlaob dal gieb gheul gieb reix.

龙昂拿炯拿兄，

Nongx nieax nangs jod nangs xit,

服吾拿绒拿潮。

Hud wub nangs rongx nangs ncout.

阿兰就见阿奶猛勾，

Ad hnieb doub janx ad henb mil gheul,

阿牛出到阿图猛绒。

Ad nius chud daot ad ndut mil reix.

阿闹抓见阿得猛半，

Ad hlaob zheat janx ad del rail banx,

阿斗怕见阿夯猛炮。

Ad doul peab janx ad del mil pot.

否打拿柔拿炯，

Boul dead lieax roub lieax gid,

否抓拿绒拿潮。

Wud zheax nangs rongx nangs nceut.

几照崩豆莎拿几竹，

Jid zhaox box doub sat nax jid zhul,

几吼打吧莎拿吉洽。

Jid houb dab blab sat nax jid qat.

苗族从前有个祖黎，苗胞古时有个祖尤。

祖黎祖尤，祖尤祖黎。

身大如山似岭，眼目如日似月。

躯体高大如楼似厦，身大胜过草垛大树。

脚踏大石岩山，手握星辰日月。

四体是人之体，头戴铜盔龙角。

身披棕毛蓑衣，脚踩崇山峻岭。

吃肉如虎似豹，喝水胜过龙王。

一天可筑一座大山，一日可搬一座大岭。

一脚踏成一条大峡，一手劈成一条大河。

身似铁石金刚，力大胜过龙虎。

脚踏大地颤抖，声吼蓝天震动。

15.

炯谷阿图汝那自尼否浪比斗，

Jiongs gul at ndut rut nangb doub nis boul nangd bid doul,

乙谷呕奶汝勾自尼否浪比弟。

Yil gul oub leb rut goud doub nis wud nangd bid did.

奶奶莎尼汝兰，

Leb leb sat nis rut niex,

图图莎尼汝嘎。

Ndut ndut sat nis rut kheat.

比够嘎能比吧，

Bleid goud kat dand bleid blab,

把抓嘎通把尼。

Bad zheax kat tongd bad nis.

剖尤卡得卡嘎，

Poub youl kat deb kat giead,

剖立卡兰卡纵。

Poub lil kat niex kat zos.

昂兰尼否卡兄卡借，

Ngangx hnieb nis boul kat xod kat njet,

昂弄尼否卡斩卡弄。

Ngangx nongt nis wud kat zanl kak nongt.

洞奶几扛没猛没豆，

Doub niex jex gangs mex mongb mex doub,

纵忙几扛奈西奈客。

Zos mangl jex gangs nans xib nans nkhed.

产棍几扛陇闹几图，

Canb ghuib jex gangs lol ndaob jib bul,

吧母几扛陇送吉浪。

Beat mongs jex gangs lol sot jib rangl.

产兰几扛嘎休然得，

Canb niex jex gangs khad xoud ranx del,

吧纵几扛嘎先然木。

Beat zos jex gangs khad xand ranx mongs.

林兰拿林剖立，

Lix niex nax lix poub lil,

林纵拿林剖尤。

Lix zos nax lix poub youl.

半补莎尼否浪告得告嘎，

Bans bul sat nis boul nangd ghob deb ghob giead,

半洞东尼否浪告兰告纵。

Bans deib sat nis boul nangd ghcb niex ghob zos.

七十一个好兄是他的前帮，八十二个好弟是他的后手。
个个都是好汉，人人都是英雄。

从头管到脚，从左管到右。
祖尤关心照顾子孙，祖黎关心保护人众。
热天关心受炎发热，冷天关心受冷遭寒。
关心子孙疾病疼痛，照顾人众免遭饥饿。
防御灾星危害人间，抵御灾难来祸人民。
关心子孙免遭病痛，保护子民免染瘟疫。
人尊皆尊祖黎，人敬都敬祖尤。
他的子孙遍布天下，他的子民布满凡间。

16.

缪晚缪叫否呕奶，
Mioux wanl mioux jot wul oub leb,
呕奶吉汝苟得首。
Oub leb jid rut geud deb soud.
得拔得浓莎首没，
Deb npad deb nent sat soud mex,
首到呕奶出阿苟。
Soud dot oub leb chud ad goud.
齐埋首兵呕奶得，
Jid mix soud bix oub leb deb,
出葡内棍龙玛苟。
Chud nbut nied ghunb nhangs mat ghuoud.

缪晚缪叫他两人，二人恩爱把儿生。
女儿男子都出生，生得两个儿女亲。
他们生得两崽新，内棍玛苟是其名。

17.

内棍玛苟松巧风，
Nied ghunb mat ghuoud sengd kuot hongt,
呕奶呕途足加内。
Oub leb oub ndut zhub jad niex.
呕奶奶格嘎养明，

Oub leb leud gheb ghad yangl mlengs,

巴鸟吉嘎同贵白。

Bad niox jid gad tongl ghuex nbed.

吉米叫鸟几洽弄，

Jid mix jot niox jid qad lot,

呕告钟缪吉北北。

Oub ghot zhongx mioux jid bed bed.

巴缪秀先同拼用，

Bad mleus xout xand tongl qinb yonb,

同内唐闹浪挡者。

tongl niex ndangt hlot nangd tangd zheb.

邦八呕嘎呕告穷，

Bangd beas oub nqad oub ghot nqit,

归没洽约告奶格。

Guib mes qad yod ghob nied gheb.

尼内格咱洽扛奉，

Nis niex nkhed zead nqeat gangx beil,

呕奶首汝阿标得。

Oub leb soud rut ad nbloud deb.

内棍玛苟生异相，玛苟生得丑兮兮。

两只眼睛生得亮，嘴脸歪翘如耙槌。

嘴皮翻转下巴上，两只耳朵竖得起。

鼻子出气有声响，好似风箱扯得急。

两边脸面现红光，眉毛挡在眼睛里。

二人子孙来生养，养下苗汉众儿女。

18.

齐埋首汝阿标得，

Jid mix soud rut ad nbloud deb,

炯图得雄炯图抓。

Jiongs ndut deb xongb jiongs ndut zhal.

阿谷比图见约内，

Ad gul beib leb janx yol net，
奶奶莎尼告内打。
leb leb sat nis ghob niex dead.
得抓炯久汝脚色，
Deb zhal jiongs njout rut guol sed，
松汉告起嘎养加。
Sengd hant ghob qib ghad yangl jad.
难客内骂否叉则，
Nanx nkhed nied nied mat wul cad zex，
共汉告能玛苟拉。
Nkhet hant ghob nengx mat ghuoud lad.

他们养育的子孙，苗儿客崽各有七。
一十四个成了人，个个都是硬汉子。
七个客崽角色狠，心内嫌弃父母丑。
难着玛苟才起心，拿刀便来杀玛苟。

19.

告能兑固玛苟告，
Ghob nenx dib gud mat ghuoud kheut，
告同告卧内棍埋。
Ghob dot kheut gheat nied ghunb mes.
达约相蒙长几到，
Dat yol xangb mongb nzhangd jid dot，
吉奈列苟齐埋排。
Jid leb lies geud jid mix nbanl.
共单四录得包照，
Nghet dand sib lul deb bod nzhot，
几排共求冬岩坎。
Jid nbanl nghet njout dongs ngeal kant.
禾闹达猛广东报，
Ob lob zheat mongl guangt dongd bos，
到比途报广西单。

Dob beid ndut bos guangt xid dand.

斗抓冲约湖南浪阿告，

Doul zheax nchot yol ful lanl nangd ad ghot,

斗尼冲害湖北板。

Doul nis ndot hanb ful bel banx.

杀刀对着玛苟倒，杀刀倒向内棍头。
死了不能回转到，商议要葬他们走。
抬到四录的山坳，抬往岩坎的山头。
脚踩广东一边朝，头戴广西那一支。
左手他往湖南靠，右手护到湖北子。

20.

照阿冬豆从约纵，

Zhos ead dongs dongb nzongt yod zos,

得你得炯你几羊。

Dex nieb dex jiongt nieb jid yangx.

几布列猛岔得炯，

Jid pud lies mongl nchat dex jiongt,

吉奈岔洞闹苟夯。

Jid hlant chat dib lot goud hangd.

得扎叉苟昂首炯，

Deb zhal cad geud ngangx soub jiongt,

昂闹起头久几长。

Ngangx lot kit ndoul jet jid nzhangd.

那时凡间多人占，地盘地界坐满了。
商量要去找地盘，商议要把地盘找。
客弟抢先占铁船，铁船先去不回跑。

21.

得扎否然嘎巧起，

Deb zhal wul ras ghad kiot qib,

阿谷呕图巧起养。

Ad gul oub ndut kiot qib yangl.

崩头崩抗共猛齐，

Bent ndeud bent nkhed nghet mongl nqib，

阿全几没周内浪。

Ad njed jid mex zhol niex nangd.

冲到崩头寿急急，

Nchot dot bent ndeud sheub qid qid，

否炯猛干汝标羊。

Wul jiongt minl ganx rut nbloud yangd.

客弟真的巧心有，一十二个巧心思。

他尽拿去书本子，拿去一本也不留。

拿得书本急急走，他尽占得大街市。

22.

西昂没奶首笔，

Xib ngangx mex leb soud bix，

牛满没奶首包。

Nius manl mex leb soud bel.

首笔西昂尼兰麻林，

Soud bix xib ngangx nis niex max liox，

首包牛满尼纵麻章。

Soud beul nius manl nis zos max zhangs.

否你告得白恩出如，

Boul nib ghob dex ghueub ngongx chud rux，

否炯告秋白格出柔。

Wud jiongt ghob qeut ghueub nggieb chud roul.

汝恩勾猛借干，

Yud ngongx geud mongl jeb ghanx，

图格勾猛玛周。

Ndod nggieb geud mongl mangs zheud.

没奶否你告加头奶，

Mex hnieb boul nib ghob geal ndout hnieb，

没牛否炯告得头浪。

Mex nius wud jiongt ghob dex ndout nangs.

头奶兄久，

Ndout hnieb xod joud，

头浪兄得。

Ndout nangs xod del.

久笔西豆吉久，

Jex mangb xit dol jib joud，

久忙早汉几得。

Jex mangb nzol hant jib del.

勾斗勾猛几扣，

Geud doul geud mongl jib kud，

比他勾猛吉嘎。

Bid ndad geud mongl jib giat.

几忙尼汉公恩，

Jex mangb nis hant gib ngongx，

几笔没汉公格。

Jex seid mex hant gib nggieb.

寿求吉久，

Sheub njout jib joud，

寿闹几得。

Sheub laot jib del.

寿求追比，

Sheub njout zheit bleid，

把求追某。

Blead njout zheit mioux.

否拿吉哦勾走公恩，

Boul nax jid giat geud zoux gib ngongx，

否莎吉古勾到公格。

Wud sat jid giud gout daot gib nggieb.

矮闹打豆，

And laot dab doub，

帮闹打柔。

Bangd laot dab roub.

公恩寿见勾恩，

Gib ngongx sheub jex ghuoud ngongx,

公格见哟勾兰。

Gib nggieb janx jul ghuoud niex.

见哟阿偶勾滚，

Janx jul ad ngongl ghuoud guix,

见汝阿偶勾穷。

Janx rut ad ngongl ghuoud nqit.

从前有个首笔，古时有个首包。

首笔从前是个头领，首包古时是个头人。

他坐在银堆之地，他住在黄金之处。

银子拿来垒坎，金子拿来堆墙。

一日无事他晒太阳，有天闲空他坐暖身。

晒得身暖，觉得身热。

暖得身躯痒痒，热得身体痒痛。

用手便去抓痒，用指便去抓挠。

腻泥似一金虫，腻屑如一银虫。

跑上身体，窜到身内。

跑到头背，窜到耳后。

他便抓起银虫，他便捉起金虫。

扔到地中，抛在地下。

银虫变成神犬，金虫化成神狗。

变成一只黄狗，化成一只神犬。

23.

首笔首没阿奶得休，

Soud bix soud mex ad leb deb xub,

首包首汝阿图牙要。

Soud beul soud rut ad ndut yas yaot.

白照告蒙，

Bex zhaos ghod mongx,

挂照比瓜。

Nghuat zhaos bid ghuad.

就照抱兰，

Jud zhaos bot lanx,

苦照抱长。

Khub zhaos bot nzhangd.

得休莎拿首林，

Deb xub sat nax soud liox,

得拔莎拿首篇。

Deb npad sat nax soud zhangl.

汝得排牙排样，

Yut deb nbeal yab nbeal yangs,

佩得排子排那。

Peib deb nbeal zit nbeal nangs.

哭目汝见崩瓜，

Khud mongx rut janx beix ghueax,

哭梅果同崩李。

Khud mes ghueub ndongb beix lid.

尼兰格咱莎秋，

Nis niex nkhed zead sat qead,

尼总梦干莎江。

Nis zos mongl ghans sat jangx.

排冬陇忍否拿几江，

Bans deib lol nies boul nax jex jangt,

尼兰陇莎否拿几空。

Nis niex lol sat wud nax jex gangs.

首笔生有一个女儿，首包育有一位小女。

爱落心肝，疼如心肺。

扶在怀中，抱在怀内。

千金都已长大，小女都已成人。

生得秀美身材，长得婀娜身段。

天香国色美女，美貌如花丽人。
人人见了都夸，个个看到都赞。
红媒提亲他都不允，介绍做媒他都不送。

24.

勾达没内几抱，

Goul dal mex niex jid beux,

勾炯没纵吉大。

Goul jos mex niex jid dat.

没汉兰巧奈出比刀，

Mex hant niex qob hnant chud bid dod,

没汉内打奈出比固。

Mex hant niex dead hnant chud bid gub.

比刀奶奶大奶大纵，

Bid dod hnieb hnieb dat niex dat zos,

比固牛牛大纵大忙。

Bid gub nius nius dat zos dat mangl.

将斗窝比几格，

Jangt deul aob bloud jid geb,

将吾勾得几满。

Jangt wub geud dex jid bans.

冬豆莎拿几挂，

Jib doub sat nax jid guat,

冬腊莎拿几娘。

Deib las sat nax jid niangs.

冬豆拿你几见，

Deib doub nax nib jid janx,

冬腊莎炯几到。

Deib las sat jiongt jid daot.

当代恶人作反，当时凶汉捣乱。
作反恶人叫作比刀，捣乱凶汉叫作比固。
比刀凶恶杀人放火，比固横蛮霸占地盘。
放火焚烧，放水淹没。

大家奋力都不能挡，大众拼死都不能隔。
大家都居不安，大众皆坐不宁。

25.

冬豆奈汉图哨猛抱，

Deib doub hnant hant ndut sob mongl beux，

图哨照哟产谷产同，

Ndud sob zhaos jul canb gul canb ndeid，

图哨拿洞几挂。

Ndud sob nax dongt jid guat.

冬腊奈汉图比猛大，

Deib las hnant hant ndut bid mongl dat，

图比拿洞几娘。

Ndut bid nax dox jid niangs.

抱哟产谷产瓦拿抱几挂，

Beux jul canb gul canb weax nax beux jid guat，

大哟吧谷吧浪拿大几容。

Dat jul beat gul beat daob nax dat jid yix.

首笔达起江度冬豆，

Soud bix chad kit jangt dut deib doub，

首包达起江树冬腊。

Soud beul chad kit jangt shut deib las.

否洞几奶抱容比刀，

Boul dox jib leb beux yix bid dod，

喂拿扛否得拔。

Wel nax gangs wud deb npad.

否洞几奶大达比固，

Boul dox jib leb dat das bid gub，

喂拿扛否牙要。

Wel nax gangs boul yas yaot.

朴度自尼麻单，

Pud dut zib nis max danb，

朴崩莎尼麻中。

Pud blongl sat nis max zend.

本邦差那棕树去打，棕树挨了千刀，
棕树他敌不过。
本部派那核树去敌，核树也打不赢。
打了千番百次都打不过，杀了百次千番都杀不赢。
首笔这才发语，首包这才放言。
他说若有哪个打胜比刀，便将小女配哪个。
他讲若有哪人杀死比固，便将小姐送那人。
此话讲出算话，此语讲了算数。

26.

阿偶公格猛勾，

Ad ngongl gib nggieb mil ghuoud,

阿图汝勾猛嘎。

Ad ndut rut ghuoud mil kheat.

浪单首笔郎莎，

Hnangl dand soud bix nangd shead,

洞照首包郎度。

Dongt zhaos soud beul nangd dut.

否叉告笔出兰陇单首笔勾楼，

Boul chad geud bix chud niex lol dand soud bix goud neul,

否叉告便出纵陇送首包告豆。

Boul chad geud bianb chud zos lol sot soud beul ghob deut.

否洞蒙浪度汝见勾，

Boul dox moux nangd dut rut janx goud,

莎汝见公。

Sead rut janx gongb.

朴浪列扛麻见，

Pud nangd lies gangs nax janx,

岔浪列扛麻尼。

Chat nangd lies gangs nax nis.

首笔达起吉冲比够，

Soud bix chad kit jid nchot bid blab，

首包达起吉中比高。

Soud beul chad kit jid nchot bid gaod.

汝莎他陇朴见，

Yut sead teat nend janx gongb，

汝度他陇朴虫。

Yut dut teat nend janx goud.

一只金虫大帅，一条神狗大将。

听到首笔的许，得知首包的话。

他才变人来到首笔座前，他才现身来到首包座下。

他说你的此话算数，你的此话兑现。

讲了就要算话，说了就要算数。

首笔这才点头应允，首包这就点首认定。

所许之言认定，所讲的话算数。

27.

阿偶公恩猛勾汝兰，

Ad ngongl gib ngongx mil ghuoud rut niex，

阿图公恩猛勾汝嘎。

Ad ndut gib nggieb mil ghuoud rut kheat.

否叉几嘎巴先，

Boul chad jid nggat bad xand，

否莎吉就巴谋。

Wud sat jid jous bad niaox.

告迷出汉猛同，

Ghob mlangl chud hant mil ndeid，

告先出汉猛色。

Ghob xand chud hant mil sed.

勾斗猛古，

Goud dous mengx gud，

勾闹猛抓。

Goud laox mengx zhab.

袄比尼汉猛同猛色，

Aod bit nib haib mengx tongd mengx seb，

袄兵出汉猛色锰迁。

Aod biongd chub haid mengx seb mengx qianb.

抱告比刀，

Beux ghos bid dod，

大达比固。

Dat das bid gub.

都比长扛首笔，

Dud bleid nzhangd gangs soud bix，

都某长扛首包。

Dud mioux nzhangd gangs soud beul.

首笔浪莎儿没然鲁，

Soud bix nangd sead jid mex ranx goud，

首包浪度几没然公。

Soud beul nangd dut jid mex ranx gongb.

叉勾得拔勾扛勾兰，

Chad geud deb npad geud gangs ghuoud niex，

叉勾牙要勾扛勾纵。

Chad geud yas yaot geud gangs ghuoud zos.

一只金虫大帅，一条神狗大将。

它才张开血盆大口，露出钢刀大牙。

舌头变成了锋利大刀，利齿变成了钢枪利刃。

用爪去抓，用脚去踏。

浑身竖起利刃利刺，遍体都是锋利戈锋。

打倒比刀，杀死比固。

割头献给首笔，剁首献送首包。

首笔的话没有不算，首包的愿没有变卦。

才把小女配送金虫，才将小姐配给将军。

28.

勾兰到哟得拔，

Ghuoud niex daot jul deb npad,

勾纵到哟牙要。

Ghuoud zos daot jul yas yaot.

几奶尼兰尼纵，

Jib hnieb nis niex nis zos,

吉忙尼勾尼书。

Jib hmangs nis ghuoud nis sut.

汝崩冬豆，

Yut bod deib doub,

汝呕冬腊。

Yut oud deib las.

你见楼豆，

Nib janx loux doub,

炯哟楼就。

Jiongt janx loux jut.

叉首阿谷呕奶得熊得容，

Chad soud ad gul oub leb deb xongb deb yib,

叉首阿谷呕图得扎得嘎。

Chad soud ad gul oub ndut deb zhal deb kheat.

金虫得了小女，神狗得了小姐。

白天是个好丈夫，夜晚之后现了本相。

好夫好妻，恩恩爱爱。

时过很久，过后多时。

孕生一十二个得熊得容，生养一十二个得扎得嘎。

29.

得休莎拿首林，

Deb xub sat nax soud liox,

得让莎拿首章。

Deb rangt sat nax soud zhangl.

得休安奶洞豆，

Deb xub nianl leb dongt deib,

得让安乖冬腊。

Deb rangt nianl nghueb deib las.

玛勾龙得阿勾几见，

Mangt ghuoud nhangs deb ad goud jid janx,

否再龙呕阿公几汝。

Boul zeab nhangs oud ad gongb jid rut.

达起寿长如恩蒙你，

Chad kit sheub nzhangd roul ngongx mongl nib,

比长如格蒙柔。

Blead nzhangd roul nggieb mongl rad.

列崩干干列锰几走，

Lies npad gied gies nians mongl jid zoux,

出棍叉奈奶夔。

Chud ghuib chad hnant nied ghuib.

列浓干干列锰吉咱，

Lies nint gied gies nians mongl jid zead,

浪样叉见骂勾。

Nangb yangs chad janx mangt ghuoud.

儿子都已养大，幼崽都已成人。
养大渐识人理，成人渐知人性。
金虫和儿一起不好，神狗和崽一屋不便。
这才跑回银窝去住，这才躲回金窝去坐。
相会悄悄躲着去会，相见悄悄躲着去见。
如此躲藏才叫鬼母，如此躲避才叫犬父。

30.

阿谷呕奶得熊得容，

Ad gul oub leb deb xongb deb yib,

阿谷呕图得扎得嘎。

Ad gul oub ndut deb zhal deb kheat.

崩勾奶奶照兰几朴，

Blongl goud hnieb hnieb zhaos niex jid pud，

崩竹牛牛照兰吉岔。

Blongl zhux nius nius zhaos niex jid chat.

得得没奶几没骂，

Deb deb mex nied jid mex mangt，

奶奶吉格巴同那。

Hnieb hnieb jid nkhed bad ndongb hlat.

得扎猛疗冬奶，

Ded zhal mongl lios doub niex，

冬奶拿洞几穷。

Doub niex nax daox jid njaot.

得嘎猛兰纵忙，

Deb kheat mongl nies zos mangt，

纵忙拿洞几安。

Zos mangt nax daox jid nianl.

得扎猛疗图首，

Deb zhal mongl lios ndut soub，

图首拿洞几笔。

Ndut soub nax daox jid bix.

得嘎猛内图奶，

Deb kheat mongl lios ndut hnieb，

图奶拿冬几穷。

Ndut hnieb nax daox jid njaot.

一十二个苗子苗胞，一十二位客子客胞。

出门天天被人谈白，出外日日被人讲笑。

孩子有母没有父，天天看那月亮树。

客子去问人们，人们都讲不晓。

客胞去问大众，大众都说不知。

客子去问树木，树木也都不语。

客胞去问百草，百草也都不言。

31.

得扎叉走巴尼打豆，

Deb zhal chad zoux bad niex dab yul,

会会叉甲巴数达身小。

Huet huet chad zoux bad shud dab niex xiaos.

巴尼叉包埋骂斗你如恩，

Bad niex chad bood mex mangt doub nib roul ngongx,

巴数叉朴埋家斗炯如格。

Bad shud chad pud mex bax doub jiongt roul nggieb.

得扎叉抱如恩猛格，

Deb zhal chad baos roul nggieb mongl nkhed.

得嘎叉闹如格猛梦。

Deb kheat chad laot roul nggieb jid bleix.

干汉骂勾斗你几图，

Ghans hant mangt ghuoud doub nis jid nbub,

咱汉阿加斗炯吉浪。

Zead hant ab mangt doub jiongt jid nhangs.

得扎达起告龙告窝奶夔，

Deb zhal chad kit geud nenx geud ngongl mangt ghuoud,

告同告窝玛勾。

Geud tongd geud ngongl mangt ghuond.

吉白达起齐埋没到本力本头，

Jid bed ghob qit jid mix meb daot bend lis bend tous,

吉白达写齐埋没到崩头崩抗。

Jid bed ghob xed jid mix meb daot bent ndeud bent kangt.

否你几干猛干，

Boul nib jid zhanb mil gieab,

否炯吉吾猛无。

Wud jiongt jib wub mil wus.

客子才遇水牛水牯，走着便碰水牯黄牛。

水牯才讲你父在那金窝，黄牛才说你爸在那银窝。

客子这才寻到金窝，客胞这才找到银窝。

看见老父原是条虫，见到阿爸现出狗相。

客子这才用刀杀死鬼母，用枪杀了犬父。

翻开肚肠他们抢走了书本，翻开肚肺他们夺走了文字。

他占城市大街，他霸城里大地。

32.

得熊得容求补让昂，

Deb xongb deb yib njout bul rangs nieax,

长单久咱奶夔。

Nzhangd dand jex zead nied ghuib.

得扎得嘎闹吾高某，

Deb zhal deb kheat laot wub rangs mioul,

长送咱达玛勾。

Nzhangd sot zead das mangt ghuoud.

单干照闹，

Dand gand zhaox hlaob,

比就麻斗。

Bud nongs meax doul.

齐埋叉奶几兰柔度，

Jid mix chad lios jib leb roub dut chad dat,

叉达奶夔。

chad dat mangt ghuoud.

齐埋叉疗几兰包送，

Jid mix chad nies jib leb baod sead,

叉达玛勾。

chad dat mangt ghuoud.

兰叉朴洞巴尼打豆尼否柔度，

Niex chad pud dox bad niex dab yul nis boul roub dut,

兰叉包洞巴数达身小尼否包送。

Niex chad baod dox bad shud dab niex xiaos nis boul baod seib.

勾追达起弄尼勾秋奶夔，

Goud zheit chad kit nongx niex geud zeib nied ghuib,

吉追达起龙油勾熊玛勾。

Jib zheit chad kit nongx yul geud xaob mangt ghuoud.

得熊得容上山撵肉，回家不见鬼母。
得扎得嘎下河捞鱼，回来不见犬父。
发气登颈，发怒生气。
他们才问何人漏风，杀死鬼母。
他们才问何者漏话，杀死犬父。
得知是那黄牛水牯漏风才杀死鬼母。
得晓是那水牯黄牛漏话才杀死犬父。
后来人们才椎牛来祭鬼母，
之后大众才杀黄牛来祭犬父。

六、部落纷争的传说

1.

西昂剖你麻匡补，

Xis ghas bous nib mas kuangx bus，

虐满剖炯麻匡冬。

Niub mans bous jiongt max kuangb dongb.

汝散汝茶尼剖出，

Rub shuanb rub chas nis bous chus，

汝内汝纵足宽松。

Rub nieb rub zongb zhus kuaib songb.

从前我们坐宽地，古代我们住宽坪。

农耕我们先做起，好人好众很宽心。

2.

吉留剖娘麻汝路，

Jib liub bous niangx mab rub lub，

几共内骂麻匡冬。

Jis gongb nieb max mab dongb lab.

几留窝得苟扛汝，

Jis liub aos des gous gangb rub，

几共窝秋苟扛稳。

Jib gongb aos qiub gous gangx wenb.

比排鸟豆洽苟图，

Bib pais niaos dous qiab gous tux,
几巴吉岔转嘎浓。
Jis bas jib chab zhuanb gas nongb.

守护祖宗好田地，耕种父母好地坪。
守护家园保福气，保护地皮坐安稳。
边界地方插标记，草标为证为把凭。

3.

比告鸟豆转几把，
Bis gaos niaos doux zhuanb jis bas,
几扛内虐朴王分。
Jis gangb nieb niub oux wangb fengx.
骨无扛王列洽把，
Gub wub gangb wangb lieb qias bas,
背包尼转汉嘎浓。
Beib baos nix zhuans hais gas nongb.
剖囊补冬列吉卡，
Bous nangb bus dongb lieb jis kab,
久扛内闹剖打虫。
Jius gangb nieb niaox bous das chongb.

四面四角插标记，免得哪个讲忘昏。
周边地界草标围，用草套结插木棍。
我们地盘要守卫，不让别个来侵吞。

4.

西昂得熊你汉豆吾豆斗，
Xib ngangx deb xongb nib hant deut wub deut deul,
牛满得容你汉豆格豆昂。
Nius manl deb yib nib hant deib gied beib ngangs.
勾绒你白乙谷呕弯，
Goud reix nib bed yil gul oub wand,

勾夯你他烔谷阿峒。

Goud hangd nib nteat jiongs gul at dongs.

告拔闹吾高某拿到白周白照，

Ghob npad laot wub rangs mioul nax daot bed jid bed zheub,

告浓求补让昂拿到白久白得。

Ghob nint njout bul rangs nieax nax daot bed joud bed del.

出汉告得首得，

Chud hant ghob dex soud deb,

汝汉告秋得嘎。

Rut hant ghob dex soud deb.

为汉告得首得，

Weix hant ghob qeut soud giead,

汝汉告秋首嘎。

Rut hant ghob qeut soud giead.

首得白吾白补，

Soud deb bed wub bed bul,

首嘎白补白峒。

Soud giead bed bul bed dongs.

洞豆久兰，

Dongs doub hliob niex,

洞腊久纵。

Deib las hliob zos.

高某拿几够服，

Gol mioul nax jid goub hud,

让昂莎几够龙。

Rangs nieax sat jid goub nongx.

从前苗民坐在浑河水域，古代苗胞居在黄河两岸。
上游坐满八十二湾，下游坐满七十一滩。
女人下河捕鱼捞虾也得满篓满获，
男人上山撵肉打猎也得满背满肩。
好块地盘生息，好处地域繁衍。
立了地域生活，建了家园发展。

发人满坪满地，发多满村满寨。

地盘满人，家园满住。

捕鱼也不够吃了，撵肉也不够饱了。

5.

勾苟达起几不到告鲁里包，

Ghuoud goud chad kit jid bul daot ghob nhub Leb beul，

照记架舍。

zhaot hant ghad sanb.

勾乖达几不到告鲁包尔，

Ghuoud ghueb chad jid bul daot ghob nhub beud reud，

照汉架处。

zhaot nib ghad chut.

长陇包转抓鲁，

Nzhangd lol beut zhans zhad nhub，

长送包奈抓求。

Nzhangd sot beut leab zhad nqoub.

抓鲁告单里包，

Zhad nhub geud dand leb beul，

抓求告崩包尔。

Zhad nqoub geud dand beud reud.

那炯先单，

Hlat jiongs xand dand，

那乙先送。

Hlat yil xand sot.

浓没勾龙莎拿江先，

Npad meb geud nongx sat nax jangl xand，

浓没勾龙莎拿江弄。

Nint meb geud nongx sat nax jangl lot.

汝龙莎总达起，

Rut nongx sat jiongt dab qib，

汝服拿总达写。

Rut hud sat jiongt dab xed.

浪样达起到鲁勾求，

Nangb nend chad kid daot nhub geud zhaot，

浪样达起到求勾八。

Nangb yangs chad kid daot nqoub geud blas.

剖猛打豆，

Blob mongl dab doub，

猛单产谷产够。

Mongl dand canb gul canb ghoub.

八猛浪路，

Blas mongl nhangs lut，

猛单吧谷吧主。

Mongl dand beat gul beat zhus.

出散拿你豆吾豆斗，

Chud sanb nax nib deut wub deut deul，

出茶莎炯豆格豆昂。

Chud nzat sat jiongt deut gied deut ngangs.

猎狗带得野生谷种，从那深山野岭中来。

撵狗带得野生小米，从那草木丛中回来。

猎狗打滚而卧，谷粒米种落地。

落地长出秧苗，窝边长出苞谷。

七月谷熟，八月米熟。

女人嚼在口中很香，男人吃在口内很甜。

吃在肚中养身，饱在肚内好力。

这才得了稻谷来栽，如此才得玉米来种。

播在土中，生出千簇千丛。

种去土内，长出千株万对。

种田在那浑河两边，种地在那黄水两岸。

6.

猛绒帮滚没汉达为，

Mil reix bangt guix mex hant das weil，

猛帮豆穷没汉达来。

Mil bangt doub nqit mex hant das nanx.

齐埋几炯出勾让服，

Jid mix jid jiongb chud goud rangs hud，

齐埋吉龙出公让龙。

Jid mix jid longs chud gongb rangs nongx.

让服陇单得熊豆路，

Rangs hud lol dand deb xongb deut lut，

让龙陇送得容豆腊。

Rangs nongx lol sot deb yib deut las.

龙汉里包，

Nongx hant leb beul，

架汉包尔。

Giat hant beud reud.

早他麻服，

Zaod tad max hud，

吉抓麻龙。

Dal zheat max nongx.

得熊达起几江达写，

Ded xongb chad kit jid jangx dab xed，

得容达起几空达善。

Deb yib chad kit jid kongb dab shanb.

叉将得走猛朴，

Chad jangt deb ncoud mongl pud，

叉委得浓猛包。

Chad hnant deb niongb mongl baod.

得浓猛朴齐埋莎拿久浪，

Deb niongb mongl pud jid mix sat nax jex rangb，

得走猛包齐埋莎拿久洞。

Deb ncoud mongl baod jid mix sat nax jex dongt.

齐埋朴洞莎尼嘎处浪洞比然孺，

Jid mix pud daox sat nis ghad chut nangd dongb bid rax rud，

几兰上斗几兰到。

Jib leb shangt doul jib leb giud.

齐埋朴洞莎尼追绒浪得比然续，

Jid mix pud daox sat nis zhuit reix nangd dex bid rax ros.

几兰上斗几兰到。

Jib leb shangt doul jib leb daot,

流样得兄送达起长陇几朴，

Nangb nend deb xongb chad kit nzhangd lol longb jid pud,

流样得容达起长送吉岔。

Nangb yangs deb yib chad kit nzhangd sot jid chat.

那吉兰句，

Nangb jid nies goud,

骂吉奶得。

Mangt jid nies deb.

达起朴洞鸟路剖列转汉，

Chat kit pud dox niaox las boub lies zhant hant,

达起岔洞鸟路剖列奈汉。

Chat kit chad dox niaox lut boub lies zhant hant.

几把浓，

Jid beal niongb,

出巴平，

Chud bat bint,

几扛几兰龙。

Jid gangs jib leb lol.

几把走，

Jid beal ncoud,

勾留苟，

Geud lous goud,

几扛几奶口。

Jex gangs jib leb zhanb.

浪样洞豆达起没汉几八浓，

Nangb nangd deib doub chad kit mex hant jid beal niongb,

浪样洞腊达起没汉几八走。

Nangb yangs deib las chad kit mex hant jid beal ncoud.

黄泥平山有那达为，红土高处有那达来。

他们成群出来打猎，他们结队出来撵肉。

打猎来到稻田旁边，撵肉来到玉米地前。

吃那稻米，嚼那苞谷。

乱吃乱嚼，乱吞乱食。

苗人看到怒在心里，苗胞看见气在肚内。

才指草标为证，才用草棍为凭。

草标为证他们不听，草棍为凭他们不信。

他们讲是野生植物，哪个得到哪个吃。

他们说是野生果子，哪个先到哪个吞。

这样苗人才回家商量，如此苗胞才回来商议。

兄问老弟，父问儿子。

大家商量田边捆那草标。

大众商议地边扎那标记。

草标明，做把凭，不许哪个侵。

草标现，作数算，不准哪个占。

这样凡间才有那草标先例，如此凡尘才有那草标凭证。

7.

几把占约乙谷豆，

Jib bas zhuanb yos yis gub dous,

几共洽照补洞阿。

Jis gongb qias zhaos pub dongs as.

剖囊补冬剖列留，

Bous nangb bus dongb bous lieb lius,

剖囊窝秋剖列卡。

Bous nangb aos qiub bous lieb kas.

嘎扛内虐拢吉柔，

Gas gangb nieb niux longb jis rout,

嘎扛内话拢几达。

Gas gangb nieb huas longb jis das.

草标插了八十年，守护围界在那里。
保守护卫我地盘，我们家园要护卫。
不让哪个来侵占，不准别人霸占去。

8.

占哟几把洽得图，

Zhuanb yos jis bab qiad des tub,

得图得拢洽几达。

Des tub des longb qiab jis dab.

剖囊窝得留吉汝，

Bous nangb aos deb lius jib rub,

嘎扛内话朴几洽。

Gas gangx nieb huas pus jis qiax.

达为达来朴元故，

Das weib das nanx pux yuans gub,

朴度王分尼否加。

Pub dub wangb fengb nis woux jias.

套了草标插树棍，树枝竹棍都插了。
边界地盘要守紧，不让他人侵占到。
达为达来讲忘昏，说话忘昏才惹恼。

9.

比包浓转哟乙谷乙豆，

Bid bod niongb zhanx jul yil gul yil doub,

比包走奈哟纠谷纪就。

Bid bod ncoud zhanx jul jox gul jox jut.

达为让昂亚长单补，

Das weil rangs nieax yeab nzhangd dand bul,

达来让谋亚长单冬。

Das nanx rangs mioul yeab nzhangd dand deib.

否格得熊几补没得出散出茶，

Boul ghans deb xongb jib bul mex dex chud sanb chud nzat,

梦干得容几吾没秋让某让昂。

Mongl ghans deb yib jib wub mex qeut rangs mioul rangs nieax.

大起否拿纵秋，

Dab qib boul nax zeib qeub,

达写否拿纵江。

Dab xed boul nax zeib jangx.

会汉勾追，

Huet hant goud zheit,

朴汉王分。

Pud hant wangl fend.

比包浓否洞否转，

Bid bod niongb boul dox boul zhanx,

比包走否洞否奈。

Bid bod ncoud boul dox boul zhanx.

几占阿汉告得，

Jid zhanb ad hant ghob dex,

几总阿汉告秋。

Jid zeid ad hant ghob qeut.

得走拿朴几见，

Deb ncoud nax pud jid janx,

得浓拿包几到。

Deb niongb nax baod jid daot.

插了八十八年草标，插了九十九载草棍。

达为的人又来拢边，达来的众又到跟前。

他们羡慕苗人地方好土好田。

他们起心苗胞地域好田好地。

起心要侵要占，心想要抢要夺。

讲那螃蟹理，说那蛮强话。

草标他讲是他插，竹棍他说是他栽。

起心争夺地方，起急争抢地盘。

草标作不了数，把凭作不了证。

10.

得熊亚将得图猛格，

Deb xongb yeab jangt deb ndut mongl nkhed，

得容亚将得竖猛梦。

Deb yib yeab jangt deb shut jid bleix.

得图达起意勾，

Deb ndut chad kit yib goul，

得竖达起意录。

Deb shut chad kit yib nux.

意够勾出围散，

Yib goul geud chud weix sanb，

意录勾出围界。

Yib nux geud chud weix nzat.

达为干兰意勾，

Das weil ghans niex yib goul，

否拿吉上意勾。

Boul nax jid shangt yib goul.

达来干兰意录，

Das nanx ghans niex yib nux，

否拿去上意录。

Wud nax jid shangt yib nux.

呕告吉总楼豆，

Oub ghaot jid zheid loux doub，

呕陷吉他楼牛。

Oub qiab jid ndat loux nius.

得兄意勾几没崩古，

Deb xongb yib goul jid mex nbot ghuoud，

得容意勾几没崩穷。

Deb yib yib nux jid mex nbot nqid.

苗人又拿树标来讲，苗胞又用枝丫来说。

树标苗人已经削枝，枝丫苗胞已经砍丫。

界界削了树枝作证，边界砍了枝丫为凭。

达为见人削枝，他们也去削枝。
达来见人砍丫，他们也去砍丫。
互相争了很久，两边闹了很长。
苗人削枝没有见红，苗胞砍丫没有出血。

11.
得兄意勾否意闪闪，

Deb xongb yib goul boul nib shanb shanb,

得容意录否意头头。

Deb yib yib nux wud nib ndoud ndoud.

达为意勾勾拿崩古，

Das weil yib goul goul nax blongl ghuoud,

达来意录录莎崩穷。

Das nanx yib nux nux nax blongl nqid.

达为意勾否扣昂昂，

Das weil yib goul boul kheut ngangd ngangd,

达来意录否扣偷偷。

Das nanx yib nux wud kheut guangb guangb.

浪样达起照牢麻斗，

Nangb nangd chad kit zhaox hlab meax doul,

浪样达起披秋哈黑。

Nangb yangs chad kit peit nqeub jid hout.

苗人削枝削得高高，苗胞砍丫他留长长。
达为削枝削出了血，达来砍丫砍见了红。
达为推削得光光，达来砍丫砍得秃秃。
这样两边动起手脚，如此相互指责争斗。

12.
得图几冲腊几尼，

Des tub jis chongb las jib nis,

几把吉冲腊几见。

Jib bax jib congb las jis jianx.

达为吉吹否巧起，

Das weib jis cuis woub qiaob qib,

达来嘎鸟吉追先。

Das nanx gas niaox jib zuis xiab.

共同吉大吃久亏，

Gongb tongb jis dab chis jius kiux,

欧告相松叉单干。

Ous gaob xiangb songb chas dant gaib.

几抱吉大见楼虐，

Jis baob jis dax jiant lous niut,

欧告吉苟背奶格。

Ous gaob jis goub beib niex geis.

到比挡色不嘎图，

Daob bis dangt sheb bub gas tub,

吧汉苟冬几斗拍。

Bas hait gous dongb jis doub pait.

窝斗穷冬弄嘎度，

Aos doub qiongb dongx nongb gas dut,

乖目乖梅几见内。

Guaib mub guanb meib jis jaix niet.

草标为凭也不准，树枝为证也不算。
达为抢地十足狠，达兰来蛮强占地盘。
互相打斗不相认，两边伤心打起来。
纷争打斗很血腥，相互不让逞强蛮。
戴那面具看不清，百般打斗受伤残。
火烟烧到云雾熏，浑身焦黑不见脸。

13.

告得拿朴几充，

Ghob dex nax pud jid ncad,

告秋拿叉几汝。

Ghob qeut nax chat jid rut.

蒙洞尼汉蒙浪，

Moux dox nis hant moux nangd，

否洞尼仅否浪。

Boul pud nis hant boul nangd.

达为几占得熊浪得，

Das weil jid zhanb deb xongb nangd dex，

达来吉枪得容浪秋。

Das nanx jid qangt deb yib nangd qeut.

空扛自扛，

Kit gangs doub gangs，

几扛自大。

Jex gangs doub dat.

大兰见弄扣刀扣瓜，

Dat niex janx nongb kheut dob kheut guab，

大纵笔求扣图扣陇。

Dat zos bid nqeut kheut ndut kheut hlod.

达兰出如，

Dat niex chud rux，

达纵出柔。

Dat zos chud reus.

告松告报几如见勾见绒，

Ghob songd ghob blot jid rux janx gheul janx reix，

告古告穷吉当见格见昂。

Ghob ghuoud ghob nqid jid dangs janx gied janx ngangs.

地界相争不清，地盘相夺不明。

你讲此地归你，他说此界归他。

达为要占地方，达来要霸地盘。

肯让也要让，不让就打杀。

人头如同瓜菜被切，身体如同树木被伐。

尸骨堆成山，尸体倒成林。

尸骨堆积如山似岭，血流成河成溪成湖。

14.

得熊达起包单剖立，

Deb xongb chad kit baod dand poub lil,

得容达起朴单剖尤。

Deb yib chad kit pud dand poub youl.

剖立达起几最阿谷呕桥呕舍。

Poub lil chad kit jid zeix ad gul oub njaod oub sheb.

剖尤大起吉吾阿谷呕巴呕骂。

Poub youl chad kit jid wud ad gul oub dad oub mangt.

几最炯谷阿奶浪那，

Jid zeix jiongs gul ad leb nangd nangb,

吉吾乙谷呕图浪勾。

Jid wud yil gul oub ndut nangd goud.

那双量勾，

Nangb shangd liangl goud,

骂双量得。

Mangt shangd liangl deb.

几朴吉数，

Jid pud jid sud,

几数吉岔。

Jid sud jid chat.

齐埋叉洞转汉比包嘎浓达为，

Jid mix chad daox zhanx hant bid bod ghod niongb das weil,

奈汉比我录走达来否拿。

Zhanx hant bid bod nux ncoud das nanx boul nax.

扣汉勾图莎拿，

Kheut hant goul ndut sat nax,

意汉勾录莎拿。

Yib hant goul nux sat nax.

如此纷争惊动祖黎，相互争斗扰到祖尤。

祖黎这才聚集一十二宗二祖。

祖尤这才集聚一十二族二宗。

齐了七十一位好兄,到了八十二个好弟。

哥商量弟,父商量子。

大家商议,大众商量。

大家都说捆那草标达为不认,

插那草棍达来他也不算。

削那树枝出血,砍那树丫见红。

15.

几朴莎拿几见,

Jid pud sat nax jid janx,

吉岔莎拿几尼。

Jid chat sat nax jid nis.

浪样达起勾兰画格画梅,

Nangb nangd chat kit geud niex huab gheb huab mes.

浪样达起勾纵法久图得。

Nangb yangs chat kit geud niex huab joud ndut gal,

比图格绒格棍,

Bleid ndut gieb rongx gieb ghuib.

久不嘎浓斗图。

Joud bul gal niongb gal njaot,

高斗共汉同录同莎,

Ghob doul nghet hant ndeid nongx ndeid sed.

告豆冲汉勾掐勾千。

Ghob doul chot hant goul qiab goul qand,

柔久玩比,

Reut joud web bleid,

柔得玩某。

Reut del web mioux,

齐牢齐巴,

Njix hlaob njix beab,

午豆午斗。

Wus deut wus doul.

出汉声绒,

Chud hant shob rongx,

崩汉声棍。

Nbot hant shob ghuib.

布奶勾猛几崩，

Blud ghueb geud mongl jid beil,

层厄勾猛吉掐。

Dnzet nis geud mongl jid qiab.

达为格咱莎拿几竹，

Das weil nkhed zead sat nax jid zhul,

达来梦干否莎吉洽。

Das nanx mongl ghans boul sat jid qiat.

否洞剖你猛绒帮棍江勾，

Boul daox boub nib mil reix bangt guix jangt ghuoud,

剖你猛磅帮穷江昂。

Boub nib mil bangt bangt nqit jangt nieax.

窝求浪打昂莎拿咱齐，

Ghob nhangb nangd dab nieax sat nax zead nqib,

产谷吧汉达书莎拿咱叫。

Canb gul beat hant dab shut sat nax zead jos.

几没咱汉格绒格棍，

Jid mex zead hant gieb rongx gieb ghuib,

几没干汉乖蒙早梅。

Jid mex ghans hant ghueb mongb zot mes.

归汉声绒声棍，

Guil hant shob rongx shob ghuib,

朋汉声留声让。

Nbot hant shob lioud shob rangt.

达为莎拿崩寿，

Das weil sat nax beil sheub,

达来否莎崩达。

Das nanx boul sat beil das.

交涉没有奏效，谈判没有成功。

这样祖黎才来涂脸，如此祖尤才来抹面。

头戴麟角龙角，身披稻草棕皮。

左手拿起茅刀茅刺，右手持起利刃尖物。

舞身摇头，舞体扭身。

摇脚摆腿，舞手蹈足。

喊声震天，杀声动地。

天昏地暗恐吓，地动山摇恐惧。

达为听了吓得发抖，达来看了吓得打颤。

他讲我在大山放狗，我在大岭撵肉。

什么样的动物我也见了，什么样的怪物我也见过。

从来没见麟头龙角，从未见过怪脸异面。

叫那怪声怪腔，出那怪喊怪叫。

达为吓得跑了，达来吓得逃掉。

16.

挂猛阿刚，

Guat mongl ad gangt,

挂见阿气。

Guat janx ad qit.

楼豆楼楼，

Loux doub loux loux,

楼牛楼月。

Loux nius loux yel.

浪当达为包松，

Nangb nangd das weil bod seib,

浪样达来包莎。

Nangb yangs das nanx bod sead.

否洞尼汉嘎处打昂喂莎咱齐，

Boul dox nis hant ghad chut dab nieax wel sat zead nqib,

尼汉帮孺产谷吧汉喂莎咱叫。

Nis hant bangt rud canb gul beat hant wel sat zead bans.

阿半忙陇莎尼出急，

Ad banb hant nend sat nis chud gheix,

浪样浪出总尼出乖。

Nangb yangs lol chud zongt nis chud gueab.

出急喂列抱急,

Chud gheix wel lies beux gheix,

出乖喂列抱乖。

Chud gueab wel lies beux gueab.

过了许久,经过多时。

暂时平静,一时安然。

这时达为细思,过后达来细想。

想起野外动物他都见过,那些山林野兽他都知遍。

这些怕是出蛊,这般恐是出怪。

出蛊我要杀蛊,出怪我要杀怪。

17.

达为亚猛奈达巧,

Das weil yeab mongl hnant das job,

达来亚猛奈达加。

Das nanx yeab mongl hnant das jad.

要到呕走补绒浪兰,

Yaod daot oub zeux bub reix nangd niex,

奈到补忙比帮浪纵。

Hnant daot bub mangs bleib bangd nangd zos.

勾汉豆图,

Geud hant doux ndut,

共汉豆陇。

Nghet hant doux hlod.

勾汉掐图,

Geud hant qiab ndut,

共汉掐陇。

Nghet hant qiab hlod.

玩汉嘎柔,

Web hant gal roub,
抄汉嘎滚。
Shat hant gal gid.
白豆牢柔，
Mbeb doub lol reil,
白岔牢岔。
Mbeb ceat lol zax.

达为又去联络达巧，达来又去联系达加。
邀得别处他方的人，喊得他方别地的众。
拿起木叉，手持木棍。
拿那削尖之木，用那削利之竹。
滚打石头，扔那岩块。
滚岩来打，滚土来压。

18.

剖立达起几最乙谷呕晚浪内，
Poub lil chad kit jid zeix yil gul oub wand nangd niex,
吉吾炯谷阿滩郎纵。
Jid wud jiongs gul ad tand nangd zos.
几如哭洽，
Jid rux khud qiab,
吉将告千。
Jid jous ghob qand.
几如浓卡，
Jid rux niongb khead,
吉吾走扛。
Jid wud ncoud gangt.
将斗勾窝，
Jangt deul geud aob,
将炯勾巴。
Jangt jix geud deat.
图哟大奶，

Ndud jul dab hnieb,

格见大乙。

Gieb janx dab yis.

龙风穷斗莎拿久黑，

Nongb hob nqot deul sat nax jid head,

龙记穷炯莎拿久散。

Nongb git nqot jix sat nax jid sanb.

乖豆乖兰，

Ghueb doub ghueb niex,

乖夯乖共。

Ghueb hangd ghueb ghot.

打豆乖加得术得干，

Dab doub ghueb jias ghot sut ghot ganl,

打吧乖加召风召度。

Dab blad ghueb jias giad hob giad dut.

达为莎拿布勾，

Das weil sat nax blongl goud,

达来否莎布公。

Das nanx wul nax blongl gongb.

祖黎集中八十二湾的人，聚齐七十一滩的众。

挖了暗坑，竖那利刺。

堆集干草，堆放干柴。

用火来烧，浓烟来熏。

烧了多天，熏了多日。

天昏地暗浓烟滚滚，乌天黑地黑雾漫漫。

日月无光，暗无天日。

地下黑到小人国土，天上黑到九霄云外。

达为心也虚了，达来胆也怕了。

19.

达巧莎拿寿松，

Das job sat nax shoud songd,

达加莎拿寿报。

Das jad sat nax shoud blot.

几到告得麻寿，

Jid daot ghob dex max sheud，

几到告秋麻布。

Jid daot ghob qeut max baos.

同某报网，

Ndongx mioul baos wangs，

同录报干。

Nongb nus baos gianb.

抓牢偷扣，

Zhad lol doub qiab，

布闹偷千。

Blud laot doub qand.

召汉掐陇，

Zhos hant qiab hlod，

够汉千图。

Geud hant qand dut.

达纵达忙，

Das zos das mangl，

达牛达让。

Das niongl das rangt.

几包达为莎拿几挂，

Jid beux das weil sat nax jid guat，

吉大达来莎拿几娘。

Jid dat das nanx sat nax jid niangs.

浪样告起几夫，

Nangb nangd ghob qib jid hud，

浪样达写吉身小。

Nangb yangs dab xed jex neas xiaos.

你想炯排，

Nib xangt jiongt nbanx，

你当炯留。

Nib dangl jiongt lious.

达巧吓得发抖，达加怕得打战。
吓得找路逃走，怕得要钻地皮。
如鱼进网，似鸟进笼。
踏落暗坑，掉入暗洞。
遭刃刺体，利尖穿身。
死人很多，伤亡大半。
打杀达为打败了，纷争达来打败仗。
他的心里不服，他的心内不安。
无计可施，心烦意乱。

20.

打松抱陇亚敲喳，

Das songb baob longb yas qiaos zhas,

豆松达龙足凸内。

Dous songb das longb zhus tut nieb.

打豆打便乖两两，

Das doub das bianx guanb liangb liangb,

片风片记足单得。

Pianb fongb pianb jis zhub danb des.

达为克咱莎腊洽，

Dab weis keb zhas shax las qias,

达加达巧滚约格。

Das jab das job guenb yos geib.

打松相蒙嘎养红，

Das songb xiangb mengd gas yangb hongs,

豆松达龙嘎养抓。

Doud songb das longt gas yangx zhas.

打豆打便莎吉共，

Das doub das biax seajib gongx,

足洽阿偶打松怕。

Zhub qianb as out das songb pax.

洞豆几斗窝得炯，

Dongb dous jib doua aob deb jingx,

洞腊久斗窝得怕。

Dongb lab jius doux aos deb pab.

雷公打鼓又闪电，雷打雨下真吓人。
乌天黑地看不见，狂风吹动鬼神惊。
达为见了心打战，达加达巧眼发昏。
雷公威风大显现，雷打雨下不歇停。
天空震抖到地面，就怕雷公鼓眼睛。
世间遍地不安全，人间遍地不安宁。

21.

达为纵排莎拿几，

Das weil deit nbanx sat nax jid,

达来纵想莎拿去。

Das nanx deix xangt sat nax qus.

达巴休到阿偶绒棍，

Dab blab xeud blongl ad ngongl rongx guix,

打绒休到阿偶绒穷。

Bad rongx xeud daot ad ngongl rongx nqit.

再猛几最阿忙达巧，

Zeab mongl jid zeix ad mangs das job,

再猛吉吾呕忙达加。

Zeab mongl jid wud oub mangs das jad.

达牛达让，

Das niongl das rangd,

达休达奶，

Das xub das led,

干干吉玛陇单绒半，

Gies gies jid hmangt lol dand reix banb,

久忙否判陇送绒旁。

Jex mangb jid mix lol sot reix bangt.

陇单绒半，

Lol dand reix banb，

拿大绒半。

Lol sot reix bangt.

陇送绒旁，

Lol sot reix bangt，

大久绒旁。

Dat jul reix bangt.

将吾吉当见格，

Jangt wub jid dangs janx gied，

将斗吉呕见昂。

Jangt deul jid dangs janx ngangs.

达兰出潮，

Das niex chud nzol，

达纵出忙。

Das zos chud mangs.

见西见穷，

Janx xid janx seat，

见楼见当。

Janx lioub janx dangs.

几冬白吾，

Jib deib bed wub，

几半白豆。

Jib banx bed deul.

达为心里想不通，达来心内想不开。

天边飞来一黄龙，天上降下红龙来。

再去集中一帮达巧，再来集聚一群达加。

达牛达让，达休达奶，

他们悄悄来到绒半，他们暗地来到绒旁。

来到绒半，杀了绒半。

来临绒旁，杀了绒旁。

放水来淹成湖，决堤来淹成洋。

淹死成堆，死人无数。
踏平村野，无有生存。
绒半满水，绒旁淹没。

22.
剖立达起充到告松，

Poub lil chad kit ceit daot ghot sob,

剖优达起奈到告大。

Poub youl chad kit hnant daot ghod ndeat.

告松用单绒半，

Ghot sob yit dand reix banb,

告大用送绒旁。

Ghod ndeat yit sot reix bangt.

依昂照急急嘎度乖，

Yit ngangd zhaos gix gib giad dut ghueb,

乙求照急急嘎度布。

Yit njout zhaos gix gib giad dut pud.

弄号共到尖松，

Nhangs hob nghet daot janl soub,

弄无买到尖闹。

Nhangs nongs meb daot janl hlaot.

弄号没到猛轰，

Nhangs hob meb daot mil nhol,

弄无没到猛泡。

Nhangs nongs meb daot mil paot.

拔单绒半抱汉猛拢，

Lol dand reix banb beux hant mil nhol,

拢送绒旁朋汉猛泡。

Lol sot reix bangt bangd hant mil paot.

乖豆乖兰，

Ghueb doub ghueb niex,

布夯布共。

Blud hangd blud ghot.

几竹冬豆，

Jid zhul deib doub,

吉掐冬腊。

Jid qiat deib las.

绒棍你汉得闪，

Rongx guix nib hant dex shanb,

否拿豆闹得闪。

Boul nax doub laot dex shanb.

绒穷你汉得昂，

Rongx nqit nib hant dex ngangd,

否浪豆照得昂。

Boul nax doub zhaox dex ngangd.

告松达起——

Ghot sob chad kit —

补然风，

Bub gangd git,

补然拢，

Bub gangd nongs,

补然干，

Bub gangd gand,

补然白。

Bub gangd nbet.

补热声拢，

Bub ral shob nhol,

龙风否腊几黑。

Nongb hob boul nax jid ghueb.

补然龙朋，

Bub ral nhol nbot,

龙龙否腊久吧。

Nongb nongs boul nax jex bas.

绒棍绒穷，

Rongx guix rongx nqit,

达巧达加。

Das job das jad.

达牛达让，

Das niongl das rangt，

达休达奶，

Das xub das led，

寿猛哭勾，

Sheub mongl khud goud，

把猛哭公。

Blead mongl khud gongb.

祖黎他才请到雷公，祖尤他才用到雷神。

雷公飞到绒半，雷神来到绒旁。

驾那滚滚乌云黑云，腾那团团黑云乌云。

弄号拿得神斧，弄无取得钢凿。

弄号拿得天鼓，弄无取得铁棒。

来到绒半打那天鼓，飞到绒旁响那霹雷。

电光闪闪，黑气漫漫。

天摇地抖，山摇水动。

黄龙在那高处，雷公便打高处。

红龙在那低处，雷神便打低处。

雷神他又——

三阵风，三阵雨，

三阵冰，三阵雪。

三通天鼓，黑云总也不消。

三通雷炸，大雨总也不住。

黄龙红龙，达巧达加，

达牛、达让，达休达奶，

败退而走，落难而逃。

23.

打昂嘎处莎兵齐，

Das ghax gas chub shas bingx qid，

打炯达信儿嘎先。

Das jiongb dax xingb jis gat xians.

打公达爬寿记记，

Das gongb das pab shoub jid jid,

高录巴见莎腊单。

Gaob lub bad jianx shab lat danb.

产内吧总莎拢最，

Chais nieb bas zongd shab longb zuis,

几抱吉大足冬干。

Jis baos jib das zhub dongb gait.

达狗吵昂足寿袍，

Das gous chaob ghas zhub soub paot,

达炯豆内阿吼穷。

Das jiongb doux nieb as houx qiongb.

豹子召豆嘎吉告，

Baos zis zhaob doux gas jis gaot,

打昂照追至拢龙。

Das ghab zhaos zuis zhib longb longx.

打情达瓜腊出到，

Das qingb dab zhuas lab chub dais,

千汉到背头板猛。

Qianb hais daox beib toub banb mengx.

达为达来寿蒙叫，

Das weib das nanx soub mengb jiaos,

达加达几斗空。

Das jax das job jis doub kongb.

山中百兽都来了，虎狼狮豹显威风。
百虫鸟莺都来到，野狗野狼都集中。
千人百众都怒恼，纷争打斗搞得浓。
猎狗快快往前跑，野狼咬人喷血红。
虎豹在前把人咬，咬死吃进虎肚中。
马蜂蜇人无处逃，蜇进皮肉很疼痛。
达为达来都吓跑，达加达巧都昏蒙。

24.

绒棍把猛哭勾，

Rongx guix blead mongl khud goud,

绒穷布猛哭勾。

Rongx nqit rad gheat khud gongb.

达为头半几夫，

Das weil deib doub jid houd,

达来头半吉身小。

Das nanx deix xangb mongb jid neas.

想照得熊浪得，

Xangt zhaos deb xongb nangd dex,

排照得容浪秋。

Nbanx zhaos deb yib nangd qeut.

几奶否纵几力，

Jib hnieb boul jiongt jid liex,

吉忙否纵吉列。

Jib hmangt wudl jiongt jid lieas.

你排包想，

Nib nbanx jiongt xangt,

你当炯留。

Nib dangl jiongt lious.

乙谷乙弯豆吾，

Yil gul yil wand deib wub,

纠谷纠弯豆斗。

Jox gul jox wand deib deul.

头半汝汉告得出散，

Ndoul band rut hant ghob dex chud sanb,

头汝阿汉告秋出茶。

Xangb mongb rut hant ghob qeut chud nzat.

汝得让服，

Rut dex rangs hud,

汝秋让龙。

Rut qeut rangs nongx.

汝得首得,

Rut dex soud deb,

汝秋首嘎。

Rut qeut soud giead.

几奶否排几乖,

Jib hnieb boul nbanx jid mongl,

吉忙否想几不。

Jib hmangt wud xangt jid ngheb.

几夫达起,

Jid hud dab qib,

几江达写。

Jid jangx dab xed.

恶龙败走天边,凶龙逃去地角。

达为心里不服,达来心内不安。

要谋祖黎的地方,要占祖尤的地盘。

白天思想不住,夜晚思考不停。

白天想到夜晚,夜晚想到天明。

八十八湾好地好处,九十九滩好坪好坝。

真是好地居住,最美地盘生活。

生存环境优美,居住家园平坦。

好个地盘繁衍,好个地方生息。

白天他坐不安,夜晚他睡不着。

心里涌涌,肚内痒痒。

25.

达为奈到棍吾棍斗,

Das weil hnant daot ghuib wub ghuib deul,

达来奈到棍巧棍掐。

Das nanx hnant daot ghuib qob ghuib qiad.

尼兰几最几齐,

Nis niex jid zeix jid nqib,

尼纵吉吾吉叫。

Nis zos jid wud jid jos.

几最陇单得熊浪得，

Jid zeix lol dand deb xongb nangd dex,

吉吾陇送得容浪秋。

Jid wud lol sot deb yib nangd qeut.

围标围斗，

Weix bloud weix deul,

围加围柱。

Weix gheul weix rangl.

大拔大浓，

Dat npad dat nint,

大共大让。

Dat ghot dat rangt.

嘎比固某，

Giat bleid gud mioux,

服古服穷。

Hud ghuoud hud nqid.

窝标窝斗，

Aob bloud aob deul,

早勾早让。

Nzol gheul nzol rangl.

冬豆莎拿咱巧，

Deib doub sat nax zead qoob,

冬腊莎拿走加。

Deib las sat nax zoux qad.

达为邀得邪魔妖鬼，达来邀到恶魔精怪。
该邀的人都邀了，该喊的人都喊完。
他们来到祖黎地方，他们冲到祖尤地盘。
围屋烧房，围村打寨。

打杀男女，捅死老少。

吞头吃耳，吃毛吃血。

焚烧房屋，打烂村寨。

祖黎遭此灾星，祖尤再遭灾难。

26.

剖立达起几最，

Poub lil chad kid jid zeix,

剖尤达起吉吾。

Poub youl chad kid jid wud.

仡熊仡容，

Ghob xongb ghob yib,

仡猫仡狗，

Ghob mangt ghob ghuoud.

大芈大蛮，

Dab miel dab manx,

几最几齐，

Jid zeix jid nqib,

吉吾吉叫。

Jid wud jid jos.

否洞加绒单标，

Boul daox qangt huanb dand bloud,

加棍单斗单标。

Giox daos dand deul dand bloud.

几留嘎扛久急，

Jid lious ghad gangs jul kib,

吉卡嘎扛久先。

Jid kat ghad gangs jul xand.

祖黎又去招集，祖尤又去集聚。

仡熊仡容，仡猫仡狗，大芈大蛮。

集合到了，集会来齐。

遭了恶鬼到家，遇了恶魔进屋。
取斗不要绝人，抗争莫送灭亡。

27.

大芈叉起将汉够母，

Dab miel chad kit jangt hant ghoub mongb，

大蛮叉起将汉勾处。

Dab manx chad kit jangt hant ghuoud chut.

仡熊达起记汉勾棍，

Ghob xongb chad kit jit hant ghuoud guix，

仡容达起秋汉勾穷。

Ghob yib chad kit qoud hant ghuoud nqit.

仡猫达起将汉打某打昂，

Ghob mangt chad kit jangt hant dab mioul dab nieab，

仡狗达起秋汉达炯达凶。

Ghob ghuoud chad kit qoud hant dab jod dab xit.

够母白绒，

Ghoud mongb bed reix.

勾处白邦。

Ghuoud chut bed bangt.

勾棍白豆，

Ghuoud guix bed doub，

勾穷白兰。

Ghuoud nqit bed niex.

达昂白豆白兰，

Dab nieab bed doub bed niex，

达炯白夯白共。

Dab jod bed hangd bed ghot.

加豆固豆，

Gheab doub gud doub，

加当固柔。

Gheab dangt gud roub.

加豆固兰，

Gheab doub gud niex,

加当固纵。

Gheab dangt gud zos.

大芈这才放那百兽，大蛮这才放那百虫。

佬熊这才放那黄狗，佬容这才放那神犬。

佬猫这才放那百虫百兽，佬狗这才放那虎豹豺狼。

百虫满山，百兽满岭。

黄狗遍野，神犬遍地。

百兽满山遍野，虎狼满地遍坪。

百兽乱咬，百虫乱吃。

百兽咬死，百虫咬伤。

28.

抄嘎！

Cod ghad！

抄嘎——

Cod ghad ——

归汉声连声滚，

Ghuil hant shob lianb shob ghuid，

偶汉声勾声爬。

Ngongs hant shob ghuoud shob nbeat.

几吼声尼声油，

Jid houb shob niex shob yul，

吉话声嘎声豆。

Jid hat shob gheab shob doux.

豆达阿充，

Doux das ad bix，

嘎达阿帮。

Gheab das ad bangd.

闹比闹某，

Laob bleid laob mioux，

闹兰闹纵。

Laob niex laob zos.

细嘎细洽，

Xit gal xit nqad，

细吧细乜。

Xit npat xit det.

补热声抄，

Bub ral shob hnant，

勾母够处否拿几查。

Ghoud mongb ghuoud chut boul nax jid ncad.

补然声记，

Bab ral shob npleut，

达炯达信否拿几斗。

Dab jod dab xit boul nax jex xot.

打豆莎拿几竹，

Dab doub sat nax jid zhul，

打吧莎拿吉洽。

Dab blab sat nax jid qat.

奶莎儿没明勾，

Hnieb sat jid mex mlens gheul，

那莎儿没明绒。

Hlat sat jid mex mlens reix.

杀呀！杀呀——

鸣那鸟叫鸦啼，吠那狗声犬声。

响那牛叫马叫，响那撕声咬声。

吞啖不休，咬众无数。

天旋地转，天昏地暗。

撕破撕碎，撕皮撕肉。

三阵杀吼，百虫怪兽撕咬不休，

三阵杀喊，虎狼虫蛇吞啖不住。

大地震得颤抖，昊天也都震动。

太阳不见光亮，月亮失去光明。

29.

欧洽吉抱见楼虐，

Oub qiab jis baos jianx lous niux,

欧告吉总见楼豆。

Oub gaos jix zhongb jianb lous dous.

几到得出弄几汝，

Jib daob des chub nongx jis rub,

几抱吉大足几吼。

Jis baob jis das zhub jis houb.

打便叉拢出吉油，

Das biax chas longb chub jis youb,

吉候达为达来否。

Jis houb das weib das nanx woub.

达为达来否莎洽，

Das weib das nanb woub shab qianb,

达加达巧否莎凸。

Das jab das job woud sat tub.

王分王天炯嘎哈，

Wangb fenb wangb fengb jiongb gas qiax,

乖目皂梅几斗空。

Guenb mux zhaos meib jis doub kongt.

凸达数目皮叉加，

Tus das shub mux pib chas jiad,

打便浪滚吉候松。

Das bias langx huenb jis houb songb.

吉候达加叉兵抓，

Jis houb das jias chas bingb zhas,

加起吉候否叉容。

Jias qib jis houb wout chas rongb.

虐西吉吵阿瓦挂，

Niub xis jis chaos as wab guax,

没度苟包照几洞。

Meib dub gous baos zhaos jib dongt.

两边纷争了很久，相互争斗了多时。
没有办法来终止，相争相斗无来头。
天意才把梦传授，帮助达为达来谋。
达为达兰心也就，达加达巧心也丑。
忘昏忘天心忧愁，脸黑面黄心担忧。
朦胧之中得天佑，天神授计在心头。
梦帮达加计策受，天神帮助他出头。
古代纷争流传事，依古流传后人知。

30.

达昂达勾莎拿久查，

Dab nieab dab gueab sat nax jiex ncad,

达炯达凶莎拿几豆。

Dab jiongx dab xot sat nax jid dout.

达为莎拿走巧，

Das weil sat nax zoux qaob,

达来莎拿走加。

Das nanx sat nax zoux qad.

达牛莎拿闹比，

Das niongl sat nax laob bleid,

达让莎拿闹谋。

Das rangt sat nax laob mioux.

达巧莎拿王分，

Das job sat nax wangl fend,

达加莎拿王千。

Das jad sat nax wangl qanl.

达休莎拿寿松，

Das xub sat nax shoud songd,

达奶莎拿寿报。

Das led sat nax shoud blot.

齐埋莎拿久空，

Jid mix sat nax jul kob,

大戏莎拿久喳。

Dab xib sat nax jul ncheat.

达为王分，

Das weit wangl fend,

达来王千。

Das nanx wangl qanl.

百虫百兽撕咬不止，虎狼蛇虫吞啖不住。

达为他吓怕了，达来他吓懵了。

达牛吓得头昏，达让吓得脑涨。

达巧忘昏，达加忘天。

达休发抖，达奶发麻。

他们全都无方，大家全都无法。

忘昏了达为，忘天了达来。

31.

标归几没你汉吉久，

Bleux guib jid mex nib hant jib joud,

情月几没吉干几得。

Xid yes jid mex jid gant jib del.

标归用猛吧兰，

Bleux guib yit mongl blab hnieb.

情月用求嘎度。

Xid yes yit njout giad ndut.

格干纠奶麻汝得拔，

Nkhed ghans jox leb max rut dex npad,

否干奶忙得牙奶共。

Boul ghans hnieb hmangt deb yas nied ghot.

达起包否度休，

Chad kit baod boul dut xub,

沙否度汝。

Sheab boul dut rut.

包否勾冬，

Baod wud goud dongb,

沙否勾令。

Sheab boul goud liot.

包否勾容，

Baod wud goud yix,

沙否勾打。

Sheab boul goud dat.

包否告笔，

Baod wud ghob bix,

沙否告变。

Sheab boul ghob bianb.

见哟比奶，

Janx jul bleib hnieb,

挂哟吧乙。

Guat jul blab yis.

龙风达起偏松，

Nongb hob chad kit planb seid,

龙记达起偏莎。

Nongb git chad kit planb seat.

他的魂魄吓离躯体，他的神志吓出身躯。

其魂飘到天空，其魄飘上九霄。

看见九天玄女娘娘，见到西方王母神婆。

这才教他小语，授他小话。

授他功夫，教他法术。

教他阴招，授他赢法。

教他变化，授他变术。

学了四天，过了五日。

过后他才清醒，如此他才醒悟。

32.

否叉几单斗抓，

Wud chad jib danb doul zheax,

风乖拿黑拿豆。

Hob ghueb nax hend nax dous.

吉就斗尼，

Jid jous doul nis.

穷斗拿散拿黑。

Nqot deul nax sanb nax hend.

照闹抠汉够母，

Zhaox hleob nkid hant ghoud mongb，

照叫用汉勾处。

Zheat jos yit hant ghoud chut.

声瓦寿汉达炯，

Shob weax sheub hant dab jod，

声记吧汉达信。

Shob jit blead hant dab xit.

斗瓦拔风拿黑，

Doul weax mil git nax sanb，

斗挡拔龙拿八。

Doul tangt mil nongs nax bas.

告笔见汉几嘎，

Ghob bix janx hant jad gax，

告变出汉几狞。

Ghob bianb chud hant jad nis.

奶格拿秃拿照，

Leud gheb nangs tul nangs zhos，

弄拿哭绒哭吧。

Niaox lieax khud rond khud bleat.

告笔拿图拿陇，

Ghob bib lieax ndut lieax hlod，

图久拿勾拿绒。

Ndut joud lieax gheul lieax reix.

作法举起右手，黑雾止住不兴。
依法立起左手，黑烟止住便散。
顿脚吓跑怪兽，踏步赶走百虫。

吼声赶跑虎狼，叫声赶走虎豹。
翻手大风便止，覆手大雨便住。
摇身变成几嘎，变化变成几狞。
眼睛睁如大桶，嘴巴大如山洞。
毛发如森如林，身体如山如岭。

33.

阿鸟豆哟纠夯浪兰，

Ad niaox doub ngheut jox hangd nangd niex,

阿吼龙哟谷共浪纵。

Ad houd nongx jul gul ghot nangd zos.

乙谷乙弯浪兰照龙拿斗阿弯，

Yil gul yil wand nangd niex zhaos nongx nax doul ad wand,

纠谷纠太浪纵照口拿斗阿太。

Jox jul jox tand nangd zos zhaos ngheut nax doul ad tand.

仡熊边勾，

Ghob xongb blead goud,

仡容边公。

Ghob yib blead gongb.

仡猫寿齐，

Ghob mangb sheub nqib,

仡狗寿叫。

Ghob ghuoud sheub jos.

大芈几召，

Dab miel jid ndanb,

大蛮吉提。

Dab manx jid ndeit.

剖立莎照否龙，

Poub lil sat zhaos boul nongx,

剖尤拿照否口。

Poub youl nax zhaos wud ngheut.

麻单再照朴见麻哭，

Max danx zeab zhaos pud janx max nkud,

麻汝再照朴见麻加。

Max rut zeab zhaos pud janx max jad.

浪样达起召补召洞,

Nangb yangs chad kit zhol bul zhol deib,

召散召查。

Zhol sanb zhol nzat.

召标召斗,

Zhol bloud zhol deul,

召纵召秋。

Zhol zongx zhol qeut.

边猛竹豆,

Blead mongl zhux doub,

然闹抗内。

Rad laot hangd niex.

一口吞唥九村,一嘴吃了十寨。

八十八湾的人被吃只剩一湾,

九十九滩的众被吞只剩一滩。

仡熊逃跑,仡客逃散。

仡猫跑完,仡狗跑光。

大芈快跑,大蛮快逃。

祖黎被它吃死,祖尤被它吞亡。

直的讲成曲的,好的被说成丑的。

这样被迫丢弃地盘,抛田弃地。

丢屋弃房,丢宅弃舍。

迁去天涯,徙去海角。

七、打食人魔的传说

1.

斗你阿柔浪奶，

Doub nis ad roul nangd nheb,

吉柔西昂浪牛。

Jid rout xib ngangx nangd nius.

剖埋得兄浪剖浪娘，

Boub mex deb xongb nangd poub nangd niangx,

剖埋得容浪奶浪骂。

Boub mex deb yib nangd nied nangd mangt.

立补陇单林豆浪冬，

Lix bul lol dand lil doub nangd deib,

立冬陇送林借浪见。

Lix deib lol sot lil jet nangd janb.

呜呼——呜呼！

Wut hub—wut hub!

你白纠谷纠苟。

Nib bed jox gul jox gheul.

啾吼——啾吼！

Eut heub—eut heub!

炯白纠夯纠共。

Jiongt bed jox hangd jox ghot.

同图花陇白夯白共。

Ndongx ndut huad lol bed hangd bed ghot.

打豆莎拿白兰，

Dab doub sat nax bed niex,

冬腊莎拿白纵。

Deib las sat nax bed zos.

在那遥远的古时，接近原始的古代。

勇敢的苗族先民，勤劳的苗族祖先。

迁居来到林豆之地，迁徙来到林借之处。

呜呼——呜呼！发了九十九坡。

呕吼——嗷吼！旺了九坪九坝。

如木发来满坪满地。

凡间发满了人，凡尘坐满了众。

2.

没汉加绒奈出几嘎，

Mex hant jad rongx hnant chud jad gax,

没汉加棍奈出几狞。

Mex hant jad ghuib hnant chud jad nis.

几嘎奶奶龙兰龙纵，

Jad gax hnieb hnieb nongx niex nongx zos,

几狞牛牛龙总龙忙。

Jad nis nius nius nongx zos nongx mangl.

相洞勾兰勾龙几齐，

Xangt daox geud niex geud nongx jid nqib,

相洞勾纵勾龙吉叫。

Xangt daox geud zos geud nongx jid jos.

几嘎告笔出汉剖桥，

Jad gax good bix chud hant poub nggiaox,

陇单哭弄追苟。

lol dand khud ndongb zheit gheul.

否叉告变出汉剖共，

Boul chad ghox bianb chud hant poub ghot,

陇送哭处追让。

lol sot khud chut zheix rangl.

几惹得休包汉哭弄柔龙,

Jid ghous deb xub baos hant khud ndong brad nongx,

几边得让包汉哭处凶充。

Jid beat deb rangt baos hant khud chut xot ceid.

剖桥没汉告比扛口,

Poub ngiaox meb hant ghob bid gangs giat,

剖共没汉告够扛龙。

Poub gud meb hant ghob gout gangs nongx.

否洞:"得勾得勾,

Boul daox:"deb goud deb goud,

埋拿少口。

Mex nax sangt giat.

得熊得容,

Deb xongb deb yib,

埋汉少龙。

Mex hant sangt nongx.

龙哟奈兰几最几齐,

Nongx jul hnant niex jid zeix jid nqib,

服哟奈总吉吾吉叫。"

Hud jul hnant zos jid wud jid jos. "

有那恶魔名叫几嘎,有那恶鬼名叫几狞。

几嘎天天吃男吃女,几狞日日吃人吃众。

为了吃尽苗家,为了吞灭苗寨。

几嘎摇身变成了老头,来到村后的山洞里。

恶鬼一变变成了外公,来到寨后的岩洞内。

逗引牧童来到山洞躲雨,

诓骗放羊小孩进洞歇凉。

老头拿出山果诱他们吃,

外公拿出野果给他们尝。

他说："老弟老弟，你们快吃。

老乡老乡，你们快尝。

吃饱邀人都来，吃够邀众都到。"

3.

龙风片单几苟，

Nongb hob planb dand jib gheul,

龙记片送几让。

Nongb git planb sot jib rangl.

几勾安洞几嘎巧起，

Jib gheul nianl daox jad gax jad nqib,

几让安洞否足加写。

Jib rangl nianl daox jad nis jad xed.

内叉几不得最柔单哭弄，

Niex chad jid pud deb nceid rad dand khud ndongb,

吉数麻让都单哭处。

Jid sod max rangt ndad dand khud chut.

剖桥几转得休浪昂，

Poub ngiaox jid zheb deb xub nangd ngangx,

得熊得容猛单哭弄。

Deb xongb deb yib mongl dand khud ndongb.

剖共吉奈得让浪柔，

Poub ghot jid hliad deb rangt nangd roul,

得嘎得奶猛单哭处。

Deb kheat deb lel mongl dand khud chut.

吾腊吉列否浪吾绒，

Wub las jid lieas boul nangd wub rongx,

豆炯吉列否浪豆图。

Doux jib jid lieas wud nangd doux ndut.

齐埋窝汝意记松斗，

Jid mix aob rut yib jib songd doul,

齐埋窝汝依打穷炯。

Jid mix aob rut yil dal nqot jib.

呸秋——

Peit qeub—

几篓浪兰包单哭弄。

Jib neul nangd niex baos dand khud ndongb.

扒秋——

Pad qeub—

吉追浪纵大报哭处。

Jib zheit nangd zos dat baos khud chut.

几嘎兵吾几没休绒，

Jad gax blos wub jid mex xeud rongx,

共汉告豆勾豆莎柔。

Nghet hant ghob doux geud doux sad reus.

几嘎否拿九空，

Jad gax boul nax jul kob,

包达否拿九喳。

Beux das wud nax jul ncheat.

周斗勾猛如陇，

Doud deud geud mongl rux nhol,

同松勾出把斗。

Dud songd geud chud bad doux.

报比到某见抱猛陇吉图，

Gaod bleid gaod mioux jant baos mil nhol nhangs ndub,

告松告报柔报中图吉浪。

Ghob songd ghob blot rad baos zhongx ndut jib nhangs.

消息传到村中，风声传入寨内。

人们识破恶魔阴谋，大家看穿恶鬼毒计。

暗中聚集人员躲到洞边，暗地齐聚人力藏于洞外。

老头与小孩纠缠之时，得熊得容混进洞中。

外公与牧童纠缠之际，得嘎得奶溜进洞内。

用田水换掉它的魔水，用蜡棒代替它的魔棒。

他们烧起了黄蜡米糠，他们燃起了蜂窝烟雾。

呸秋——前面的人冲进洞中。

扒秋——外面的人杀进洞内。

恶魔喷的魔水没有用处，恶鬼用棒一打就烂。

黄蜡迷倒打死恶鬼，烟雾迷昏杀了恶魔。

剥皮用来蒙鼓，腿骨用作鼓槌。

恶头斩下藏于大鼓之中，

躯干砍碎收在鼓筐之内。

4.

立补到汝补你，

Lix bul daot rut bul nib,

立洞到汝冬炯。

Lix deib daot rut deib jiongt.

笔拿打声，

Bix nangs dab songb,

包拿打某。

Beul nangs dab mioul.

你白纠谷纠苟，

Nib bed jox gul jox gheul,

炯白纠夯纠共。

Jiongt bed jox hangd jox ghot.

几朴洞列见棉，

Jid pud daox lies jiant mianl,

吉奈洞列见陇。

Jid hnant daox lies jant nhol.

出见阿奶窝突，

Chud janx ad leb ghob tud,

纠谷纠熟，

Jox gul jox shud,

勾照酒窝酒吹。

Geud zhaot joud wub joud cheib.

几兰浪秋陇单，

Jib led nangd qub lol dand,

拿讨酒窝勾扛几兰浪秋勾服。

Nax teub joud wub geud gangs jib leb nangd lanl geud hud.
出见阿中告肥，
Chud janx ad zheib ghob hend，
纠谷纠口，
Jox gul jox ceib，
纠谷纠得告抓。
Jox gul jox del ghob zheat.
几奶浪兰陇送，
Jib leb nangd lanl lol sot，
几者几奶浪兰勾炯。
Jib zheb jid leb nangd lanl geud jiongt.

得了地方安居，好个地盘安住。
发如群虾，多似群鱼。
坐满九十九坡，发满九坪九坝。
商量要结鼓社，商议要建鼓会。
做成一个大桶，九十九块，来装烧酒烤酒。
哪个的亲戚到边，便舀烧酒送那个亲戚来喝。
做成一把长凳，九十九寸，九十九根木腿。
哪个的眷属来临，就让这个眷属来坐。

5.

勾母猛出江昂，
Ghoub mongb mongl chud jangs nieax，
勾处猛出江酒。
Ghoub chut mongl chud jangs joud.
报窝睡标睡兄，
Badt aot sheib bleux sheib xid，
甲架猛包兰嘎。
Gad gat mongl baod niex kheat.
阿就拿当把代全，
Ad jut nax dangl bax deb njanl，
纠就拿当把代全。

Jox jut nax dangl bax deb njanl.

阿豆拿当把代共,

Ad doub nax dangl bax deb ghot,

纠豆拿当把代共。

Jox jut nax dangl bax deb ghot.

勾母来当肉官,勾处来做酒官。

报窝保魂保魄,甲架报客报众。

一年也等巴代全,九年也等巴代全。

一年也等苗老司,九年也等苗老司。

6.

最约纠谷纠苟,

Zeix jul jox gul jox gheul,

单哟纠谷纠让。

Dand jul jox gul jox rangl.

告拔图银图补,

Ghob npad ndut ngongx ndut blul,

告浓陇周陇节。

Ghob nint hnend zhoux hnend jel.

告嘎写突不白追主,

Ghob gal xid tul bul bed zheit zhub,

告报判先哈白报长。

Ghob blangs ngongx xanb hat bed baot nzhangd,

告公图白松西,

Ghob gid ndut bed songd nghongd.

告报图白松勾。

Khat baos ndut bed songd xib.

告银图白比术,

Ghob ngongx ndut bed bid sut,

告打图白比打。

Ghob nggieb ndut bed bid ndad.

汝崩拿不白久白得，

Rut beix nax bul bed joud bed del，

汝弄莎豆白休白虫。

Rut xit sat ndut bed xoub bed nzheit.

齐了九十九坡，到了九十九寨。
女人穿金戴银，男人穿绸穿缎。
亮白银圈戴在胸前，白的银吊披满身后。
颈戴数根项圈，数副手圈戴在手腕。
金戒戴满手指，银戒戴满指头。
花衣开满花朵，花裙花带满身。

7.

告陇告炯莎拿到哟，

Ghob nhol ghob jid sat nax daot jul，

打尼打油莎拿没哟。

Dab niex dab yul sat nax mex jul.

告冬半汉莎拿最哟，

Ghob dongb beat hant sat nax zeix jul，

告熊穷梅莎到陇哟。

Ghob xib nkid mel sat daot lol jul.

比告浪秋莎拿最哟，

Bleib ghaot nangd qub sat nax zeix jul，

照告浪兰莎拿单哟。

Zhaot ghaot nangd lanl sat nax dand jul.

巴得巴寿莎单得哟，

Bax deb bax sheub sat dand dex jul，

江酒江昂莎拿陇哟。

Jangs joud jangs nieax sat nax lol jul.

松拿那巴莎最齐哟，

Sut nangx lat bab sat zeix nqib jul，

沙拳午棍莎拿单哟。

Shat nggianl wus gunt sat nax dand jul.

最哟纠谷纠苟浪兰，

Zeix jul jox gul jox gheul nangd niex，

单哟纠谷纠让浪纵。

Dand jul jox gul jox rangl nangd zos.

最拔最浓，

Zeix npad zeix nint，

最让最共。

Zeix rangt zeix ghot.

大锣大鼓也备齐了，水牯黄牛也牵到了。

供品供具也都齐了，竹析法铃也都有了。

四方亲朋也都来了，六面亲友也都拢了。

老司祭师也都来了，酒官肉官也都到了。

唢呐喇叭也都齐了，舞龙舞狮也都来了。

齐了九十九岭的人，到了九十九寨的众。

齐女齐男，齐老齐少。

8.

猛穷豆哟阿谷呕连，

Mil qongb deus jul ad gul oub lianl，

猛炮朋哟阿谷呕泡。

Mil paot nbot jul ad gul oub paot.

炮头窝哟相产相外，

Paot ndeud aob jul xangb canb xangb wanb，

炮抗窝哟相外相产。

Paot kangt aob jul xangb wanb xangb canb.

抱熊咚咚，

Beux xib ndongd ndongd，

袍抗喳喳。

Nbeud kangt nzhas nzhas.

穷梅锤锤，

Nkid mel ncheid ncheid，

声棍阿哈。

Shob ghuib ad had.

阿咦哟呼——

Ad yid yaod hod—

相剖相娘莎拿几叟。

Xangb poub xangb niangx sat nax jid seub.

阿哟阿哈——

Ad yaol ad had—

相内相骂莎拿吉研。

Xangb nied xangb mangt sat nax jid nkiand.

火铳放了一十二连，礼炮鸣了一十二响。

爆竹烧上千千万万，鞭炮放了万万千千。

竹枥咚咚，神笤喳喳。

法铃叮叮，神韵娓娓。

阿咦哟呼——祖宗祖先全都欢喜。

阿哟阿哈——先宗先人全都喜欢。

9.

阿咦哟呼——

Ad yid yaod hod—

冬豆浪兰出笔出包。

Deib doub nangd niex chud bix chud beul.

阿哈阿哟——

Ad had ad yaod—

冬腊浪纵出楼出归。

Deib las nangd zos chud nous chud ghuis.

阿咦哟呼——

Ad yid yaod hod—

冬豆到见到嘎。

Deib doub daot janx daot nghat.

阿哟阿哈——

Ad yaol ad had—

中锤抓嘎抓柔。

Nzhoud zheid zhad ghad zhad ral.

阿咦哟呼——凡间凡尘全都发达。

阿哈阿哟——尘凡间全都兴旺。

阿咦哟呼——凡间信士也发大财。

阿哟阿哈——法铃屙屎屙尿。

10.

声陇几吼补奶浪勾，

Shob nhol jid houb bub hnieb nangd goud,

声炯吉话补牛浪公。

Shob jid jid hat bub nius nangd gongb.

猛青几竹够补够冬，

Mil qongb jid zhul ghoub bul ghoub deib,

猛炮吉话够夯够共。

Mil paot jid hat ghoub hangd ghoub ghot.

声无几吼纠兰谷乙，

Shob wus jid houb jox hnieb gul yis,

声莎吉话纠大谷忙。

Shob sead jid hat jox deat gul hmangt.

鼓声震动三天路远，锣声响彻三日路程。

火铳震遍山川天涯，礼炮震透山河海角。

欢声雷动九天十夜，歌声响彻九早十晚。

11.

几嘎浪呕莎拿陇单，

Jad gax nangd oud sat nax lol dand,

几狞不得莎拿陇送。

Jad nis bul deb sat nax lol sot.

斩抱堂兰列陇龙内，

Zanb baos ndangl niex lies lol nongx niex,

柔抱堂纵列陇龙纵。

Rad Baos ndangl zos lies lol nongx zos.

抱陇达容勾汉告抓勾千,

Beux nhol dab yongx geud hant ghob zheat geud qant,

抱陇达几勾汉告格勾弄。

Beux nhol dab gid geud hant ghob gieb geud ntongt.

产够叫斗,

Cand ghuoux giaot deud,

弄通叫面。

Qab tongd giaot mians.

得棍格咱几嘎浪比你汉告陇吉图,

Deb ghuib nkhed zead jad gax nangd bleid nib hant ghob nhol jid nhangs,

五的自标"阿加"!

Wus dix doub npleut "dud bod"!

吉尼梦干几嘎浪梅你汉中图吉浪,

Jad nis mongl ghans jad gax nangd mes nib hant zhongx ndut jid nhangs,

达为自奈"度崩"!

Dad weis doub hnant "dud bod"!

喳弄林林否自龙兰,

Nzhad lot liox liox boul doub nongx niex,

兰迷头头否自龙纵。

Hlanl mlangl doud doud wud doub nongx zos.

风乖锐锐,

Hob ghueb reis reis,

记布让让。

Git pud rangs rangs.

纠谷纠苟浪兰照龙拿斗阿苟,

Jox gul jox gheul nangd niex zhaos nongx nax doul ad gheul.

纠夯纠共浪总照口拿斗阿共。

Jox hangd jox ghot nangd zos zhaos ngheut nax doul ad ghot,

几嘎魔婆也都来了，几狞魔崽也都来到。

混进人群要来吃人，杂在人堆要来吞众。

山羊打鼓用脚乱踢，野鹿打鼓用角乱刺。

踢破了鼓皮，刺穿了鼓面。

魔崽看见恶魔的头在那大鼓里面，

猛然大叫"阿爸"！

魔婆瞧见恶魔的骨在那鼓筐之内，

突然大喊"老公"！

张牙舞爪它便吃人，血盆大口它便吞众。

阳风惨惨，魔气漫漫。

九十九坡的人被吃只剩一坡，

九坪九坝的众被吞只剩一坝。

12.

得寿窝汝意记松斗，

Deb soud aob rut yib jib songd doul,

弄得窝汝依打穷炯。

Leut deb aob rut yil dal nqot jib.

洞奶午汉猛同猛色，

Doub niex wus hant mil ndeid mil sed,

纵忙抱汉猛青猛炮。

Zos mangl beux hant mil qongb mil paot.

兰叉勾汉窝录窝走勾帮，

Niex chad geud hant ghob nux ghob ncoud geud bangd,

兰拿勾汉告同告莎勾拿。

Niex nax geud hant ghob ndeid ghob sead geud hland.

浪样达起勾否记寿，

Nangb nangd chad kit geud boul jit sheub,

浪样达起勾否记头。

Nangb yangs chad kit geud wud jid blead.

冬豆你查，

Deib doub nib nceab,

冬腊炯汝。

Deib las jiongt rut.

老司燃起黄蜡宝香，巴代燃起蜂窝宝雾。
人们用矛用刀拼打，大众拼命用火追杀。
用那芭茅射出神弓鬼箭，用那荆棘化为铜刺铁钎。
魔婆这才被人赶走，魔崽这才被人打退。
凡间清吉，凡尘平安。

八、迁徙经历的传说

1.

得兄几朴洞列求补，

Deb xiongb jis pub dongb lieb qiub bus,

得容吉奈洞列求洞。

Deb rongb jib naix dongs leb quix dongt.

照得窝柔嘎喳求陇，

Zhaob deb aob rout geat zheat quix longb,

照秋窝柔够仇求陇。

Zhaob qiux aos rout geud cheub quix longb.

照汉窝得转昂求陇，

Zhaob haib aos deb zhuanb gheab quix longb,

照汉窝秋转洽求陇。

Zhaob haib aob qoux zhuanb qiat quix longb.

照汉穷矮囊得求陇，

Zhaob haib qiongx ant nangb deb quix longb,

照汉穷口囊得求陇。

Zhaob haib qiongx koud nangx deb quix longb.

照得吾滚匡格求陇，

Zhaob deb wut ghunb kuangb geix quix longb,

照秋吾穷匡昂求陇。

Zhaob qioux wut qiongx kuangb hangx quix longb.

照得吾捕猛格求陇，

Zhaob deb wut bub mongb geix quix longb，

照秋吾岭猛昂求陇。

Zhaob qiux wut liongs mongb ghas quix longb.

照得乙谷欧湾求拢，

Zhaob des yis guob out guanl quix longb，

照秋炯谷阿滩求陇。

Zhaob qiub jiongb guob ad tant quix longb.

照汉豆吾豆斗求拢，

Zhaob haib deux wut deux deub quix longb，

照汉豆格豆昂求拢。

Zhaob haib deux giel deux gheab quix longb.

窝拔几察双提炮豆，

Aob pead jid ceab shangb tib paox dout，

窝浓吉白抱苟那够。

Aob niongx jis baix beub goud leix goux.

高那出帮几炯求补，

Gaos nax hud bangb jid jiongx quix bus，

高苟出忙吉龙求洞。

Gaos gout chud mangb jib longb quix dongt.

阿瓦求单者吾囊得，

Ad weab quix dand zheib wut nangb des，

阿到求送者西囊秋。

Ad daos quix songx zheib xid nangb qiut.

欧瓦求单得从腊哈，

Out weab qiub daib deb congl leab heat，

欧到求送得闹腊兄。

Out daos qiub songb deb laox leab xiongd.

补瓦拢单占楚汝得，

But weab longb dand zhuanb cul rub des，

补到拢送占葡汝秋。

But daos longb songx zhuanb pus rub qiub.

比瓦求单梅最囊补，

Bil weab quix dand meb zuib nangb bux,

比到求送梅见囊冬。

Bil daos quix songx meb jianb nangb dongb.

便瓦求单冬绒汝得，

Biat weab quix dand dongt rongb rub des,

便到求送便潮汝秋。

Biat daos quix songx biax ceux rub qiub.

照瓦拢单泸溪囊吾，

Zhaox weab longb dand lub xil nangb wux,

照到拢送泸岘囊补。

Zhaox daos longb songx lub jianx nangb bux.

炯瓦求单窝绒善苟，

Jiongb weab quix dand aob rongb shuanb gous,

炯到求送达者善绒。

Jiongb daos quix songx dab zheib shuanb rongt.

乙瓦拢单苟剖占求，

Yib weab longb dand goub bous zhuanb quil,

乙到拢送苟也占怕。

Yib daos longb songx gous ghas zhuanb peal.

得雄求约乙瓦浪补，

Des xiongb quix yod yib weab nangd bus,

得容寿约乙到浪洞。

Des rongb sheut yod yib daos nangd dongt.

发拢你白纠谷纠让，

Fas longb nil beid jiub guob jiub rangd,

斗汝炯白纠夯约共。

Doub rub jiogx beid jiub hangd jiub gongb.

发拢你白纠谷纠补，

Fab longb nil beid jiub guob jiub bus,

斗汝炯白纠谷纠洞。

Doub rux jiogx beid jiub guob jiub dongt.

从此永离家乡，此后抛弃故园。

从那烂岩烂滩走来，从那乱石乱堆上来。
从那系船码头走来，从那绚筏岸口上来。
从那大罐大缸走来，从那小罐小缸上来。
从那黄水浑水走来，从那绿水浊水上来。
从那灰水河水走来，从那浑水浊水上来。
从那八十二湾走来，从那七十一滩上来。
从那水边河边走来，从那海边湖边上来。
女人接起布匹，男人扯那野藤。
成群一路上来，结队一道上来。
一番来到者吾，一次来到者西。
二番来到腊哈，二次来到腊兄。
三番来到占楚，三次来到吕葡。
四番来到梅最，四次来到梅见。
五番来到冬绒，五次来到便潮。
六番来到泸溪，六次来到泸岘。
七番来到窝绒，一次来到达者。
八番来到占求，八次来到占怕。
迁了八番的家，建了八次的园。
发满九十九村，住满九十九地。
发满九十九坪，住满九十九峒。

2.

洞喂够汉莎忙容，
Dongb wed ged haib sead mengd yongx,
埋洞几剖苟萨出。
Manx dongb jid boud goud sead chub.
萨莽列除剖得雄，
Sead mangb lieb chub boud det xiongt,
列除得雄囊比柳。
Lieb chub det xiongt nangd beis liud.
剖乜内骂立补冬，
Pout niax neix mab lid bus dongt,
立补立冬单弄久。

Lid bus lid dongt dans nongd jus.

听我把这苗歌云，你们听我唱起来。
歌中唱我苗族人，要唱苗族的祖先。
苗族祖宗的原根，七迁八徙到此间。

3.
冬豆尼没偶达变，
Dongs doub nis mex ngoul dab nblanb,
冬腊奈否出达毕。
Dongs las hlant woul chud dab bix.
达毕叉首汉奶兔，
Dab bix cad soud hant nied mianb,
告变首到骂乖以。
Dad Nblanb soud dot mat gued yix.
奶兔苟及奶奶干，
Nied mianb ghob qib leb leb ghans,
骂乖白及否首起。
Mat gued bed jix woul soud nqib.
阿柔尼你哭绒钻，
Ad roul nis nieb khud roud zhans,
哭绒哭吧否猛你。
Khud roub khud nbleat woul mongl nieb.

世间先有个达变，世上叫他作达毕。
达毕才生母猴来，达变生得父猴起。
母猴成形人人见，公猴形象他养齐。
古时坐在洞穴间，岩洞崖穴他们居。

4.
内兔苟汉内绒首，
Nied mianb geud hant nied rongx soud,
玛潮玛乖首陇见。

Mat nceut mat gued soud nengd janx.

欧奶吉汝出阿标，

Oub leb jid rut chud ad nbloud，

叉苟得雄抓卡首几产。

Cad geud deb xongb zhal kheat soud jid cand.

呕谷比图汝那苟，

Oub gul beib ndut rut nab goud，

阿谷欧图抓嘎关。

Ad gul oub ndut zhal kheat ngguanb.

客干内绒否莎偶，

Nkhed ghans nied rongx woul sat ngoub，

客干玛潮否冬干。

Nkhed ghans mat nceut woul dengd ghand.

龙父和那凤母起，凤母龙父生成人。

二人恩爱做一堆，才把苗儿客子生。

二十四位好兄弟，一十二个客子明。

看见凤母他发气，看见龙父他气登。

5.

难克内绒龙玛潮，

Nanx nkhed nied rongx nhangs matn ceut，

自干齐埋自兵干。

Zib ghans jid minx zib bix ghand.

共龙打为苟否扣，

Nghet nengx dad weib geud woul kheut，

怕骂高起兵头研。

Peat mangd ghob qib bent ndeud ngand.

没到崩力龙崩头，

Meb dot nblongl lix nhangs nblongl ndeud，

安头安抗然起善。

Ngeab ndeud ngeab kuangt ras qib shanb.

占到猛干汝得秋，

Zhanb dot mingl ghanx rut dex qeut,
阿谷呕图炯猛干。
Ad gul oub ndut jiongt mingl ghanx.

难看凤母和龙父，一见他们气就生。
拿刀马上就杀父，开膛破肚出书本。
取得文字和文书，识文知字聪明心。
占得大街大市住，一十二位坐街城。

6.
虐西剖你冬麻汝，
Niub xis boud nit dongt max rub,
虐满剖炯得麻筐。
Niub mand boud jiongb dex max kuangt.
苟散苟茶剖起出，
Goud sait goud chab boud qid chub,
油闹油首剖起囊。
Youx laob youx shoud boud qid nangs.
出内苟虐没窝固，
Chub neix goud niub meid aod gub,
剖乜内骂莎抓养。
Boux niax neix mab shad zhab yangs.

从前坐好的地处，古代居住家园宽。
种地是我们先做，冶炼是我们起先。
先立刑法来维护，苗人智慧真不浅。

7.
豆吾拿你几见，
Deut wub nax nib jid janx,
豆斗莎炯几到。
Deut deul sat jiongt jid daot.
阿谷呕奶得熊，

Ad gul oub leb deb xongb,

阿谷呕图得容。

Ad gul oub ndut deb yib.

几朴洞列寿补，

Jid pud dox lies sheub bul,

吉奈洞列寿洞。

Jid hnant dox lies sheub deib.

齐理达起炯那油勾，

Jid mix chad kit jiongb nangb jiongb goud,

达戏达起炯骂油得。

Dab xib chad kit jiongb mangt jiongb deb.

炯拔炯浓，

Jiongb npad jiongb nint,

炯让炯共。

Jiongb rangt jiongb ghot.

代鲁共求，

Nghet nhub nghet nqoub,

不半不几。

Bul banx bul jid.

共汉首龙闹考，

Nghet hant soub nenb hlaot kaod,

炯汉尼八油熟。

Jiongb hant niex bab yul shud.

齐汉猛嘎猛录，

Jit hant mil gheab mil nus,

光汉猛狗猛爬。

Ghuangs hant mil ghuoud mil nbeat.

几朴洞列巴补，

Jid pud daox lies blead bul,

吉奈洞列巴洞。

Jid hnant daox lies blead deib.

水边也坐不安，河边也坐不宁。
一十二宗苗胞，一十二祖苗民。
商量便要出走，商议便要迁徙。
他们引哥带弟，大家引父带子。
带男带女，引老引少。
带着粮种，背着背篓。
抬那工具农具，牵那黄牛水牯。
提那鸡笼鸭笼，赶那猪狗牲畜。
离开家乡迁出，离别故园迁徙。

8.

照柔嘎喳求陇，

Zhaos roub ghad ceat njout lol,

照柔够仇求陇。

Zhaos roub goud ncoud njout lol.

照得转昂求陇，

Zhaos dex zhanx ngangx njout lol,

照秋转掐求陇。

Zhaos qeut zhanx qiab njout lol.

照得穷矮吉麻某求陇，

Zhaos dex nqod anb jid mlangx mioux njout lol,

照秋穷口吉麻声求陇。

Zhaos qeut nqod keud jid mlangx shob njout lol.

照得吾棍吾穷求陇，

Zhaos dex wub guix wub nqit njout lol,

照秋吾捕吾岭求陇。

Zhaos qeut wub pul wub liol njout lol.

照汉乙谷呕弯求陇，

Zhaos hant yil gul oub wand njout lol,

照秋炯谷阿滩求陇。

Zhaos qeut jiongs gul ad tand njout lol.

从那烂岩烂滩走出，从那乱石乱堆走来。
从那系船码头走出，从那绚筏岸口走来。

从那大罐大缸走出，从那小罐小缸走来。
从那黄水浑水走出，从那绿水浊水走来。
从那八十二湾走出，从那七十一滩走来。

9.

阿谷欧巴叉相义，

Ad gul oub bax cad xangd nib，

阿谷欧骂叉几扑。

Ad gul oub mat cad jid pud.

照吾剖列阿荀会，

Zhos wub boub lies ad goud fet，

得卡阿公猛求补。

Dex khead ad goud mongln jout bul.

得扎巧起出几尼，

Deb zhal qot qib chud jid nis，

大骂巧起否出组。

Dab mal qot qib woul chud jud.

一十二宗才商议，一十二父才商言。
水路我们一路去，陆地一道找家园。
得扎聪明心不义，杀死龙父做得偏。

10.

剖乜内骂立补冬，

Boux niax neix mab lix bub dongt，

立补立冬会兵苟。

Lid bub lid dongt huib biongd goud.

剖召豆吾豆斗拢，

Boud zhaob doub wut dous dous longd，

炯谷阿太筐亚头。

Jiongb guox ad tait kuangs yad tous.

乙谷欧奶窝内吽，

Yib guox out liet aod neix hongd，

单意几最出阿标。

Daid yib jid zuit chub ad bious.

得雄先人要搬迁，离开走出老家园。

从那浑河两岸来，下游有七十一滩。

还有八十二个湾，都是一家人亲眷。

11.

得雄叉共龙首陇，

Ded xongb cad khet nengt soub hlot,

岔到图打陇出昂。

Nchat dot ndut dead lol chud ngangx.

昂干出见班照陇，

Ngangx ganb chud janx beat zhot nengd,

几连告那汝高长。

Jid lianx ghob hleat rut gheud nzhangd.

炯汉昂干照吾猛，

Jiongt hant ngangx ganb zhos ub mongl,

八挂禾干吾麻匡。

Bax guat od ganb ub mangx koangb.

苗人拿走刀斧具，找得硬木做船板。

木船做成在这里，用那藤索连成排。

坐这杉船下水去，划过浑河水面宽。

12.

昂干吉用同连滚，

Ngangx ganb jid yongb ndongl lianx ghund,

吧内照乙自猛够。

Nblab hnieb zhot yis zib mongl ghoub.

得扎走照告弯陇，

Deb zhal zoux zhos ghob wand nongd,

忙叫阿苟抱八柔。

Hmangt jos ad goud beut nbleat roub.

西大相明通嘎从，

Xib deat xangd mlengs tongd ghad ncongd,

得扎干干休起头。

Ded zhal git kit xeud kit ndoul.

几转昂干苟八猛，

Jid zhanb ngangx ganb geud bax mongl,

吉良包召否昂首。

Jid lieas beat zhol wul ngangx soub.

杉船快划如鹰飞，五天六夜去远程。

碰见得扎在湾内，晚上一起歇岩门。

明早未亮他先起，得扎早早他就醒。

调换杉船先划去，换掉铁船就起行。

13.

否八昂干否嘎上，

Wul bax ngangx ganb wul ghad shangt,

吉用挂猛打弯吾。

Jid yongt guat mongl dab wand ub.

猛单号阿平出邦，

Mongl dand hob ead bix chud bangt,

猛干猛无否立久。

Mingl geab mingl us woul lis jud.

得雄补内叉单洋，

Deb xongb bub hnieb cad dand yangl,

就没吉客内出肉。

Jud mes jid nkhed niex chud rux.

汉陇向蒙上久当，

Hanb nengd xangb mingb xangb jud dangb,

扎然相蒙写嘎牛。

Zhal ras xangb mingb xed ghad nongl.

他划杉船去得快，飞快划过数湾水。
去到那里地坪宽，大街大市成他的。
得雄三日才到边，抬眼望去人满堤。
到此才知受了骗，得扎聪明心不美。

14.
得扎孟见阿洽那，

Deb zhal mongl janx ad nqad hlat,

久挂内苟拿几够。

Njout guat nied goud nangs jid ghoub.

昂首八陇浓的达，

Ngangx soub bax lax nongl zeib das,

昂闹弄吾足浓偷。

Ngangx hlot lot ub zub nongl toub.

猛楼起头久受挂，

Mongl loux kit ndoul jed sheub guat,

几干得雄浪阴子。

Jet ghans deb xongb nangd yingt zit.

得扎去成半个月，过去日时成很久。
铁船划去快不得，铁船水上划不走。
出发在先还慢些，不见得雄的影子。

15.
八汉昂首苟求陇，

Bax hant ngangx soub geud njout nongd,

少八昂闹求补冬。

Shangt bax ngangx hlot njout bul dongs.

呜呼呜呼八几猛，

Ut fub wut hub bax jid mongs,

噢吼噢吼八几通。

Eux heub eux heub bax jid tongd.

纠内久挂阿弯陇，

Jox hnieb jid guat ad wand nengd,

谷牛久挂阿者绒。

Gul niuongs jid guat ad zhet rengx.

划那铁船划上来，划那铁筏上路程。

呜呼呜呼划不快，嗷吼嗷吼划不行。

九天没划过一湾，十天才划一湾程。

16.

呜呼呜呼呼——

Wud hub wud hub hub—

纠内久挂阿滩吾。

Jiux neix jud guab ad tans wut.

昂首几加八昂图，

Ghangx shoud jid jias bab ghangx tub，

昂闹相蒙八几午。

Ghangx laob xiangx mengx bab jid wus.

呜呼呜呼呼——九天没过一滩涂。

木筏不比木船浮，木筏真的难划出。

17.

嗷吼嗷吼吼——

Oud houb oud houb houb—

纠虐久挂阿从苟。

Jiux niub jud guab ad congb goud.

昂首几猛八吉柔，

Ghangx shoud jid mengs bab jid rous，

昂闹相蒙八几篓。

Ghangx laob xiangd mengs bab jid lous.

嗷吼嗷吼吼——九天没过一湾河。

木筏重了难划过，船重真的划不活。

18.

剖立剖尤叉捕班，

Poub lix poub youl cad pud beat，

那苟剖立龙祖尤。

Ad goul pout lix nhangs pout youl，

奈到大芈龙大蛮，

Hnant dot dab miel nhangs dab mans，

久兄久夷猛起头。

Jox xongd jox yil mongl kit ndoul.

炯谷阿奶浪那莎拿单，

Jiongs gul ad leb nangd nangb sat nax dand，

乙谷呕图浪苟莎拿走。

Yil gul oub ndut nangd goud sat nangx zeix.

吉奈岔冬阿苟干，

Jid leb nchab dongs ad goud gant，

相义求补阿苟受。

Xangd nib njout bul ad goud sheub.

祖黎祖尤把计摆，兄弟祖黎和祖尤。
喊得大芈和大蛮，九兄九夷去开头。
七十一兄全都来，八十二弟来得有。
招呼迁徙把路赶，商议迁出一路走。

19.

得鲁得秋阿苟共，

Deb nzhub deb nqoub ad goud ghet，

再共首龙陇闹考。

Zeab nghet soub nenx nhangs lot kod.

尼八油熟记吉龙，

Niex bax yul shul jid nqib lol，

加东加四阿苟早。

Jad dongl jad shid ad goud nchot.

炯那油苟会吉明，

Jiongb nangb youx goud fet jid mlengs，

旦意几炯出阿桥。

Dad yix jid jiongb chud ad njol.

谷种粟种一起带，再抬铁锄和刀斧。
黄牛水牯一齐赶，工具农具一起负。
引兄牵弟走出来，结队组群做一路。

20.

吉难八昂透久昂，

Jix nanb bab ghangx toub jud ghangx，

几补几没当内苟。

Jix bub jid meix dangb neix goud.

理汉豆吾求邦便，

Lid haib doub wut qiub bangd biab，

阿哟阿哈几吼豆。

Ad yod ad hab jid hous dout.

几插炮提出窝那，

Jid chab paob tid chub aod lab，

那图几者求苟走。

Lab tub jid zheb qiub goud zous.

求单走绒炯嘎哈，

Qiub dans zoud rongx jiongb gad has，

列岔补冬苟旧标。

lieb chab bub dongt goud jiub bioud.

大家划船到了岸，陆地没有路可走。
理那溪沟上大山，阿哟阿哈齐声吼。
接起布匹上山涧，树藤扯人上山沟。
上到山头把气叹，要找地盘来养口。

21.

召柔嘎喳得求拢，

Zhaob rout gad zhab det qiub longd，

召柔够绸求拢见。

Zhaob rout goud choub qiub longd jianx.

吾果吾乖麻筐崩，

Wut guot wut guat max kuangd bengd,

吾捕五岭麻筐板。

Wut pub wut liongb max kuangd band.

窝得转昂转虫虫，

Aot des zhuanx ghangx zhuanx chongb chongb,

窝秋转洽先脸脸。

Aox quid zhuanx lab xianx lians lians.

窝得穷矮吉免声，

Aox dex qiongd aid jis mianx shongt,

窝口吉免缪几偏。

Aox koud jis mianx mioud jis pianx.

从那烂岩滩上走，往那烂沙滩上来。
白水黑水涨潮流，黄水浑水浪头宽。
系船系在大岩石，系筏系在大岩边。
经过烧坛烧歪口，土罐烧得嘴歪偏。

22.

告拔叉苟炮提他，

Ghod npad cad geud pot ndib ntad,

告浓抱苟那麻善。

Ghod nit bol geud hleat max shanb.

求便麻善吊吉哈，

Njout nbleat max shanb job jid had,

求单阿浪吊几关。

Njout dand ad nangs job jid ghuanx.

求送告绒比赌阿，

Njout songt ghob rud bid dud ad,

单汉背苟高得才。

Dand hant bid gheul ghob dex cant.

女人才把布匹牵，男人接那树藤来。
攀上悬崖吊下来，上到一半提下边。
上到崖头山岗站，上到陡岭大高山。

23.

几告抓力求号陇，

Jid ghox zheat lix njout hob nengd,

吉油抓梅告得受。

Jid yous zheat mel ghob did sheub.

头会腊头理告冬，

Ndoul fet nangx ndoul lit ghob dongs,

油汉抓梅求告走。

Yous hant zheat mel njout ghob zeux.

少会阿内列忙陇，

Sheub fet ad hnieb lies hmangt loud,

叉陇会送得穷首。

Cad noud fet songt dex njiongd shoub.

理这驴蹄印走来，照那马蹄印子行。
边走边理脚印线，跟马脚印上山岭。
走了一程天昏暗，走到穷首地方停。

24.

吾娘吾补告得求，

Ub niangs ub nblud ghob dex njout,

堵腊堵冈告得受。

Dud lax dud gangd ghob dex sheub.

告堵泡牢龙吉油，

Ghob dud pob lod longl jid yous,

单送早牢兄阿柔。

Dand songt zeux lol xot ad roul.

召得转昂浪告豆，

Zhos dex zhanx ngangx nangd ghob doub,

转恰吉炯出阿荀。

Zhanx qab jid jiongb chud ad goud.

柔连柔滚会吉油，

Roub lianx roub ghund fet jid yous,

求冬吉岔得出标。

Njout dongs jid nchat dex chud nbloud.

吾娘吾补的地处，堵腊堵冈地方来。
告堵泡牢来跟住，来到早牢歇一番。
在那系船的地处，木筏连紧做一块。
柔连柔滚走一路，迁徙要找好家园。

25.

单约穷矮吉麻告缪求，

Dand yol njiongb and jid meas ghob mioux njout,

少召穷口吉麻高缪贪。

Sheub zhos njiongb keud jid meas ghob mioux tanb.

昂首少八平吉斗，

Ngangx soub shangt bax bib jib doul,

昂闹平八腊几单。

Ngangx hlot bib bax nax jid dand.

补豆八篓八几够，

Bub doub nblab loux bax jid gous,

补豆补就义几开。

Bub doub bub jut nis jid khanb.

从那歪耳土坛行，从那歪嘴土罐来。
铁船紧划划不顺，铁筏紧划划不开。
三年划都划不登，三年三载不登边。

26.

几烔叉陇云湖求，

Jid jiongb cad nhangs yinl hul njout,

吉陇求送云尾冬。

Jid nhangs njout songt yinl weib dongs.

阿谷欧巴会吉油，

Ad gul oub bax fet jid yous,

阿谷欧玛会几烔。

Ad gul oub mat fet jid jiongb.

陇单后吾吉就就，

Lol dand houb ub jid jous jous,

会送后西阿者绒。

Fet songt houb xid ab zhet rud.

一路行到云河上，一同来到了云尾。

一十二宗走跟上，一十二父在一起。

来到后吾的地方，走到后西好平地。

27.

陇单后吾立阿让，

Lol dand houb ub lid ad rangl,

求送后西立阿从。

Njout songt houb xid lil ad zongx.

后吾发汝你白夯，

Houb ub fal rut nieb bed hangl,

后西首白几羊纵。

Houb xid soud bed jid yangx zongx.

西昂内扑龙陇羊，

Xid ngangx niex pud ngongb nangd yangd,

牛满吉岔求补冬。

Nius manl jid chat njout bul dongs.

来到后吾立一次，来到后西立一园。
后吾发好都坐后，后西发满坐不开。
从前人讲话如是，古代迁徙的根源。

28.

后吾浪内松嘎岔，

Houb ub nangd niex send ghad cheat，

阿那儿没用得苟。

Ad nangb jid mex renb deb goud.

叉起炯驴吉交抓，

Cad kit jiongt lux jid jod nzhangd，

吉上炯梅会告斗。

Jid shangt jiongt mel fet ghod doux.

阿谷呕巴龙呕骂，

Ad gul oub bad nhangs oub mat，

吉油文力会兵苟。

Jid yous wenl lix fet biead goud.

后吾的人生怪异，大哥不认老弟亲。
这才牵驴又走去，赶快牵马走先行。
一十二兄和二弟，跟着纹黎又出门。

29.

剖立剖油阿苟会，

Pout lix pout youl ad goud fet，

得雄得容全见猛。

Deb xongb deb yix janl janl mongl.

大芈大蛮会告追，

Dab miel dab mand fet ghod zheit，

亿猫亿狗义告虫。

Ghod mangt ghob ghuoud nib ghod nzhongb.

旧雄旧夷标吉计，

Jox xongb jox yib nblox jid jit，

列叉禾得嘎要紧。

Lies chat ob dex gheat yob jingt.

乙谷呕奶兵竹会，

Yil gul oub leb nblead jud fet,

炯谷阿图几炯兵。

Jiongs gul ad ndut jid jiongb nblead.

祖黎祖尤一路走，苗胞苗儿全部开。

大芈大蛮行在后，仡猫仡狗在中间。

九雄九夷后赶至，要去寻地建家园。

八十二个都全走，七十一个都全迁。

30.

阿谷呕桥呕舍，

Ad gul oub njaol oub seb,

阿谷呕巴呕骂。

Ad gul oub bad oub mangt.

纹立苟油，

Wenl lil joub youl,

剖立剖尤。

Poub lil poub youl.

仡熊仡容，

Ghob xongb ghob yib,

仡猫仡狗。

Ghob mangb ghob ghuoud.

大芈大蛮，

Dab miel dab manx,

纠兄纠移。

Jox xongb jox yib.

乙谷呕弯浪得，

Yil gul oub wand nangd deb,

炯谷阿滩浪嘎。

Jiongs gul ad tand nangd giead.

几吾列岔告得龙某，

Jib wub lies chat ghob dex rangs mioul,

几补列岔告秋龙冬。

Jib bul lies chat ghob qeut rangs nongx.

一十二宗的人，一十二族的众。

纹黎够尤，祖黎祖尤。

仗熊仗容，仗猫仗狗。

大羋大蛮，九熊九夷。

八十二湾的人，七十一滩的众。

迁出要找地方安居，迁徙要寻地处安住。

31.

照汉斗吾求陇，

Zhaos hant deib wub njout lol,

照汉豆斗求陇。

Zhaos hant deut deul njout lol.

昂图莎照得扎没齐，

Ngangx ndut sat zhaos deb zhal meb nqib,

昂陇拿照得嘎没叫。

Ngangx hlod nax zhaos deb kheat meb jul.

八汉昂首，

Bax hant ngangx soub,

炯汉昂闹。

Jiongb hant ngangx hlaot.

呜呼呜呼！

Wut hub wut hub!

纠奶久挂阿湾浪吾。

Jox hnieb jex ghuat ad wand nangd wub.

噈吼噈吼！

Eut heub eut heub!

谷牛久挂阿湾浪斗。

Gul nius jex guat ad wand nangd deul.

会见大豆,

Huet janx dab doub,

挂哟大就。

Guat jul dab jut.

从那水边上来, 往那河边上来。

木船都被得扎换走, 竹筏也被得卡换完。

换成钢船, 乘那铁船。

呜呼呜呼! 九天没过一湾的水。

嗷吼嗷吼十日没过一湾的河。

扒了很久, 费时很长。

32.

几炯陇单者吾,

Jid zeix lol dand zheud wub,

吉龙陇送者西。

Jid longl lol sot zheud xid.

陇单者吾,

Lol dand zheud wub,

拿你者吾。

Nax nib zheud wub.

会送者西,

Huet sot zheud xid,

拿立者西。

Nax jiongt xheud xid.

者吾得夯,

Zhes wub deb hangd,

者西得共。

Zhes xid deb ghot.

让某难到白周,

Rangs mioul nanx daot bed zheub,

让昂难到白碗。

Rangs nieax nanx daot bed wanl.

没汉甲绒立为，
Mex hant jad rongx lial weil,
休汉甲棍梁旺。
Xeud hant jad ghuib lial wangs.

终于来到者吾，后来到了者西。
到了者吾，暂居者吾。
到了者西，暂住者西。
者吾地小，者西地窄。
捕鱼不满鱼篓，攥肉难获满锅。
遭那怪影来骚，遇那怪物来扰。

33.
你见阿冬，
Nib janx ad dongd,
炯见阿气。
Jiongt janx ad qit.
者吾拿冬几没筐补，
Zhes wub nax daox jid mex kuangb bul,
者西拿洞几没筐冬。
Zhes xid nax daox jid mex kuangb deib.
几奶几没汝你，
Jib hnieb jid mex rut nib,
吉忙几没汝包。
Jib hmangt jid mex rut beut.
甲绒几奶吉抄，
Jad rongx jib hnieb jid caot.
甲棍吉忙吉闹。
Jad ghuib jib hnieb jid naob,
者吾拿你几见，
Zhes wub nax nib jid janx.
者西拿炯几到。
Zhes xid nax jiongt jid daot.

者吾吉陇者吾，

Zhes wub jid naob zhes wub,

者西吉穷者西。

Zhes xid jid nkongt zhes xid.

告拔拿冬加你，

Ghob npad nax daox jad nib,

告浓拿冬加炯。

Ghob nint nax daox jad jiongt.

几吾剖列吧吾，

Jib wub boub lies blead wub,

几补剖列寿冬。

Jib bul boub lies sheub deib.

住了一期，坐了一会。

者吾居也不安，者西坐也不宁。

白天总被骚扰，晚上担惊受怕。

怪物天天骚扰，怪影夜夜捣乱。

者吾也坐不成，者西也坐不住。

者吾扰乱者吾，者西捣乱者西。

女人也都惊恐，男人也皆惧怕。

这才又要迁出，因此又要迁徙。

34.

德从腊哈久当勾，

Dex ncongb las hab jet dangt goud,

得闹腊兄几当公。

Dex lot las xongt jet dangt gongb.

苟老达为苟吧偷，

Goud lot dad weib gous nbleat toub,

呕洽补告麻善绒。

Oub nqad bub ghot max shanb renx.

几当苟老兄阿柔，

Jid dangl goud lot xot ad roul,

几得兄照号阿冬。

Jid dex xot zhos hob ead dongs.

悬崖腊哈不通路，陡壁腊兄行不去。
路途遇到悬崖阻，两边三面高山围。
二次迁徙建园处，只得暂住在那里。

35.

叉闹阿力猛嘎尖，

Chad lot ad lis mongl ghad janl,

列闹阿无嘎告锤。

Lies lot ad ub ghad ghob nzheil.

扎柔尼头同怕边，

Zax roub nis ndout ndongl npat biand,

扎吧头猛同报追。

Zax nbleat ndout mongl ndongl bol zheit.

扎当告绒苟叉单，

Zax dangt ghob renx goud cad danx,

扎吧见苟单水水。

Zax nbleat janx goud danx sheib sheib.

才和阿力去借凿，耍和阿无借锤打。
凿岩脱像指甲壳，凿崖脱像手指甲。
凿通岩壁才通路，凿崖道路直通达。

36.

嘎到考绒休内苟，

Ghad dot kod rongx xoud xed goud,

嘎到九滚内内共。

Ghad dot jud ghunb nieb nied gongb.

吉当猛吾开昂头，

Jid dangt mingl ub kead ngangx ndoul,

吉当猛斗苟昂通。

Jid dangt mingl deul geud ngangx tongl.

少奈阿那吉油苟,

Shangt hlant ad nangb jid yous goud,

阿苟吉油岔补冬。

Ad goud jid yous chat bul dongs.

借得神锄修路快,借得神铲天天修。

通达水边开大船,路通大河通船走。

大哥跟着老弟来,一路跟着去前头。

37.

剖照者吾求陇,

Boub zhaos zhes wub njout lol,

剖照者西求陇。

Boub zhaos zhes xid njout lol.

阿瓦久同首瓦,

Ad weax jex ndongb sout weax,

阿牛久列首牛。

Ad nius jex lieax sout nius.

几吾久当勾昂勾洽,

Jib wub jex dangt goud ngangx goud nqab,

几补久当勾立勾梅。

Jib bul jex dangt goud lix goud mel.

求告洋哈洋夯,

Njout ghot yangs had yangs hangd,

求告洋者洋见。

Njout ghot yangs zheud yangs jant.

告拔几插双提炮斗,

Ghob npad jid cad bleid ndeib bleid deut,

告浓抱勾那够。

Ghob nint baos goud lab gongb.

几炯陇单得从腊哈,

Jid jiongb lol dand dex ncongb las hat,

吉龙陇送得闹腊兄。

Jid longs lol sot dex naob las xod.

单哟腊兄勾兰久通，

Dand jul las xod goud niex jex tongd，

单送腊哈勾纵久当。

Dand sot las hat goud zos jex dangt.

挡哟猛绒，

Tangt jul mil rongd，

达连没斗拿用几通。

Dab lianb mex deid nax yit jid tongd.

隔哟桥吧，

Giex jul njaod bleat，

达录没弟拿用几挂。

Dab nus mex deid nax yit jid guat.

够吾够斗，

Goux wub goux deul，

够夯够共。

Goux hangd goux ghot.

几长没汉甲棍挡勾，

Jid neul mex hant jad ghuib geud seib，

吉追没汉甲绒挡公。

Jib zheit mex hant jad rongx geud weix.

拿照你见阿旗，

Nax zhaos nib janx ad ngix，

拿照炯见阿气。

Nax zhaos jiongt janx ad nqit.

我们从者吾走来，我们从者西走出。
这次不同以前，此趣不比以往。
水域不通水路船路，旱路不通驴路马路。
理那水溪而上，沿那溪流而来。
女人接那布匹布条，男人连那野藤竹竿。
一同来到得从腊哈，一起来临得闹腊兄。

到了腊兄无道可走，到了腊哈无路可行。

大岭挡道，哪怕雄鹰也飞不过。

大崖挡路，哪怕大鹏也过不去。

走到尽头，无路可走。

要退又有恶魔挡路，要回又有恶鬼挡道。

只有暂居一阵，权且暂住一时。

38.

告爬够弄，

Ghob npad gous ganx,

告浓够然。

Ghob nint gous ranx.

相剖叉包列嘎阿力浪尖，

Xangb poub chad baod lies ghad ad lil nangd janl,

相娘叉包列让阿吾浪记。

Xangb niangx chad baod lies rangs ad wus nangd zanb.

阿力浪锤，

Ad lil nangd nzheil,

阿吾浪在。

Ab wus nangd zanb.

扎柔船转，

Zax roub nzhand nzhand,

拿头几拿阿奶怕边。

Nax ndout jid nangs ad leb peat bianl.

扎吧锤锤，

Zat bleat nzheid nzheid,

莎头几拿阿嘎报追。

Sat ndout jid nangs ad gal baot zheit.

扎哟纠豆，

Zax jul jox doub,

抱哟谷就。

Beux jul gul jut.

扎绒几挡勾闹，

Zax rongd jex dangt goud nhaob,

扎吧几到公会。

Zax bleat jex daot goud huet.

女人无计，男人无法。

阴人才报要借阿力的凿，冥者才告要借阿无的钻。

阿力有钎，阿无有锤。

打岩钻钻，岩粉只脱一点。

打崖锤锤，岩粉只脱几粒。

打了九年，凿了九载。

也打不出路走，还凿不通道途。

39.

毛银达起照皮，

Mob ngongx chad kit zhaot nbeit,

毛格达起照细。

Mob nggieb chad kit zhaot xit.

列闹都夯猛没考绒，

Baod laot dud hangd mongl meb kaod rongx,

列闹堵共猛岔考棍。

Baod laot dud ghot mongl chat kaod ghuib.

阿谷呕桥达起猛没，

Ad gul oub nggiaod chad kit mongl meb,

阿谷呕骂达起猛岔。

Ad gul oub mangt chad kit mongl chat.

没到考银照几都夯，

Meb daot kaod ngongx zhaos jib dul hangd,

没到考格照几都共。

Meb daot kaod nggieb zhaos jib dul ghot.

浪样达起——

Nangb yangs chad kit—

阿考剖告阿奶猛勾，

Ad kaod peub ghaos ad leb mil gheul,

阿剖剖告阿图猛绒。

Ad peub peub ghaos ad ndut mil reix.

阿考剖当阿得猛吾，

Ad kaod peub dangt ad del mil wub,

阿剖剖告阿桥猛吧。

Ad kaod peub ghaos ad njaod mil bleat.

炯那炯勾亚猛，

Jiongb nangb jiongb goud yeab mongl,

炯骂炯得亚会。

Jiongb mangt jiongb deb yeab huet.

梦见金猫才讲，托梦银猫才说。

要到都夯去借神铲，要到堵共去找神锄。

一十二宗这才去取，一十二祖这才去借。

从都夯取得神铲，从堵共借得神锄。

这样才——

一铲铲去一座大山，一锄锄开一座大岭。

一铲铲出一条大河，一锄锄倒一座大崖。

哥兄老弟才行过道，娃儿父子才走过去。

40.

陇单占粗吉奈兄，

Lol dand zhans chut jid land xongb,

会送占扑吉奈克。

Fet songt zhans pud jid land khed.

背苟告绒单图共，

Bid gheul ghob renx dand ndut gongb,

匡半匡炮汝猛德。

Kuangb banx kuangb pot rut mongx ded.

杨哈杨夯汝吉龙，

Yangs hab yangs hangd rut jid longd,

汝得出查苟首得。

Rut dex chud nzat geud soud deb.

来到占楚便歇气，走到占菩地坪宽。
山中老树生得齐，宽坪宽地让得远。
峡谷川岭很秀丽，好地耕种建家园。

41.

占粗告德松嘎汝，

Zhans chut ghob dex sengd ghad rut,

占扑松汝阿者冬。

Zhans pud sengd rut ad zheb dongs.

岔缪闹吾拿达务，

nchat mioul lot ub nax dad wus,

记昂求邦拿平猛。

Jit ngeax njout bul nax bix mongl.

叉立占粗出阿无，

Cad lis zhans chut chud ad wus,

占扑立照阿堂陇。

Zhans bub lis zhot ad dangs nong.

占楚地盘生成好，占菩生好宽平地。
下河捞鱼也好捞，攥肉山上也好去。
占楚占菩做背靠，三次建园在这里。

42.

畜见同陇苟吾共，

Xud janx dongx hlol geud ub ngheut,

同图照潮吞吞哈。

Dongx ndut zhotn zot hnieb hnieb hab.

出纵首得白标炯，

Chud zongx soud deb bed nbloud jiongt,

出见告秋首得嘎。

Chud janx ghob qeut soud deb ghad.

同陇少发白约共，

Ndongl hlod shangt fal bed yol ghot,

同图章林白杀莎。

Ndongl ndut zhangl liox bed shad shad.

锯好竹筒接水喝，木桶装米天天印。
做床养儿满屋坐，建成住房育子孙。
如竹发来满山坡，似木发来满山岭。

43.

你召占粗岭哈哈，

Nieb zhos zhans chut hliot hat hat,

炯照占扑发白内。

Jiongt zhos zhans pub fal bed niex.

得拔图恩见告嘎，

Deb npad ndut ngongx janx ghob gal,

得浓陇欧提周乖。

Deb nit hnengd eud ndib zhoux ghueb.

兵竹闹处尼够莎，

Nblongl zhux lot chut nis ngheub sead,

炯照吉标闹热热。

Jiongt zhos jib nbloud nob rel rel.

尼抱禾中莎几爬，

Niex beut ob zhongx sat jid npeat,

油抱中吹白告得。

Youl beut zhongx cheid bed ghob dex.

居住占楚富足登，坐在占菩发满人。
姑娘穿戴有金银，小伙穿着绸缎新。
出门上坡踏歌韵，坐在家中闹热很。
水牯栏中挤成群，牛在圈内发得登。

44.

麻共麻让炯几捕，

Max ghot max rangt jiongt jid pud,

几扑吉岔列见陇。

Jid pud jid chat lies janx nhol.

德拔得浓候几堵，

Deb npad deb nit heut jid dul，

几叟自尼阿瓦弄。

Jid seub zib nib ad weax noud.

见陇列扛剖发初，

Janx nhol lies gangs nbut fal cub，

西孝剖娘列嘎拢。

Xib xangb pot niangx lies ghad nongd.

三班老少坐商议，商量合鼓来祭祀。

姑娘小伙鼓舞戏，喜笑颜开这一次。

合鼓要送发登去，祭祀祖宗不忘丢。

45.

德拔你标出单穷，

Deb npad nieb nbloud chud danb nqit，

德浓让昂求邦孺。

Deb nit rangs ngeax njout bangt rud.

麻让首公者松明，

Max rangt soud gib zheb sod mlengs，

麻共胖松出酒呼。

Max ghot bot songb chud joud hud.

列陇西吾孝斗苟扛虫，

Lies nangd xib ub xod doud geud gangs nzongb，

西补孝冬阿苟处。

Xib bul xot dongs ad goud chud.

向剖向娘西吉龙，

Xangb poub xangb niangx xib jid longs，

向奶向骂吉研汝。

Xangb nied xangb mat jid nkand rut.

姑娘在家织红绸，小伙揣肉上山坡。
青年养蚕来抽丝，老人做曲烤酒喝。
祭山敬水得保佑，祭地敬川做一伙。
先祖先宗祭一次，祖宗渊源笑呵呵。

46.

得玛苟约酒吼冲，

Deb mangl geud yod joud hul nchot,

几贵冲桶冲拔班。

Bit gueib nchot tongt nchot npand band.

录最茶晚告借明，

Nus zeib nzead wanl geud jid mlengs,

炯召豆灶尼录边。

Jiongt zhos doud zob nis nus nblanl.

够母江昂苟同冲，

Goud mux jangs ngeax geud ndeid nchot,

够处江酒梅排太。

Goud chut jangs joud meb nbanl ntet.

达连出莎够汝洞，

Dab lianb chud sead ngheub rut dongt,

达滚读羊用几千。

Dab ghund dud yangs yit jid qanb.

得玛把那酒壶拿，几贵抬桶拿盘摆。
画眉洗锅甑笼大，坐在灶前是录边。
岩莺司肉拿刀把，山莺把酒斟在碗。
山鸡唱歌声好大，老莺飞舞在上天。

47.

录奴出吴嘎单陇，

Nus nongx chud weix ngheub dand nengd,

江睡江声苟莎友。

Jangd sheid jangt shob geud sead youx.

披窝睡标亚睡兄，

Bad ot seit nbloud yab seib xongb,

甲驾包秋告来标。

Jab qat bos qub gheat niex nbloud.

就走就绒莎陇送，

Jox zeux jox renx sat lol sonb,

就夯就共单起头。

Jox hangl jox ghot dand qit ndoul.

锦鸡飞来唱歌谣，山鸡歌唱很高音。

乌鸦保魂在身靠，喜鹊报客到家亲。

九坡九岭都来到，九坪九地先来临。

48.

几叟见棉阿瓦挂，

Jid seub jid mlanl ad weax guat,

吉岔见陇足闹热。

Jid cad janx nhol zub nob rel.

纠奶猛炯抱吉话，

Jox leb mingl joud beux jid huat,

猛陇吉话阿者得。

Mingl nhol jid huat ad zhex dex.

声吴几竹半冬腊，

Shob ux jid zhul bans dongs las,

声莎吉话求打内。

Shob sead jid huat njout dab hnieb.

欢喜合鼓那一下，建会合鼓闹热欢。

九面大锣打声大，大鼓声大震四边。

欢歌笑语震四下，欢声雷动震上天。

49.

读陇读单阿浪忙，

Dul nhol dul dand ad nangs hmangt,

告内几嘎少拢单。

Ghob nied jad gax sheub lol dand.

拢单告堂巴久状，

Lol dand ghob ndangl beat joud zhangs，

苟内苟纵龙几千。

Geud niex geud zos nongx jid qanb.

龙内吉山龙麻让，

Nongx niex jid sant nongx max rangt，

尼纵格咱奶奶船。

Nis zos nkhed zead leb leb nchanb.

鼓舞跳到了夜半，恶魔几嘎就到边。

它一到边就捣乱，吞人吃众真的惨。

吃人专门吃青年，是人见了个个吓。

50.

就走就绒浪得浓，

Jox zeux jox rud nangd deb nit，

就夯就共得拔内。

Jox hangl jox ghot deb npad niex.

腊斗阿走阿绒炯，

Nax doul ad zeux ad rud jiongt，

尼斗阿夯阿共国。

Nis doul ad hangl ad ghot ghunl.

风乖洽约禾堂纵，

Hongl ghueb qad yol ghob ndangl zongx，

记布特约阿堂德。

Jid mlud ntet yod ad ndangl dex.

九坡九岭的男丁，九坪九地女青年。

只有一坡一岭剩，只剩一坪一地免。

黑风盖满人人惊，黑雾妖气兴大灾。

51.

见棉莎召汉棉绒，

Janx mlanb sat zhos hant mlanb rongx，

见陇拿召棍陇抱。

Janx nhol lal zhos ghunb nhol beux.

剖你几到阿堂拢，

Boub nieb jid dot ad ndangl longs，

剖炯几召阿堂走。

Boub jiongt jid zhos ad ndangl zoux.

吉奈休闹剖列猛，

Jid hnant xeud hlob boub lies mongl，

休豆吉上剖猛豆。

Xeud deut jid shangt boub mongl deub.

合鼓被魔来破坏，全被恶魔破坏到。

我们不能坐家园，再也不能坐此了。

招呼动脚快离开，举步急忙快快跑。

52.

得立得油亚猛，

Deb lil deb youl yeab mongl，

得熊能容亚会，

Deb xongb deb yib yeab huet.

几炯陇单占初，

Jid jiongb lol dand zhans cud，

吉龙陇送占朴。

Jid nhangs lol sot zhans nbud.

吉格几篓拿洞汝补，

Jid nkhed jib neul nax daox rut bul，

几格吉追拿洞汝洞。

Jid nkhed jib zheit nax daox rut deib.

几补筐哈筐夯，

Jib bul kuangb had kuangb hangd，

几吾筐格筐昂。

Jib wub kuangb gied kuangb ngangs.

打豆拿汝格林吧同，

Dab doub nax rut gieb liox bad ndongb,

阿吧东汝格林格香。

Dab blab sat rut gieb liox gieb xangd.

莎尼剖浪告得龙补，

Sat nis poub niangx ghob dex laot bul,

拿尼剖浪告秋龙洞。

Nax nis poub niangx ghob dex laot deib.

陇单占初，

Lol dand zhans cud,

拿立占初。

Nax lix zhans cud.

陇送占朴，

Lol sot zhans nbud,

拿立占朴。

Nax lix zhans nbud.

苗子苗孙又走，苗人苗胞又行

一起走到占初，一同来到占朴。

前头好山好水，后面好坪好地。

平地让得很广，河面流得很宽。

地下居住环境也好，天上日月星辰也明。

适合我们安家，正好我们建园。

走到占初，便居占初。

来到占朴，便住占朴。

53.

就比特汉告同，

Jous bloud ntet hant ghob ndongb,

就纵放汉叫图。

Jous zongx fangt hant ghob ndut.

出得勾你，

Chud dex geud nib，

出秋勾炯。

Chud qeut geud jiongt.

出得首得，

Chud dex soud deb，

出秋首嘎。

Chud qeut soud giead.

同陇勾猛共吾，

Zhongx hlod geud mongl nghet wub，

哭豆勾猛照潮。

Khud doub geud mongl zhaot nzaot.

你见楼豆，

Nib janx loux doub，

炯见楼牛。

Jiongt janx loux nius.

笔拿打声，

Bix nangs dab shongb，

包拿打某。

Beul nangs dab mioul.

起屋盖那茅草，起房捆那竹竿。
打理安家，动手建园。
安家养儿，建园育女。
削竹筒去接水，挖土仓来装粮。
坐成很久，住得很长。
发如群虾，多似群鱼。

54.

占初尼汉得绒，

Zhans cud nis hant dex rongx，

占朴尼汉得潮。

Zhans nbud nis hant dex nceut.

你白冬豆，

Nib bed deib doub,

斗白冬腊。

Jiongt bed deib las.

布竹几吼报猛冬奶，

Bud zub jid jous baob mongl deib leb,

布吹吉话报猛王记。

Bud zhux jid houb nbot mongl doub nied.

冬奶否拿穷格，

Deib leb boul nax nqit ges.

王记否莎穷梅。

Wangt jit boul nax nqit mes.

将汉几嘎陇嘎得兄，

Jangt hant jad gax lol gheab deb xongb,

将汉吉尼陇豆得容。

Jangt hant jad gax lol gheab deb ront.

风乖说说，

Hob ghueb reis reis,

记布让让。

Jib pud rangd rangs.

占初是那龙堂，占朴是那凤殿。

发人满坪，坐人满地。

开门之声震惊冬奶，开户之音震惊王记。

冬奶他也眼红，王记他也忌妒。

差那恶魔来吞苗民，派那恶鬼来啖苗胞。

天昏地暗，日月无光。

55.

占初拿你几见，

Zhans cud nax nib jid janx,

占朴拿炯几到。

Zhans nbud nax jiongt jid daot.

得熊达起炯那油勾，

Deb xongb chad kit jiongb nangb nhangs goud,

得容达起炯骂油得。

Deb yib chad kit jiongb mangt nhangs deb.

不汉猛陇，

Bul hant nil nhol,

共汉得休。

Nghet hant deb xub.

不几不那，

Bul jid bul hleat,

共巧共用。

Nghet nqod nghet nzheit.

几炯达戏巴补，

Jid jiongb dab xib blead bul,

吉奈大细寿洞。

Jid hnant dab xib sheub deib.

几吾列岔告得龙某，

Jib wub lies chat ghob dex rangs mioul,

几补列岔告秋龙冬。

Jib bul lies chat ghob qeut rangs nieax.

理哈理夯，

Lix hab lix hangd,

理补理共。

Lix bul lix ghot.

占初也居不安，占朴也坐不住。

苗胞这又引哥带弟，苗民这才携父带子。

背那大鼓，带那小孩。

背篓荷担，抬箩挑筐。

大家一同迁出，大众一路迁徙。

迁出要找地方安家，迁徙要寻地盘建园。

理着峡谷，沿着溪河。

56.

得兄得容少吉奈，

Deb xongb deb yix sheub jid hlant,

德兰德卡莎拢齐。

Deb lanl deb kheat sat lol nqeib.

几最休陇出阿占，

Jid zeix xeud lol chud ad zhans,

吉奈兵苟寿急急。

Jid zeix nblead goud sheub qid qid.

吾滚吾让告德才，

Ub ghunx ub rangd ghob dex ncant,

吾篓吾袍足加你。

Ub ngueul ub pot zhub jad nieb.

苗胞苗儿相呼唤，德兰德卡都来齐。

聚集站成一大片，呼唤出走跑急急。

黄河水浑地方乱，吾篓吾袍不能居。

57.

吾冬吾当照阿求，

Ub dongb ub dangs zhos ead njout,

洞叫洞晚告德从。

Dongs jot dongs wanl ghob dex ncongb.

吾果吾乖篓油油，

Wub ghueub ub nghueb ngueul youd youd,

求送吾捕挂吾岭。

Njout songt ub pud guat ub lib.

占昂告柔吉就就，

Zhanx ngangx ghob roub jid jous jous,

休老求挂占洽拢。

Xeud lob njout guat zhans qab lol.

吾冬吾当那里来，洞叫洞碗真的陡。
白水黑水流慢慢，走过浑水绿水流。
路过捆船大岩边，动脚经过占洽走。

58.

告柔嘎喳足加会，

Ghob roub ghad ncad zhub jad huet,

告金够仇足加受。

Ghob gid ghoud ncout zhub jad sheub.

挂吾挂斗尼阿睡，

Guat ub guat deul nis ad sheit,

求送扬绒告扬苟。

Njout songt yangs rul ghob yangs goud.

让缪让昂拿纵会，

Rangs shongb rangs mioul nax nzongt huet,

开山开查阿充够。

Kead sand kead nzat ad congl goud.

烂岩烂滩很难上，烂滩烂岩很难跑。
过河过水是一样，上到岸边的山腰。
打猎捕鱼一路趟，开荒种地也不少。

59.

阿谷欧巴谷欧骂，

Ad gul oub bad gul oub mat,

见件几最拢单陇。

Janl janl jid zeix lol dand nend,

告尖崩得松嘎岔，

Ghob jant beib del sengd ghead ceat,

告尖洞欧汝补冬。

Ghob jant dongb oub rut nblud dengb.

几扑让龙你拢炯，

Jid pud rangs nongx nieb nengd jiongt,

吉奈出加剖嘎猛。

Jid hlant chud jad boub ghad mul.

一十二宗十二弟，全部聚齐来到此。
告尖崩得生得异，告尖洞欧地不丑。
商量安家坐这里，四次建园不再走。

60.

几捕求绒猛扣图，

Jid pud njout renx mongl kheut ndut,

告拔求邦猛偶浓。

Ghob npad njout bangt mul ngongl nux.

金刀就见标麻汝，

Gid ndot jous janx nbloud max rut,

偶汉告浓苟特拢。

Ngongl hant ghob nongx geud ntet longl.

你见楼奶炯楼牛，

Nieb janx loux hnieb jiongt loux nius,

毕拿打缪包拿声。

Bix nangs da mioul beul nangs shongb.

商量上山去砍树，女人坡上去割草。
很快起成好房屋，割得茅草来盖好。
居成长久坐长住，人似鱼虾发登了。

61.

内发你白昂山茶，

Niex fal nieb bed ngangl sanb ncat,

嘎处几斗得开荒。

Ghad chut jet doul dex kead fangl.

让缪休白吾告昂，

Rangs mioul xeud bed wub ghob ngangs,

内你邦处炯几扬。

Niex nieb bangt chut jiongt jid yangx.

几扑列苟禾得岔，

Jid pud lies geud ob dex nchat,

吉奈列猛禾得匡。

Jid hnant lies mongl ob dex kuangb.

人发坐满窄耕地，坡上没有地开荒。

捕鱼人多满水域，人多地窄不能养。

商量要找好园地，商议再寻地宽广。

62.

几扑列绸阿够纵，

Jid pud lies zhol ad goul zongx,

吉岔列除阿够内。

Jid chat lies zhol ad goul nengd.

留没阿够召阿炯，

Lioul mex ad goul zhos ead jiongt,

除没阿半留补德。

Zhol mex ad beab lious boub dex.

阿半休兵阿半炯，

Ad beab xeud nblead ad beab jiongt,

阿半标会阿半写。

Ad beab nblox huet ad beab xied.

要留一些守故地，商议要把一些留。

留有一些在那里，留有部分把业守。

一些留守一些去，一些留下一些走。

63.

阿邦得容得熊，

Ad bangd deb yib deb xongb,

阿忙得奶得嘎。

Ad mangs deb lel deb kheat.

照汉占初求陇，

Zhaos hant zhans cud njout lol，

照汉占朴求陇。

Zhaos hant zhans pud njout lol.

照吾滚吾嚷求陇，

Zhaos wub guix wub rangt njout lol，

照召篓吾袍求陇。

Zhaos wub lieux wub nbot njout lol.

照峒吾峒当求陇，

Zhaos dongs wub dongs dangs njout lol，

照峒蕉峒晚求陇。

Zhaos dongs jot dongs wanl njout lol.

挂务挂斗求陇，

Guat wub guat deul njout lol，

挂半挂泡求陇。

Guat banx guat pot njout lol.

大细几炯陇单梅最，

Dab xib jid jiongb lol dand mes zeix，

八忙吉龙陇送梅见。

Bal mangs jid longs lol sot mes jant.

陇单梅最，

Lol dand mes zeix，

梅最拿佩。

Mes zeix nax peib.

陇送梅见，

Lol sot mes jant，

梅见拿先。

Mes jant nax xand.

叉你梅最，

Chad nib mes zeix，

拿炯梅见。

Nax jiongt mes jant.

一帮苗兄苗弟，一群苗父苗子。

从那占楚行来，往那占朴走来。

从那吾滚吾嚷行来，从那吾篓吾袍走来。

从那峒吾峒当行来，从那峒蕉峒晚走来。

理溪理河行来，沿川沿谷走来。

大家一同来到梅最，他们一同来到梅见。

来到梅最，梅最优美。

来到梅见，梅见秀丽。

才住梅最，才居梅见。

64.

达起亚陇就比就斗，

Chad kit yeab lol jous bloud jous deul,

达细亚陇就纵就秋。

Dab xib yesb lol jous zongx jous qeut.

开散开茶，

Chud sanb chud nzat,

开路开腊。

Beux lut beux las.

告得拿洞汝你，

Ghob dex nax dox rut nib,

告秋拿洞汝炯。

Ghob qeut nax dox rut jiongt.

你见阿刚，

Nib janx ad gangt,

炯见阿气。

Jiongt janx ad qit.

笔奶白吾白补，

Bix niex bed wub bed bul,

笔纵白补白洞。

Bix zos bed bul bed deib.

苗胞动手起屋起宅，他们开始建房建舍。

挖田开地，挖土造田。

地方也很好坐，地盘也很好住。

坐成多久，居成多时。

发人满村满寨，发众满坪满地。

65.

告拔要汉告得受提受松，

Ghob npad yaot hant ghob dex shod ndeib shod saox，

告浓要汉告秋开散开茶。

Ghob nint yaot hant ghob qeut chud sanb chud nzat.

没吾拿要得声得某，

Mex wub nax yaot deb shongb deb mioul，

要补几到篓炯抄昂。

Yaot bul jid daot ghob qeut chat nieax.

叉周阿半勾你，

Chad zhol ad banb geud nib，

几白阿够勾炯。

Jid beb ad gut geud jiongt.

阿半勾你梅最，

Ad banb goux nib mes zeix，

阿够勾炯梅见。

Ad gout goux jiongt mes jant.

留比留斗，

Lious bloud lious deul，

留补留冬。

Lious bul lious deib.

阿半达起再列求补，

Ad banb chad kit yeab lies njout bul，

阿够达起再列求冬。

Ad gout chad kit yeab lies njout deib.

女人不够地方晒布浣纱，男人缺少地盘开垦种地。

有水少鱼，有山缺物。

才留一半来居，分出一半来住。

一些留在梅最，一半留在梅见。

守田守土，守家守园。

一些又要出走，一半又要出门。

66.

告得仇内剖列会，

Ghob dex nzoul niex boub lies fet，

告秋仇内剖列猛。

Ghob qeut nzoul niex boub lies mongl.

强提强莎同片记，

Njangl ndid njangl shab ndongl nplanb gjt，

礼纠礼见阿堂拢。

Lit joud lit janb ad ndangl los.

白抓格崩兄阿气，

Banx zhal gied beib xot ad qit，

白抓格绒炯虫冲。

Banx zhal gied rongx xot ad chongd.

老家留人我们去，故地留人我们走。

强提强莎如风吹，礼州礼见这里游。

白抓格崩歇一会，白抓格绒坐在此。

67.

召汉大绒抢宝禾德挂，

Zhos hant dab rongx qangt bot ob dex guat，

会挂达潮抢宝浪告得。

Fet guat dad ceut qangt bot nangd ob dex.

几吾麻匡汝禾昂，

Jid ub max kuangb rut ob ngangs，

求汉补头善喂喂。

Njout hant bul ndoud shanb wed wed.

久咱吧内久咱那，

Jet zead nblab hnieb jex zead hlat，

邦孺邦图嘎养乖。
Bangt rud bangt ndut ghad yangl ghueb.

从龙抢宝那里过，从凤抢球那里走。
又宽又广的大河，上这高坡实在陡。
不见天光日月落，森林古树黑幽幽。

68.
求单冬绒兄阿气，
Njout dand dongs rongx xot ad qit,
会通便潮兄阿柔。
Fet tongd nbleat nceut xot ad roul.
便潮冬绒平提提，
Nbleat nceut dongs rongx bix ntengb ntengb,
汝汉高得苟旧标。
Rut hant ghob dex geud jous nbloud.
将昂求苟平吉记，
Jangt ngeax njout gheul bib jit jit,
高昂平埋猛让缪。
Ghob ngangs bix mes mongl rangs mioul.

上到冬绒歇一会，走到便潮歇一刚。
便潮冬绒好平地，好那平地建屋场。
撵肉上山好打猎，水域宽大好撒网。

69.
阿谷呕骂起久松，
Ad gul oub mat qit jud seid,
吉奈出加召拢周。
Jid hlant chud jad zhos nengd zhol.
斗扎腊汝那巴同，
Doul zheax nangx rut ad bab deib,
斗尼汝格吉勾苟。

Doul nis rut gheb jid goub nkhed.

召篓召追平几兵,

Zhos neul zhos zhet bix jid bix,

告得松汝几良偷。

Ghob dex sengd rut jid lianx toub.

一十二宗起了心，五建家园在这里。
左边也好启明星，右边看到很远地。
前面后面地宽平，地盘生好很满意。

70.

汝洞告得没绒抱,

Rut deib ghob dex mex rongx beut,

达潮抱你阿交阿,

Dab nceut beut nieb ad jol ead.

炯哈炯夯出阿妙,

Jiongs hab jiongs hangl chud ad mleus,

炯格炯昂松几良。

Jiongs ged jiongs ngangs sengd jid hliangd.

出山猛夯苟豆哨,

Chud sanb mingl hangl geud doub sob,

出茶猛半周哈哈。

Chud nzat mingl banx zhod hat hat.

好坪地方卧有龙，龙凤卧在那地方。
七冲七川做一蓬，七湖七潭生风光。
耕种大坪把土松，种地大坝喜洋洋。

71.

你拢出话亚出求,

Nieb nend chud fal yal chud njout,

出发出求阿充林。

Chud fal chud njout ad congd lingl.

快夫到塔几叟周，
Kueab hol dot dad jid seub zhod，
麻共麻让到宽松。
Max ghot max rangt dot kuand seid.
几扑见棉苟吉油，
Jid pud janx mlanb geud jid yous，
吉奈龙尼列读陇。
Jid hlant nongx niex lies dul nhol.

到此发达又兴旺，发达兴旺大得很。
快活无忧得欢畅，三班老少得宽心。
商量合鼓祭祖上，高议椎牛打鼓庆。

72.

龙尼白标最内嘎，
Nongx niex bed nbloud zeix niex kheat，
兰台四现莎陇最。
Lanl ndel sib xanb sat lol zeix.
声无声莎少吉话，
Shob ux shob sead sat jid huat，
麻让读陇十足配。
Max rangt dul nhol shil zhul peib.
几嘎陇单堂内卡，
Jad gax lol dand ndangl niex kheat，
堂卡斩陇腊大为。
Ndangl kheat zanl nhol nangx dad weib.

椎牛满屋齐客众，四方八面都来齐。
欢歌笑语震地动，年青鼓舞十分美。
恶魔几嘎又行凶，祭场鼓声断灭迹。

73.

告堂读陇白风布，
Ghob ndangl dul nhol bed hob nblud，

得拔得浓召否嘎。

Deb npad deb nit zhos woul jat.

少标兵苟受达务，

Shangt nblox biead goud sheub dad us,

德炯内骂剖炯卡。

Deb jiongb nied mat poub jiongb gead.

几白吉他豆达不，

Jid beb jid ntad doub dad bus,

几怕少岔告得巴。

Jid peab sheub nchat ghob dex rad.

鼓舞堂中满黑雾，男女老少被牝吞。

赶快出走跑他处，儿牵母父公引孙。

分离逃奔不择路，逃散快找地藏身。

74.

几怕斗你梅最，

Jid peab doub nib mes zeix,

几白拿照梅见。

Jid beb nax zhaos mes jant.

几怕挂猛崩瓦苟，

Jid peab guat mongl beix wab gheul,

几白挂哟崩瓦绒。

Jid beb guat jul beix wab reix.

照得强提强莎求陇，

Zhaos dex njangl ndel njangl shad njout lol,

照秋礼纠礼见求陇。

Zhaos qeut lix zhoud lix xanb njout lol.

照崩瓜青崩瓜见求陇，

Zhaos beix ghueax xid beix ghueax xanb njout lol,

照崩瓜吹崩瓜绒求陇.

Zhaos beix ghueax cheid beix ghueax reix njout lol.

告打绒几转宝浪得求猛，

Ghox dab rongx jid zhanb baot nzhangd dex njout lol，
告达潮吉吾你浪秋求猛。
Ghox dab nceut jib wub nib nangd qeut njout lol.
油告头头猛吾求陇，
Yous ghox ndoud ndoud mil wub njout lol，
求告闪闪猛苟求陇。
Yous ghox shanb shanb mil goud njout lol.
挂哟猛绒邦汝邦图，
Guat jul mil reix bangt rud bangt ndut，
挂哟猛吾告吾告太。
Guat jul mil wub ghob wub ghob tand.

分开分在梅最，分出分在梅见。
他们过了樱花园，大家过了梅花岭。
从那强提强莎过来，经过礼州礼见走来。
从那花溪花滩过来，经过花坡花岭走来。
从二龙抢宝的地方过来，经过龙凤戏珠的地方走来。
沿那长长的河流过来，从那高高的大岭走来。
走过大片的原始森林，经了大河流沙滩沙坪。

75.

求出阿勾，
Lol chud ad goud，
会出阿公。
Huet chud ad gongb.
阿邦得熊得容，
Ad bangd deb xongb deb yib，
阿忙仡毛仡苟。
Ad mangs ghob mangt ghob ghuoud.
几炯陇单告绒，
Jib jiongb lol dand ghob rongx，
吉龙陇送吧潮。
Jib nhangs lol sot bleat nceut.

几娄莎拿筐苟，

Jib neul sat nax kuangb gheul,

吉追莎拿筐绒。

Jib zheit sat nax kuangb reix.

几娄汝得，

Jib neul rut dex,

吉追汝峒。

Jib zheix rut deas.

一路走来，一起行来。

一帮苗宗苗祖，一群苗父苗子。

他们来到告绒，大家来到吧潮。

前边也都宽广，后面也都宽阔。

前边很宽，后面很平。

76.

几娄没汉比绒，

Jib neul mex hant bleid rongx,

吉追没汉宝潮。

Jib zheix mex hant baot nceut.

萨尼大绒浪补，

Sat nis dab rongx nangd bul,

萨尼达潮浪冬。

Sat nis dab nceut nangd deib.

斗抓梅单巴同奶，

Doul zheax meb dand bad ndongb hnieb,

斗尼留单巴同那。

Doul nis liud daot bad ndongb hlat.

几奶龙奶阿勾，

Jib hnieb nhangs hnieb ad goud,

吉忙龙那阿公。

Jib hmangt nhangs hlat ad gongb.

陇单告绒，

Lol dand ghob rongx，

拿立告绒。

Nax lix ghab rongx.

陇送吧潮，

Lol sot bleat nceut，

拿立吧潮。

Nax lix bleat nceut.

前面好个龙头，后边好片宝地。

犹如龙堂龙殿，山川真是秀丽。

左手可以摸日，右手可以摘月。

白天和太阳一起，夜晚和月亮一路。

来到告绒，便立告绒。

来到吧潮，便住吧潮。

77.

见棉见你告绒，

Jant mianl jant nib ghob rongx，

见陇见照吧潮。

Jant nhol jant zhaos bleat nceut.

打豆巴绒，

Dab doub bal rongx，

打吧巴棍。

Dab blab bal ghuib.

产奶拿他几挂，

Canb niex nax teab jid guat，

吧总拿挡几娘。

Beat zos nax tangt jid niangs.

告绒拿你几见，

Ghob rongx nax nib jid janx，

吧潮拿几炯到。

Bleat nceut nax jiongt jid daot.

拿照召比召斗，

Nax zhaos zhol bloud zhol deul,

拿照召纵召秋。

Nax zhaos zhol zongx zhol qeut.

拿照召散召茶，

Nax zhaos zhol sanb zhol nzat，

拿照召补召洞。

Nax zhaos zhol bul zhol deib.

浪样莎求照瓦郎补，

Nangb nangd sat njout zhaot weax nangd bul,

浪样求哟照到郎冬。

Nangb yangs njout jul zhaot daob nangd deib.

告绒祭了一番大宗，吧潮祭了一次大祖。

魔头来扰，恶魔来袭。

千人也抵不住，万人也敌不过。

告绒也坐不住，吧潮也居不成。

又要离乡别井，又要丢家弃园。

又要丢田弃地，又要丢田弃家。

这样成了六次迁居，如此已过六次迁徙。

78.

吉香明松会兵苟，

Jid xangd mlengs songb fet nblead goud，

几没明当会兵公。

Jid mex mlengs dangt fet nblead gongb.

共让林休吉冲斗，

Ghot rangt liox xub jid nchot doul，

剖娘内骂阿苟炯。

Poub niangx nied mat ad goud jiongb.

兵竹受叉得能缪，

Nblead zhux sheub nchat bex logl mlud，

兵苟列猛岔补冬。

Blead goud lies mongl nchat bul dongb.

天还没亮出路走，天没发白出道行。

老幼大小手牵手，爷婆母父一路引。

出门要去找养口，出路要去找活门。

79.

炯那高苟少标会，

Jiongb nab ghox goud shangt nblox fet,

炯骂高得少报猛。

Jiongb mat ghox deb shangt nblox mongl.

头寿头崩内吉记，

Ndoul sheub ndoul beil niex jit jit,

标会洽内吉记陇。

Nblox fet nqeat niex jit jit lol.

阿剖藏驴召苟追，

Ad poub nzangt lux zhos goud zhet,

阿娘少求梅告宗。

Ad niangx shangt njout mel ghob zongx.

引哥和弟快离去，引父和儿快快走。

边跑边怕有人追，边走怕人追赶揪。

祖公骑驴在后队，祖婆快上马鞍溜。

80.

藏驴寿你弄嘎度，

Nzangt lix sheub nieb lot jad dut,

藏梅抓汉告补风。

Nzangt mel zheat hant ghob bud hongd.

吉相明松寿不布，

Jid xangd mlengs songb sheub bus bus,

吉相明当寿几岭。

Jid xangd mlengs dangt sheub jid lib.

闹苟闹绒拿达吾，

Lot gheul lot renx nax dad us,

油夯油共叉补冬。

Yous yangl yout ghot nchat mlud deib.

骑驴跑在云朵内，骑马踩那团雾朵。
天还未明跑急急，天还没亮跑出躲。
下坡下岭赶快去，沿川沿谷找地壳。

81.

藏驴果闹梅花抓，

Nzangt lux ghueub hlob mel fad zheat,

果闹花抓寿几岭。

Ghueub hlob fab zheat sheub jid lib.

挂约高绒弄比吧，

Guat yod ghob renx nangd nbleid nbleat,

闹挂阿充禾得从。

Lot guat hob liob ob dex ncongb.

骑驴白脚马花蹄，白脚花蹄奔跑忙。
过了高山崖头地，走下若干陡地方。

82.

兵竹打嘎吉相嘎，

Nblongl zhux dead gheab jid xangd ghat,

吉香明当闹苟受。

Jid xangd mlengs dangt lot goud sheub.

吉相单内相挂那，

Jid xangd dand hnieb xangd guat hlat,

阿谷呕骂闹久走。

Ad gul oub mat lot jud zeux.

德兄德容出阿八，

Deb xongb deb yib chud ad nblas,

德数德穆少猛豆。

Deb shud deb mul shangt mongl deub.

出门公鸡还没叫，天还没亮下山跑。

日头未露月未消，一十二父下山了。

德兄德容做一道，德数得穆快去了。

83.

阿谷呕送出阿苟，

Ad gul oub seib chud ad goud,

阿谷呕骂会几炯。

Ad gul oub mat fet jid jiongb.

阿半得休烈冲斗，

Ad beab deb xub lies nchot doul,

阿苟藏求梅告宗。

Ad goud nzangt njout mel ghob zongx.

吉相明松召约标，

Jid xangd mlengs songb zhol yod nbloud,

几没明当召约冬。

Jid mex mlengs dangt zhol yol deib.

一十二姓一起走，一十二父走成群。

那些小儿要牵手，一起骑上马鞍镫。

天还未明把家丢，天还没亮就起程。

84.

告拔首提出阿炮，

Ghob npad seud ndeib chud ad pot,

首到汉呕龙提单。

Seud dot hant eud nhangs ndeib danb.

告熊穷梅拿共到，

Ghob xongx njiongl mel nax nghet dot,

再共叫巴高矮先。

Zeab nghet jot bad ghob anb xanb.

宗剖宗棍不吉抱，

Zongx poub zongx ghunb bul jid bos,

达香抗闹阿苟半。

Deal xangd kuangt hlod ad goud band.

共汉告钟苟照潮，

Nghet hant ghob zhongx geud zhot nzot，

狗昂召篓就窝散。

Ghuoud ngeax zhos neul njout ob shanb.

女人卷布做一匹，包得衣服和绸缎。

竹析铜铃也带去，还带水罐和油坛。

家祖神坛不丢弃，香炉骨箸一起带。

抬那木桶装米油，猎狗理路跑在先。

85.

尼八油熟记吉龙，

Niex bax yul shul jid jit nqib，

龙狗忙爬阿苟娃。

Leud ghuoud mangl nbeat ad goud weax.

纠谷纠得抓苟炯，

Jox gul jox del zheat goub jiongt，

纠谷纠得矮告兔。

Jox gul jox del anb ghob mlal.

鲁锐鲁够拿列共，

Nzhub reib nzhub goub nax lies nghet，

鲁楼鲁弄共几达。

Nzhub noux nzhub nongt nghet jid dax.

会苟阿内头板蒙，

Fet goud ad hnieb ndoul band mangs，

兄照卢溪阿交阿。

Xot zhos lul qil ad jod ead.

水牯黄牛要赶尽，大狗群猪赶出来。

九十九腿的长凳，九十九根舌条罐。

菜种也要带在身，谷种稻种带得全。

走路一天精力尽，歇在泸溪的地盘。

86.

泸溪汝冬吾匡崩，

Lul qil rut deib ub kuangb bot,

比告背苟麻善绒。

Beib ghot beib goul max shanb rud.

没吾让缪汝得奉，

Mex ub rangs mioul rut dex pot,

将昂求帮汝得猛。

Jangt ngeax njout bangt rut del mongl.

几仆出加召陇炯，

Jid pud chud jad zhos nengd jiongt,

吉奈立冬召号陇。

Jid hlant lix deib zhos hob ead.

泸溪好地宽水面，四面有山长林密。

有水捕鱼好地段，撵肉上坡也好去。

商量安家在此间，商议建园在这里。

87.

首嘎首狗林中中，

Soud gheab soud ghuoud lies zhangl zhangs,

首油首爬将白冬。

Soud yul soud nbeat jangt bed deib.

告拨闹吾几安蒙，

Ghob npad lot ub jid nqeat mangs,

告浓求苟剖豆滚。

Ghod nit njout gheul peub doub ghunx.

出加召阿见加岭，

Chud jad zhos ead janx jad liot,

出斗出他召阿洞。

Chud ndoud chud ntat zhos ead dongb.

养鸡养狗都长大，养牛养猪满地坪。
女人下水累不怕，男人上坡开荒新。
七次建立家园大，发达兴旺泸溪坪。

88.
    发内发加拿达吾，
    Fal niex fal jad nax dad us,
    毕包楼归阿充林。
    Bix beul loux gunb ad congd liox.
    几仆列冼剖娘葡，
    Jid pud lies xib poub niangx nbud,
    达席吉奈列见陇。
    Dad xib jid hlant lies janx nhol.
    西棍列苟窝求汝，
    Xib ghunb lies geud ob njoux rut,
    列放炯奶麻汝陇。
    Lies fangt jiongs leb max rut nhol.

    发人发家发得快，发人发众多得很。
    商量要来祭祖先，大家邀约把鼓抢。
    祭祖用啥供品献，要蒙七个大鼓新。

89.
    纠谷纠得抓够炯，
    Jox gul jox del zheat goub jiongt,
    纠谷纠熟把鸟土。
    Jox gul jox shut bad niox tud.
    尼内陇单拿者炯，
    Nis niex lol dand nax zheb jiongt,
    偷酒苟扛告兰服。
    Tout joud geud gangs ghob lanl hud.
    录卢叉苟告声朋，
    Nongs nongx cad geud ghob shob nblongl,

甲架否后保兰秋。
Jab qat bol heut bod lanl qub.

九十九腿大长凳，九十九块大酒桶。
是人到边请坐凳，舀酒送吃在口中。
野鸡才把高歌韵，喜鹊报客走匆匆。
九坡九岭到齐人，九坪九坝都来拢。

90.

阿就拿当巴代寿，
Ad jut nangx dangl bad deb sheub,
纠就拿当巴代全。
Jox jut nangx dangl bad deb janx.
不恩白久同崩豆，
Bul ngongx bed jid ndongl benx deus,
靠缪靠报图几千。
Khuangt mioux khuangt bos ndut jit qanb.
图恩图补先次次，
Ndut ngongx ndut mlul xanb cid cid,
呕崩呕弄陇呕先。
Eud benx eud nhol hnend eud xanb.
尼内奶奶腊照受，
Nis niex leb leb nax zheul sheut,
排子排那柳柳见。
Nbeal zit nbeal nangd lieud lieud janx.

一年也等巴代来，九年也等巴代全。
戴银满身如花开，又戴耳环戴手圈。
银饰新衣多鲜艳，花衣绸缎新衣穿。
是人个个都称赞，身段架势真的乖。

91.

高陇告炯到最半，

Ghob nhol ghob joud dot zeix bans，

炮头炮抗最久齐。

Pot ndeud pot kangt zeix jud qib.

堂内白标册埋慢，

Ndangl niex bed nbloud ceib mand manb，

纠夯纠共尖尖最。

Jox hangl jox ghot janl janl zeix.

窝汉弟庆召告占，

Ob hant deib qongb zhot ghob zhans，

补连纠炮几吼起。

Bub lianx jox pot jid hout qib.

巴代叉苟剖娘奈，

Bad deb cad geud poub niangx hnant，

奈埋吉上陇几最。

Hnant mex jid shangt lol jid zeix.

大鼓大锣都得齐，爆竹火炮得齐了。

鼓场人满很拥挤，九坪九坝人齐好。

地铳烧到门外去，三连九炮响得高。

巴代请得祖神临，奉请你们快来到。

92.

香剖香娘足吉研，

Xangb poub xangb niangx zhub jid nkand，

香内香骂莎满松。

Xangb nied xangb mats at mant seit.

发纵发内吉判满，

Fal zos fal niex jid panb mant，

毕包楼归炯白冬。

Bix beul nous guis jiongt bed dongs.

告虐西剖亚长单，

Ghob nius xib poub yal nzhangd dand,

出发出求照陇洞。

Chud fal chud njout zhos nend ndongb.

祖公祖婆很喜欢，祖母祖父都满心。

发众发人坐满满，发达兴旺坐满人。

祭祖吉期又到来，发达发旺在此兴。

93.

几叟阿忙吉香足，

Jid seub ad hmangt jid xangd jul,

几没明当几嘎陇。

Jid mex mlengs dangt jad gax lol.

堂内大细达起葡，

Ndangl nhol dad xib tad kit bel,

大细少岔告得猛。

Dad xib sheub chat ghob dex mongl.

那苟吉奈出阿如，

Nangb goud jid hlant chd ad rux,

几最亚列寿冬蒙。

Jid zeix yal lies sheub dongs mongl.

欢喜一夜还未足，天还没亮恶魔到。

鼓场人众惊崩出，大家快找地方逃。

兄弟相护做一处，聚集又要迁徙跑。

94.

见棉拿照汉棉绒，

Janx mlanl lal zhos hant mlanl rongx,

见陇见召汉陇棍。

Janx nhol janx zhos hant nhol ghunb.

龙汉冬内久咱穷，

Nongx hant dongs niex jat zead nqid,

格猛堂纵尼咱风。

Nkhed mongl ndangl zos nis zead hob.

共龙苟扣几嘎公，

Nghet nenx geud kheut jad gax ghot，

舞同列大否浪命。

Wus ndeid lies dat woul nangd minb.

纠产色录莎帮兵，

Jox canb sed nux sat bangd nblongl，

谷吧色走帮几朋。

Gul beat sed ncoud bangd jid bongs.

巴代窝汉嘎得炯，

Bad deb ob hant ghad ded jiongd，

巴寿考汉告同陇。

Bad sheud khoud hant ghob dongx hlod.

浪样几嘎否叉崩，

Nhangb yangl jad gax woul cad beil，

否崩叉将巴鸟松。

Woul beil cad jangt bad niox sob.

龙内龙纵久阿充，

Nongx niex nongx zos jub ad congt，

纠夯谷共王久昏。

Jox hangl gul ghot wangl jud fel.

合鼓着了恶魔害，祭祖着了恶魔吞。
吞吃苗人血不见，鼓场漫漫黑风云。
抬斧要来与魔战，抬刀要来和它拼。
九千茅草来射箭，十万茅箭射它身。
巴代蜂蜡烧烟快，巴寿敲响竹析声。
这样恶魔才惊骇，恶魔松口才隐形。
吃人吃众多悲惨，九坪十坝都忘昏。

95.

乙走乙绒莎龙叫，

Yil zeux yil rud sat nongx jos,

乙夯纠共莎龙单。

Yil hangd yil ghot sat nongx dand.

尼斗阿走阿绒闹，

Nis doul ad zeux ad rud lob,

尼元阿夯阿共斩。

Nis yanx ad hangl ad ghot zanl.

得葵得最龙吉报，

Deb ngunx deb nceid lol jid bos,

共让吉上寿猛见。

Ghot rangt jid shangt sheub mongl janx.

八坡八岭都吃完，八坪九坝都吃了。

只有一坡一岭在，只剩一坪一坝好。

青年男女尽遭难，老少赶快又得跑。

96.

那苟吉上洞剖猛，

Nab goud jid shangt dongb boub mongl,

奈内奈骂列召冬。

Hnant nied hnant mat lies zhol dongs.

阿半然你禾夯共，

Ad beab ranx nieb ob hangd ghot,

干干踏照禾包同。

Gis gis ntad zhos ob bob ndongb,

阿半猛浪阿半炯，

Ad beab mongl nangd ad beab jiongt,

留补留冬照号陇。

Lious nblul lious deib zhos hob nend.

兄弟赶快我们走，呼母唤父要出离。

一些躲在深蓬刺，悄悄匿在深山内。

一些留下一些走，守家守园在那里。

97.

留没阿够你阿炯，

Lioul mex ad goul nieb ead jiongt,

留久阿半召阿你。

Lioul jud ad beab zhot ead njeb.

炯那油苟会吉龙，

Jiongb nab youl goud fet jid longs,

阿谷呕骂莎陇齐。

Ad gul oub mat sat lol nqib.

修闹便内吉相明，

Xeud hlob nblab hnieb jid xangd mlengs,

修豆苟内吉相起。

Xeud deut goul hnieb jid xangd dand.

留有一些老家住，留有一些守家园。

引哥和弟走一路，一十二父也都来。

动脚晨光未成露，起步东方未见天。

98.

几朴洞列寿补，

Jid pud dox lies sheub bul,

吉奈洞列寿冬。

Jid hnant dox lies sheub deib.

八总八忙，

Ba zos bad mangs,

八忙八强。

Bad mangs bad njangt.

吉相明松闹勾，

Jid xangd mlens seib laot gheul,

吉相明当闹让。

Jid xangd mlens dangt laot rangl.

拔拿到比几齐，

Npad nax daob bleid jex njid,

浓拿哭没几茶。

Nint nax khud mes jex nzead.

藏录藏梅闹勾，

Nzangt lix nzangt mel laot gheul,

由风由记闹绒。

Yous hob yous git laot reix.

相议便要迁走，商量又要迁出。

成群结伙，成帮结队。

天还没亮下山，天还未明下岭。

女人来不及梳头，男人还没有洗面。

骑驴跨马就走，飘风飘雾就行。

99.

照汉得勾猛勾求陇，

Zhaos hant deb goud mil goud njout lol,

照汉得公猛公求陇。

Zhaos hant deb gongb mil gongb njout lol.

八昂八掐求陇，

Bax ngangx bax qiad njout lol,

排图排陇求陇。

Nbeal ndut nbeal hlod njout lol.

藏汉打录果闹求陇，

Nzangt hant dab lix ghueub hlaob njout lol,

藏汉打梅果抓求陇。

Nzangt hant dab mel ghueub zheat njout lol.

吧巴梅棍求陇，

Blab beat mel guix njout lol,

照巴梅穷求陇。

Zhaot beat mel nqit njout lol.

首汉打绒提单求陇，

Seud hant dab rongx ndeib danb njout lol,

包汉达潮提周求陇。

Baod hant dab nceut ndeib zhoux njout lol.

不汉告熊穷梅求陇，

Bul hant ghob xib nkid mel njout lol,

共汉提中抗闹求陇。

Nghet hant ndeib zhongd kuangt hlod njout lol.

沿着大路大道下来，走着山路小道出来。

坐那木船扒来，撑那竹筏渡来。

骑那白驴花脚行来，跨那白马白蹄走来。

五百黄马同来，六百红马齐来。

包那锦帛龙布行来，披那锦缎丝布而来。

带那竹析铜铃同来，抬那神布神筶而来。

100.

求补锐锐告勾，

Njout bul reis reis ghox goud,

求冬让让告公。

Njout deib ras ras ghox gongb.

陇单泸溪峒打梅几空斗闹，

Lol dand lul xid dongs dab mel jid kit jud hlaob,

会送泸溪岘打录几空斗抓。

Huet sot lul xid xanb dab lib jid kit ndeib zheat.

昂陇拿八几寿，

Ngangx hlod nax bax jid sheub,

昂图萨八几猛。

Ngangx ndut sat bax jid mongl.

得兄得容拿洞久卡，

Deb xongb deb yib nax dox jul kad,

得卡得奶拿洞久绒。

Deb kheat deb lel nax dox jul ros.

叉兄勾你泸溪峒，

Chad xaot goux nib lul xid dongs,

几得勾照泸溪岘。

Jib dex goux zhaos lul xid xanb.

上路急急走来，上道忙忙行来。

来到泸溪峒马脚不肯走，走到泸溪岘驴脚不肯行。

船也划不动，筏也撑不移。

苗民苗胞也都累了，苗父苗子也都疲劳。

歇脚歇在泸溪峒，歇气歇在泸溪岘。

101.

告拔闹吾高某拿到白周，

Ghob npad laot wub rangs mioul nax daot bed zheub,

告浓求补让昂拿到白久。

Ghob nit njout bul rangs nieax nax daot bed jid.

几补汝补，

Jib bul rut bul,

几吾汝冬。

Jib wub rut deib.

莎尼窝得立补，

Sat nis ghob dex lix bul,

拿汝告秋立洞。

Sat rut ghob qeut lix deib.

亚长就比就斗，

Yeab nzhangd jous bloud jous deul,

亚长就纵就秋。

Yeab nzhangd jous zongx jous qeut.

告拔出提出豆，

Ghob npad chud ndeib chud ndod,

告浓出散出茶

Ghob nint chud sanb chud nzat.

女人下河捕鱼也得满篓，男人上山撵肉也得满背。

好山好水，好溪好河。

地方也宽也秀，地盘有水有陆。

苗胞动手起屋建房，苗民起工建宅定舍。

女人纺纱织布，男人耕地种田。

102.

见棉拿照棉绒，

Janx mianl nax zhaos mianl rongx,

见陇拿照陇棍。

Janx nhol nax zhaos nhol ghuib.

炯得拿猛，

Jiongb deb nax mongl,

炯嘎拿会。

Jiongb giead nax huet.

忙叫会崩录起豆，

Hmangt jos huet blongl lul xid deib,

层厄会崩录起见。

Nzet nis huet blongl lul xid xanb.

祭宗又被捣乱，祭祖又被破坏。

带儿又走，引孙又行。

连夜迁出泸溪峒，黄昏走出泸溪岘。

103.

阿谷呕巴龙呕骂，

Ad gul oub bax nhangs oub mat,

吉相明当会兵冬。

Jid xangd mlengs dangt fet nblead deib.

几炯出苟同连那，

Jid jiongx chud goud ndongl lianx hlat,

冲豆冲斗寿岭岭。

Nchot dot nchot doul sheub lib lib.

里吾里格里告昂，

Lit ub lit ged lit ghob ngangs,

告青告见阿散陇。

Ghox qingd ghox jant ad sanb nengd.

一十二宗和二父，天还没亮走出来。

结队成群走一处，手牵着手跑得快。

沿河沿溪沿水路，沿滩沿坝一起来。

104.

求夯求共阿散陇，

Njout hangl njout ghot ad sanb nengd，

月会月求内苟善。

Yanx fet yanx njout nded goud shanb.

邦图得乖久咱明，

Bangt ndut dex ghueb jet zead mlengs，

邦汝得才久咱三。

Bangt rud dex ncant jet zead sanb.

求汉窝湾吾捕岭，

Njout hant ob wand ub pud lix，

会汉豆苟窝得才。

Fet hant doud goud ob dex nceab.

上谷理溪一路行，越走越上很凄凉。

丛林树遮不见影，丛树遮天不见光。

上那河湾水清清，沿那山脚水路淌。

105.

头会湾吾头留纵，

Ndoul fet wand ub ndoul lioul zos，

呕告邦苟莎留内。

Oub ghot bangt goud sat lioul niex.

阿谷呕巴会吉龙，

Ad gul oub bax fet jid longs，

阿谷呕骂会几切。

Ad gul oub mat fet jid qel.

吾埔吾岭留内炯，

Ub pud ub lid lioul net jiongt,

吾乖吾布剖久业。

Ub ghueb ub nblud boub jet nieb.

边走水湾边留住，两边山上都留人。

一十二宗走一路，一十二父跟得紧。

水清水绿留人住，水黑水污不能停。

106.

陇单辰溪吉奈兄，

Lol dand shenl qid jid hnant xot,

会送福溪兄阿柔。

Fet songt hud qid xot ad roul.

辰溪亚留阿够纵，

Shenl qid yal lioul ad goul zos,

福溪阿告留阿够。

Hul qil ad ghot lioul ad goul.

比苟告绒没茶孟，

Bid gheul ghob renx mex nzat mongs,

阿半闹吾汝岔缪。

Ad beab lot ub rut nchat mioul.

来到辰溪歌一会，走到河溪歌一刚。

留下一些住辰溪，河溪一处留一乡。

高山大岭好耕地，下河捉鱼好稳当。

107.

得熊得容，

Deb xongb deb yib,

得嘎得奶。

Deb kheat deb lel.

吉洋得吾求陇，

Jid yangs deut wub njout lol,

吉洋猛斗求陇。

Jid yangs mil deul njout lol.

照汉得哈求陇，

Zhaos hant deb hab njout lol,

告汉得夯求陇。

Ghox hant deb hangd njout lol.

照得湾吾达求陇，

Zhaos deb wand wub dangs njout lol,

照猛湾吾篓求陇。

Zhaos mil wand wub neul njout lol.

照汉洋交洋背求陇，

Zhaos hant yangl jaod yangl beib njout lol,

照汉洋冲洋干求陇。

Zhaos hant yangs ncongs yangs ghanx njout lol.

苗家父子，苗胞兄弟。

理那小溪上来，沿那河水上来。

理夯理谷上来，沿川沿冲上来。

理那小湾小滩上来，沿那大湾大滩上来。

从那洋交洋背上来，往那洋冲洋干上来。

108.

求照洞流，

Njout zhaos dongs lieux,

理告洞袍。

Lix ghot dongs nbot.

崩告录起，

Blongl ghox lul qid,

起照辰起。

Kit zhaos sunl qid.

陇单河起，

Lol dand hol qid,

陇送潭起。

Lol sot ndnd qid.

油吾求单半吼,

Yous wub njout dand banx houd,

油斗求送半首。

Yous deul njout sot banx soud.

陇单江阳,

Lol dand jangs yangx,

求送吉瓦。

Njout sot jib was.

挂哟半柔,

Guat jul bant roub,

会送几抓。

Huet sot gid zhal.

陇单绒闪,

Lol dand reix shanb,

见哟阿瓦浪棉斗你绒闪。

Jant jul ad weax nangd mianl doub nib reix shanb.

陇送达者,

Lol sot dab zeb,

见哟阿瓦浪陇斗你达者。

Jant jul ad weax nangd nhol doub nib dab zeb,

沿着峒溪,理着峒河。
出在泸溪,起从辰溪。
来到河溪,又到潭溪。
沿溪来到乾州,沿河来到吉首。
来到寨阳,走到坪郎。
走过坪滩,来到矮寨。
来到绒善,祭了一番祖宗就在绒善。
上到达者,祭了一次祖先就在达者。

109.

见棉照阿儿白呕排，

Jant mianl zhaos ead jid beb oub nqad，

见陇照阿儿分呕告。

Jant nhol zhaos ead jid fend oub ghot.

阿半求照德夯得吾，

Ad banb njout zhaos deb hangd deb wub，

阿忙求照勾吧猛吾。

Ad mangs njout zhaos gheul bleat mil wub.

求绒拿单，

Njout reix nax dand，

求夯拿挂。

Njout hangd nax guat.

陇单转求，

Lol dand zhans njout，

会送转怕。

Huet sot zhans peab.

陇单转求莎拿汝汉猛苟，

Lol dand zhans njout sat nax rut hant mil gheul，

会送转怕莎拿汝汉猛绒。

Huet sot zhans peab sat nax rut hant mil reix.

猛苟汝你，

Mil gheul rut nib，

猛绒汝炯。

Mil reix rut jiongt.

陇单转求拿立转求，

Lol dand zhans njout nax lix zhes njout，

陇送转帕拿立转帕。

Lol sot zhans peab nax lix zhans peab.

祭宗之后便分两股，祭祖过后便分两路。

一股沿着德夯走小河，一路理着大兴走大河。

上坡也到，上岭也达。

来到转求，走到转帕。

来到转求大坡大岭，上到转帕大山大坡。

大山好坐，大岭安全。

来到转求便住转求，来到转帕便居转帕。

110.

内久冬昂你几到，

Niex njout deib ngangl nieb jid dot,

林纵冬昂张几久。

Liob zos deib ngangl zhangd jid jul.

阿那奈苟剖埋闹，

Ad nangb hnant goud boub mex lot,

剖埋再岔告得处。

Boub mex zeab chat ghob dex cub.

福溪坛溪汝包照，

Hul qid ndanl qil rut bod zhol,

再留阿全照陇初。

Zeab lioul ad njed zhot nend cub.

人多地窄坐不住，多众地窄装不了。

大哥喊弟要赶路，我们再找地盘搞。

河溪潭溪留人住，再留人住这里好。

111.

几母内苟会忙叫，

Jid nbud nied goud fet hmangt jos,

苟闹会送杆子坪。

Geud lob fet songt gant zit nplengl.

阿奶那苟久吉绕，

Ad leb nangb goud jet jid rot,

几然剖召阿堂陇。

Jid ranx boul zhos ad dangs nengd.

得那差格会几到，

Deb nangb cad gheb fet jid dot,

廖家留照杆子坪。

Liob gad lioul zhol gant zit nblengl.

摸黑走来夜路大，赶路来到杆子坪。

一个弟兄不讲话，休息他在这里停。

他说眼差走不了，廖家留住杆子坪。

112.

苟会阿散通吉吼，

Goud fet ad seib tongd jib hout,

阿半会单通强图。

Ad beab fet dand tongd njangl ndul.

阿奶石嘎兄阿柔，

Ad leb shil gad xot ad roul,

会单容瓜否叉仆。

Fet dand yongx guab woul cad pul.

汝汉告得苟就标，

Rut hant ghob dex geud jous nbloud,

石嘎斗炯号阿足。

Shil gad doub jiongt hob ead jud.

走路一直到吉吼，一些走到了强图。

一个姓石歇在后，走到容瓜他才述。

好地起屋天生就，石家先坐这里屋。

113.

陇单绒善叉吉吾，

Lol dand renx shanb cad jid ud,

会送打者几最埋。

Fet songt dad zhet jid zeix mex.

吉吾棍香出阿竹，

Jid ud ghunb xangb chud ad zhus,

香内香骂奈儿产。

Xangb nied xangb mat hnant jid canb.

奈约棍香剖没度，

Hnant yod ghunb xangb pot mex dut,

他陇呕告列分开。

Teat nend oub ghot kies jid beb.

来到绒善才集会，走到打者聚一团。

要把祖宗来祀祭，祖母祖父都请来。

祭了祖宗有话叙，今日两下要分开。

114.

几分油吾呕叉求，

Jid beb yous ub oub chad njout,

得吾阿告求德夯。

Deb ub ad ghot njout deb hangd.

几忙达为苟冬够，

Jed max dat weib geud dib gous,

告便麻善勾苟挡。

Ghob nbleat max shanb gous geud tangt.

阿板便柔弄几求，

Ad beab nbleat roub nongd jib njout,

剖埋克列弄几浪。

Boub mex khed lies nongd jib nangd.

分开沿河两岔上，小河一路走德夯。

不想碰上悬崖挡，三面悬崖和陡坑。

这些悬崖怎么上，我们看要怎么讲。

115.

窝拔几察提单求，

Deb npd jid cad ndeib danb njout,

得浓抱苟求窝绒。

Deb nit bob geud njout ob rud.

杂柔垂垂柔拿头，

Zax roub ncheid ncheid roub nax ndout，

杂便传传浪当通。

Zax nbleat nchand nchand nax dangt tongd.

求单补毫浪后油，

Njout dand bud hob nangd houd youl，

会单吉瓜汝补冬。

Fet dand jid guab rut nblul deib.

女人接起绸缎绳，男人接起野树藤。

凿岩叮叮岩眼深，凿崖当当崖孔成。

上到补毫歇一阵，走到吉瓜好宽平。

116.

者吾者西阿瓦求，

Zheub wut zheub xid ad wab qiub，

欧瓦腊哈求腊兄。

Out wab lax hab qiub lax xongd.

占粗占扑腊个秀，

Zhanb chub zhanb pub lad guob xiub，

梅最梅见昂补冬。

Meb zib meb janx ghangx bub dongt.

便潮冬绒善透秀，

Mbleat nceut dongt rongx shait toud toud，

泸溪泸岘吾篓林。

Lub xid lub xanb wut loud liongx.

绒闪达者吉纠纠，

Reix shanb dad zeb jid jiub jiub，

公能十字炯你弄。

Gongb nongb shid zib jiongb nid nongd.

求补乙瓦叉求够，

Qiub bud yis wab chab qiub goud，

乙瓦求送单苟从。

Yis wab qiub songb danb goud congt.

者吾者西迁一次，二次腊哈和腊兄。

占楚占菩山水秀，梅最梅见窄又空。

便潮冬绒云中走，泸溪泸岘水坝中。

绒善达者山背后，金龙黄土十字冲。

迁徙迁了七八次，八次迁徙到吕洞。

117.

求单走缪窝洋辩，

Qiub dand zoud mioud aox yangd biat,

吉弄求单冬窝绒。

Jid nongb qiub dand dongt aox rongx.

拢单酷绒弄吉挂，

Longd dand kub rongx nongx jid guax,

让烈求挂单公能。

Rangd lieb qiub guab dans gongd nongx.

苟尼莽高见剖乜，

Goud nib mangx gaod jianx bioud niax,

吉炯亚单板豆滚。

Jix jiongb yad dans bans dout gunx.

见拢见绵你号阿，

Jianx longd jianx mianx nit haod ad,

发汝白补炯白冬。

Fax rub baid bub jiongb baid dongt.

上登瀑布大流沙，上面就是半空中。

来到龙孔和吉挂，让烈上过到金龙。

苟尼莽高山祖大，连接又到黄土坪。

建会结社就在那，发满各地坐满人。

118.

陇单占求最久纵，

Lol dand zhans njoud zeix jud zos，

占怕最内件见单。

Zhans pab zeix niex janl janl dand.

单陇补冬足匡红，

Dand nend nblul deib zhux kuangb rut，

剖路开方足没干。

Peub lut keal fangd zhub mex genb.

毕得首嘎话中中，

Bix deb soud gead fal nzhongt nzhongt，

共让奶奶足吉研。

Ghot rangt le bleb zhub jid nkand.

来到占求聚齐人，占怕人众都拢全。

这里地盘好得很，挖地开荒劲冲天。

生儿生女大发兴，老少三班都喜欢。

119.

猛吾油吾告吾求，

Mingl ub you sub geud ub njout，

油吾会送通苟先。

Yous ub fet songt tongd goud xanb.

号阿浪吾儿没够，

Hob ead nangd ub jid mex gous，

纠标纠照吾告湾。

Jous nbloud jous zhos ub ghob wand.

出毕出包亚出求，

Chud bix chud beul yal chud njout，

出斗出他召阿尖。

Chud doud chud ntat zhos ead janx.

大河沿河跟水进，沿河走到了苟先。
这里的水还未尽，起屋立在这一湾。
发业发家又发人，做发做旺在那边。

120.
占求占怕发汝总，
Zhans njoul zhans pab fal rut zos,
得拔得浓你白走。
Deb bab deb nit nieb bed zeux.
声萨声吴飘吉用，
Shob sead shob ux nplob jid yit,
剖桥娘共苟萨够。
Poub njox niangx ghot geud sead kheub.
得葵得最几叟红，
Deb ngunx deb nceid jid seub hent.
到他快夫闹苟篓。
Dot ntat kuand seid lot goud neul.

占求占怕发好众，姑娘小伙坐满坪。
欢歌笑语飘上空，老人也唱出歌声。
青年男女乐融融，幸福美满好前程。

121.
纠谷纠绒你白纵，
Jox gul jox renx nieb bed zos,
纠夯纠共你白齐。
Jox hangl jox ghot nieb bed nqib.
尼内出发亚出岭，
Nis niex chud fal yal chud hliot,
汝见汝嘎久考岁。
Rut jianx rut nghat jiongt kuand seid.
几仆列苟达尼弄，
Jid pud lies geud dab niex nongx,

吉奈闹热亚长起。

Jid hnant nob rel yab nzhangd kit.

九十九岭坐满住，九坪九坝坐满完。
是人都发又都富，足食丰衣坐安然。
商量要来竖牛柱，商议合鼓祭祖来。

122.

出见窝突麻林红，

Chud janx ob tud max liob hongd,

纠谷纠挡照酒吹。

Jox gul jox tangt zhot joud ceib.

纠谷纠熟浪酒桶，

Jox gul jox shud nangd joud tongt,

尼内尼纵数酒齐。

Nis niex nis zos sub joud nqib.

纠谷纠齐浪肥炯，

Jox gul jox nqead nangd fed jiongt,

几奶兰汝者苟你。

Jid hnant lanl rut zhed goub nieb.

巴林打豆浓达中，

Bad liul dal doub nis dad nzhangd,

巴术达娘到陇最。

Bad shub dad niangx dot nangd zeix.

闹热少出你吉峒，

Nob rel sat chud nied jid dongb,

见陇见照久阿格。

Janx nhol janx zhos jiongt ead geal.

做成大大的酒桶，九十九格装烤酒。
九十九格的酒桶，是人是众醉悠悠。
九十九腿长凳重，是客满亲坐上头。
巴林打豆买来奉，巴术达娘也得有。
闹热祭祖在吉峒，合鼓祭祀万古留。

123.

见棉见照占求陇，

Janx nhol janx zhos zhans njoud nengd,

占怕得共见陇尼。

Zhans pab dex ghot janx nongx nieb.

读陇吉旋闹热红，

Dul nhol jid xanb nob rel hent,

尼纵吉研周热热。

Nis zos jid nkand zheub rel rel.

吉话声吴高声龙，

Jid fat shob wux ghob shob longd,

几吼吉话阿者内。

Jid houb jid fat ad zhet niex.

合鼓合在占求地，占怕古代椎了牛。
围圈鼓舞闹热起，是人欢笑乐悠悠。
鼓声震天歌声溢，震天动地如雷吼。

124.

苟母苟处出江昂，

Goud mux goud cub chud jangs ngeax,

苟处苟母出江酒。

Goud cub goud mux chud jangs joud.

甲架几叟包内卡，

Jad jax jid soub bod niex kheat,

报窝睡标睡兄周。

Bad ot sheit nbleux sheit xongb zhoud.

录久读单亚读牙，

Nus jub dux ndeud yal dux yab,

录卢出汝声无头。

Nus nongx chud rut shob ux ndoud.

苟母苟处来司肉，苟处苟母来司酒。

甲架欢喜报客贺，报窝护魂保身子。
录久飞天作歌赋，录卢歌唱声长久。

125.

窝肥纠谷纠得抓，
Ob fed jox gul jox del zheat,
窝突纠谷纠崩酒。
Ob tud jox gul jox benx joud.
最秋最兰最内卡，
Zeix qub zeix lanl zeix niex kheat,
最内最骂最那苟。
Zeix nied zeix mat zeix nab goud.
见棉扛内苟吉岔，
Janx mlanl gangs niex geud jid chat,
虐夏见陇你占求。
Nongs xib janx nhol nieb zhans njoud.

长凳九十九条腿，木桶九十九甑酒。
聚集齐亲又齐戚，齐母齐父齐亲友。
合鼓流传万古去，古代合鼓在占求。

126.

阿吉哟夫内江洞，
Ad jid yol hol niex jangx dongt,
阿哟阿哈汝声棍。
Ad yol ad had rut shob ghunb.
窝兄穷梅几然朋，
Ob xongx njiongl mel jid ranx nblongl,
剖抗扛酒扛昂龙。
Nbeud kuangt kangt joud gangs ngeax nongx.
蒙陇蒙炯包中中，
Mingl nhol mingl joud nboud zhongt zhongt.
猛庆猛炮朋猛冬。

Mingl qongb mingl pot nbot mingl dongs.

几奈读陇闹热冬，

Jid hnant dul nhol nob rel deib,

几吼吉话求打绒。

Jid houb jid fat njout dad renx.

相剖相娘江起红，

Xangb poub xangb niangx jangx qib hengt,

相内相骂足满松。

Xangb nied xangb mat zhul mant seit.

阿吉哟夫人爱听，阿哟阿哈神韵好。

竹枥神铃奏好音，打筶敬酒敬肉了。

大鼓大锣打阵阵，大铳大炮响得高。

欢呼鼓舞闹热很，震天动地上天朝。

大祖大宗喜盈盈，祖母祖父满意了。

127.

求单占求炯吉岔，

Qiub dans zhanx quid jiongb jid chab,

苟度几卜久阿龙。

Goud dub jis pub jud ad longx.

出见纠谷纠崩酒吾龙酒八，

Chub jianx jiux guod jiux bengd jiux wut zhongb jiux bax,

酒江偷扛窝兰能。

Jiux jiangx toud gangx aod lans nongx.

纠谷纠飞汝告抓，

Jiux guox jiux feid rub aox zhanb,

炯拔炯浓阿充林。

Jiongb pab jiongb niongb ad chongs liongx.

苟木苟处出江昂，

Goud mux goud chub chux jiangs ghax,

报窝睡标亚睡兄。

Baod od shuib bioud yad shuib xiongd.

甲架用猛保内卡，

Jad jax yongb mengx baod neix kab,

吉难见棉列读拢。

Jix nanb jianx mians lieb dus niongd.

读久大为豆吉瓦，

Dux jud dad weis doux jid wab,

阿板会闹阿者洞。

Ad banb huib laod as zhed dongt.

叉分巴浪亚分骂，

Chab fengx bab nangd yab fengx mab,

分巴分骂分你拢。

Fengx bab fengx mab fengx nit nongd.

吕洞山区才议话，把话讲开了一层。

酿成九十九缸酒水甜酒花，甜酒舀送遍六亲。

九十九腿长凳大，坐上男子和女人。

苟母苟处肉官霸，报窝保命又保魂。

甲架报客到四下，建鼓结社在高岭。

跳完鼓歌才分家，一些走去一些行。

分支分姓分爹妈，分宗分族在此分。

九、迁徙简唱九首

1.

洞喂够汉莎忙容，

Dongb wed ged haib sead mengd yongx，

埋洞几剖苟萨出。

Manx dongb jid boud goud sead chub。

萨莽列除剖得雄，

Sead mangb lieb chub boud det xiongt，

列除得雄囊比柳。

Lieb chub det xiongt nangd beis liud。

剖乜内骂立补冬，

Pout niax neix mab lid bus dongt，

立补立冬单弄久。

Lid bus lid dongt dans nongd jus。

听我把这苗歌云，你们听我唱起来。

歌中唱我苗族人，要唱苗族的祖先。

苗族祖宗的原根，七迁八徙到此间。

2.

虐西剖你冬麻汝，

Niub xis boud nit dongt max rub，

虐满剖炯得麻筐。

Niub mand boud jiongb dex max kuangt.

苟散苟茶剖起出，

Goud sait goud chab boud qid chub,

油闹油首剖起囊。

Youx laob youx shoud boud qid nangs.

出内苟虐没窝固，

Chub neix goud niub meid aod gub,

剖乜内骂莎抓养。

Boux niax neix mab shad zhab yangs.

从前我们好地处，古代居住家园宽。

种地是我们先做，冶炼是我们起先。

先立刑法来维护，苗族智慧真不浅。

3.

剖乜内骂立补冬，

Boux niax neix mab lix bub dongt,

立补立冬会兵苟。

Lid bub lid dongt huib biongd goud.

剖召豆吾豆斗拢，

Boud zhaob doub wut dous dous longd,

炯谷阿太筐亚头。

Jiongb guox ad tait kuangs yad tous.

乙谷欧奶窝内吽，

Yib guox out liet aod neix hongd,

单意几最出阿标。

Daid yib jid zuit chub ad bious.

苗族先人要搬迁，迁徙走出老家园。

从那大河两岸来，下游有七十一滩。

还有八十二个湾，都是一家人亲眷。

4.

嗷呼嗷呼呼——

Wud hub wud hub hub—

纠内久挂阿滩吾。

Jiux neix jud guab ad tans wut.

昂首几加八昂图，

Ghangx shoud jid jias bab ghangx tub，

昂闹相蒙八几午。

Ghangx laob xiangx mengx bab jid wus.

吼呕吼吼——

Houb oud houb houb——

纠虐久挂阿从苟。

Jiux niub jud guab ad congb goud.

昂首几猛八吉柔，

Ghangx shoud jid mengs bab jid rous，

昂闹相蒙八几篓。

Ghangx laob xiangd mengs bab jid lous.

呜呼呜呼呼——九天没过一滩涂。

木筏不比木船浮，木筏真的难划出。

嗷吼嗷吼吼——九天没过一湾河。

木筏重了难划过，船重真的划不活。

5.

吉难八昂透久昂，

Jix nanb bab ghangx toub jud ghangx，

几补几没当内苟。

Jix bub jid meix dangb neix goud.

理汉豆吾求邦便，

lid haib doub wut qiub bangd biab，

阿哟阿哈几吼豆。

Ad yod ad hab jid hous dout.

几插炮提出窝那，

Jid chab paob tid chub aod lab,

那图几者求苟走。

Lab tub jid zheb qiub goud zous.

求单走绒炯嘎哈,

Qiub dans zoud rongx jiongb gad has,

列岔补冬苟旧标。

Lieb chab bub dongt goud jiub bioud.

大家划船到了岸,陆地没有路可走。

理那溪沟上大山,阿哟阿哈齐声吼。

接起布匹上山涧,树藤扯人上山沟。

上到山头把气叹,要找地盘来养口。

6.

召柔嘎喳得求拢,

Zhaob rout gad zhab det qiub longd,

召柔够绸求拢见。

Zhaob rout goud choub qiub longd jianx.

吾果吾乖麻筐崩,

Wut guot wut guat max kuangd bengd,

吾捕五岭麻筐板。

Wut pub wut liongb max kuangd band.

窝得转昂转虫虫,

Aot des zhuanx ghangx zhuanx chongb chongb,

窝秋转洽先脸脸。

Aox quid zhuanx lab xianx lians lians.

窝得穷矮吉免声,

Aox dex qiongd aid jis mianx shongt,

窝口吉免缪几偏。

Aox koud jis mianx mioud jis pianx.

从那烂岩滩上走,往那烂沙滩上来。

白水黑水涨潮流,黄水浑水浪头宽。

系船系在大岩石，系筏系在大岩块。
经过烧坛烧歪口，烧罐烧得嘴歪偏。

7.

者吾者西阿瓦求，
Zheub wut zheub xid ad wab qiub,
欧瓦腊哈求腊兄。
Out wab lax hab qiub lax xongd.
占粗占扑腊个秀，
Zhanb chub zhanb pub lad guob xiub,
梅最梅见昂补冬。
Meb zib meb janx ghangx bub dongt.
便潮冬绒善透秀，
Mbleat nceut dongt rongx shait toud toud,
泸溪泸岘吾篓林。
Lub xid lub xanb wut loud liongx.
绒闪达者吉纠纠，
Reix shanb dad zeb jid jiub jiub,
公能十字炯你弄。
Gongb nongb shid zib jiongb nid nongd.
求补乙瓦叉求够，
Qiub bud yis wab chab qiub goud,
乙瓦求送单苟从。
Yis wab qiub songb danb goud congt.

者吾者西迁一次，二次腊哈和腊兄。
占楚占菩山水秀，梅最梅见窄又空。
便潮冬绒云中走，泸溪泸岘水坝中。
绒善达者山背后，金龙黄土十字冲。
迁徙迁了七八次，八次迁徙到吕洞。

8.

求单走缪窝洋辩，

Qiub dand zoud mioud aox yangd biat，

吉弄求单冬窝绒。

Jid nongb qiub dand dongt aox rongx.

拢单酷绒弄吉挂，

Longd dand kub rongx nongx jid guax，

让烈求挂单公能。

Rangd lieb qiub guab dans gongd nongx.

苟尼莽高见剖乜，

Goud nib mangx gaod jianx bioud niax，

吉炯亚单板豆滚。

Jix jiongb yad dans bans dout gunx.

见拢见绵你号阿，

Jianx longd jianx mianx nit haod ad，

发汝白补炯白冬。

Fax rub baid bub jiongb baid dongt.

上登瀑布大流沙，上面就是半空中。
来到龙孔和吉挂，让烈上过到金龙。
苟尼莽高山祖大，连接又到黄土坪。
建会结社就在那，发满各地坐满人。

9.

求单占求炯吉岔，

Qiub dans zhanx quid jiongb jid chab，

苟度几卜久阿龙。

Goud dub jis pub jud ad longx.

出见纠谷纠崩酒吾龙酒八，

Chub jianx jiux guod jiux bengd Jiux wut zhongb jiux bax，

酒江偷扛窝兰能。

Jiux jiangx toud gangx aod lans nongx.

纠谷纠飞汝告抓，

Jiux guox jiux feid rub aox zhanb，

炯拔炯浓阿充林。

Jiongb pab jiongb niongb ad chongs liongx.

苟木苟处出江昂，

Goud mux goud chub chux jiangs ghax，

报窝睡标亚睡兄。

Baod od shuib bioud yad shuib xiongd.

甲架用猛保内卡，

Jad jax yongb mengx baod neix kab，

吉难见棉列读拢。

Jix nanb jianx mians lieb dus niongd.

读久大为豆吉瓦，

Dux jud dad weis doux jid wab，

阿板会闹阿者洞。

Ad banb huib laod as zhed dongt.

叉分巴浪亚分骂，

Chab fengx bab nangd yab fengx mab，

分巴分骂分你拢。

Fengx bab fengx mab fengx nit nongd.

吕洞山区才议话，把话讲开了一层。
酿成九十九缸酒水甜酒花，甜酒舀送遍六亲。
九十九腿长凳大，坐上男子和女人。
苟母苟处肉官霸，报窝保命又保魂。
甲架报客到四下，建鼓结社在高岭。
跳完鼓歌才分家，一些走去一些行。
分支分姓分爹妈，分宗分族在此分。

后 记

笔者在本家 32 代祖传的丰厚资料的基础上，通过 50 多年来对湖南、贵州、四川、湖北、重庆等五省市及周边各地苗族巴代文化资料挖掘、搜集、整理和译注，最终完成了这套《湘西苗族民间传统文化丛书》。

本套丛书共 7 大类 76 本 2500 多万字及 4000 余幅仪式彩图，这在学术界可谓鸿篇巨制。如此成就的取得，除了本宗本祖、本家本人、本师本徒、本亲本眷之人力、财力、物力的投入外，还离不开政界、学术界以及其他社会各界热爱苗族文化的仁人志士的大力支持。首先，要感谢湖南省民族宗教事务委员会、湘西州政府、湘西州人大、湘西州政协、湘西州文化旅游广电局、花垣县委、花垣县民族宗教事务和旅游文化广电新闻出版局、吉首大学历史文化学院、吉首大学音乐舞蹈学院、湖南省社科联等各级领导和有关工作人员的大力支持；其次，要感谢中南大学出版社积极申报国家出版基金，使本套丛书顺利出版；再次，要感谢整套丛书的苗文录入者石国慧、石国福先生以及龙银兰、王小丽、龙春燕、石金津女士；最后，还要感谢苗族文化研究者、爱好者的大力推崇。他们的支持与鼓励，将为苗族巴代文化迈入新时代打下牢固的基础、搭建良好的平台；他们的功绩，将铭刻于苗族文化发展的里程碑，将载入史册。《湘西苗族民间传统文化丛书》会记住他们，苗族文化阵营会记住他们，苗族的文明史会记住他们，苗族的子子孙孙也会永远记住他们。

浩浩宇宙，莽莽苍穹，茫茫大地，悠悠岁月，古往今来，曾有我者，一闪而过，何失何得？我们匆匆忙忙地从苍穹走来，还将促促急急地回到碧落去，当下只不过是到人世间这个驿站小驻一下。人生虽然只是一闪而过，但我们总该为这个驿站做点什么或留点什么，瞬间的灵光，留下一这丝丝印记，那是供人们记忆的，最后还是得从容地走，而且要走得自然、安详、果断和干脆，消失得无影无踪……

编　者

2020 年 11 月

图集

古灰歌之唱自然形成（周建华摄）

古灰歌之唱述（周建华摄）

古灰歌之进场对歌（周建华摄）

古灰歌之唱迁徙（一）（周建华摄）

古灰歌之唱迁徙(二)(周建华摄)

古灰歌之唱分姓氏开亲(周建华摄)

图书在版编目(CIP)数据

古灰歌／石寿贵编. —长沙：中南大学出版社，2020.12

(湘西苗族民间传统文化丛书. 二)

ISBN 978-7-5487-4255-5

Ⅰ.①古… Ⅱ.①石… Ⅲ.①苗族－民歌－作品集－中国－古代 Ⅳ.①I276.291.6

中国版本图书馆 CIP 数据核字(2020)第 217172 号

古灰歌
GUHUIGE

石寿贵 编

□责任编辑　刘　莉

□责任印制　易红卫

□出版发行　中南大学出版社

　　　　　　社址：长沙市麓山南路　　　　邮编：410083

　　　　　　发行科电话：0731-88876770　　传真：0731-88710482

□印　　装　湖南省众鑫印务有限公司

□开　　本　710 mm×1000 mm 1/16　□印张 21　□字数 490 千字　□插页 2

□互联网+图书　二维码内容　音频 2 小时 17 分钟 38 秒

□版　　次　2020 年 12 月第 1 版　□2020 年 12 月第 1 次印刷

□书　　号　ISBN 978-7-5487-4255-5

□定　　价　210.00 元